传奇

匪王

FEIWANG CHUANQI

徐大祥 ◎著
XU DAXIAG

中国华侨出版社

图书在版编目（CIP）数据

匪王传奇/徐大辉著. —北京：中国华侨出版社，2012
ISBN 978-7-5113-2968-4

Ⅰ.①匪…　Ⅱ.①徐…　Ⅲ.①长篇小说—中国—当代
Ⅳ.①I247.5

中国版本图书馆 CIP 数据核字（2012）第 258495 号

●**匪王传奇**

著　　者／徐大辉

策　　划／周耿茜

责任编辑／孙晓钧

责任校对／孙　丽

装帧设计／玩瞳装帧

经　　销／全国新华书店

开　　本／710 毫米×1000 毫米　1/16　印张／17　字数／250 千字

印　　刷／北京紫瑞利印刷有限公司

版　　次／2013 年 1 月第 1 版　2020 年 5 月第 2 次印刷

书　　号／ISBN 978-7-5113-2968-4

定　　价／48.00 元

中国华侨出版社　北京市朝阳区静安里 26 号通成达大厦 3 层　邮编：100028

法律顾问：陈鹰律师事务所

编辑部：（010）64443056　64443979

发行部：（010）64443051　传真：（010）64439708

网　　址：www.oveaschin.com

E-mail：oveaschin@sina.com

序　言

一首马贼歌谣记述了三江地区土匪的猖獗：

平东洋大蓝字，

压五省遮天蔓。

黑八爷半座山，

天南星闹得欢。

歌谣中提到六位匪首，平东洋、大蓝字、压五省、遮天蔓、黑八爷、天南星，他们一色胡子大柜，也可称为匪王。刀尖马背上行走的生命，各有独特的传奇故事……在我的另一本书的"后记"中，对东北土匪做了初步介绍——

"胡子"这个以其恐怖与罪恶，被喊打与被唾骂的称谓或阶层，在时隔近一个世纪后，留给今人的印象是模糊的、遥远的、陌生的。阶级的评价多少掩盖了道德的评判。给"胡子"定性支离破碎、偏颇、不完整和贪婪、凶残、打家劫舍。目睹者口传后人的多数是超乎常理的杀杀砍砍抢抢夺夺的血腥故事；出现在文学作品中的"胡子"，常常带有明显的阶级特征：有民族变节沦为日本汉奸走狗的；有死心塌地成为国民党的帮凶的；有弃暗投明跟共产党走的。在关东这块蛮荒、肥腴、丰腴一样的土地上，在第一、第二次世界大战血色天空的映衬下，把"胡子"的命运概括为这三种结局显然是客观、公正、实际的。但是有一点不应该忽视："胡子"就是"胡子"。

"胡子"产生到形成强大的猖獗势力，始于明末清初关东富庶的黑土地开禁，中原人的闯进，列强的入侵。特别是日俄战争后，这里变成殖民地，关东人被置于铁蹄践踏、官府压榨、恶人强食的水深火热之中，于是人们便揭竿而起，啸聚山林、落草为寇成为"胡子"，绺子中人员成分囊括了关东社会各阶层人物。至于"胡子"产生、发展、消亡作为一种文化现象也好，作为一种特定历史条件下的产物也罢，我写的这本纯粹"胡子"故事不回答这些问题，文学描写的"胡子"有它的缺陷，艺术的真实难免与实际事件有出入，但我力争把"胡子"写得像"胡子"。

土匪故事我写了几部，涉及的土匪头子众多，称他们大柜、大当家的、匪枭、匪王……这部书中匪王天南星便是众匪首中的一员，写他们与我少年的一个经历有关：那年荒春的三月，残冬的景象仍在冻僵渐醒的柳枝上逗留，这个季节无疑预示或者加深了我对"胡子"的印象。三江地区西部沟沟壑壑的赵坨子，火药味显然在几十年前就已消散，阴森的匪巢已被沙砾埋没，陡峭的坨壁上垂吊的笤条子周围布满指粗的圆洞，可以断定是三八大盖枪洞穿的弹孔，或许是当年藏匿树丛里的一个胡子被密集的子弹打碎。找到两枚锈蚀发绿的弹壳后，我见到露出沙尘中的一个白光光的骷髅头，当向他投去恐惧一瞥时，一道闪亮的东西吸引了我的目光，一颗长长铜子弹头嵌入骷髅的前额。迟疑了许久，我颤抖的手捧起并不洁净的沙尘把骷髅头埋掉……死去的人是谁？这件事一直萦绕我的脑际，答案始终没有找到，匪王天南星之死，肯定不是子弹射入头颅，写他不是为了回答疑问，而是讲述又一个匪王的传奇，他究竟与其土匪有什么不同呢？有一首土匪歌谣这样唱：

当响马，
快乐多，
骑大马，
抓酒喝，
进屋搂着女人吃饽饽（乳房）。

书中讲述了匪王和一个女人的传奇故事。

——作者

第一章　城外遭绑票

一

有人登门保媒总是喜事，祁记铁匠铺掌柜祁二秧子正在做每天必做的一件事情，在祠堂中给一个人上香，凝望牌位闭目静坐一会儿，而后走到前院去。今天他刚迈出祠堂，徒弟山炮儿迎面过来，说："师傅，有人找你。"

"谁呀？"

"徐大明白。"山炮儿说。

铁匠铺掌柜祁二秧子熟识徐大明白，全三江县城亮子里的人都熟悉此人，他算不上有头有脸，但也算得个人物。早年他是名箩匠，本地人称楦箩匠——扎菀子、扎簸箕、制笼屉等物件的生意人，挑着担子，手摇响板（用皮条依次串联起来铁片的响板），走村串户，很是辛苦的活计。现如今摇身一变，他成为一名"媒婆"，职业做起保媒拉纤。专为大户、有一定社会地位人家保媒。徐大明白登门，祁二秧子首先想到保媒上面去。他还是问徒弟："没说来干什么？"

"他只说要见掌柜。"山炮儿说。

"唔，人呢？"

"在前院，西屋。"

祁记铁匠炉两趟房子，前院临街正房东三间是铁匠炉，后院是祁家的生活区，掌柜的家人和佣人住处。铁匠炉打铁一共两个伙计，还有两个学艺的徒弟，不要报酬的。掌钳的为主锤是师傅祁二秧子，打大锤的副锤为徒弟郝大碗和山炮儿，细致分工山炮儿主要拉风匣，忙时也打大锤。学艺两个人干杂活儿，打大锤。

祁记铁匠炉四间正房，打铁操作间面临大街，面积足有四十多平方米，靠北墙中间砌一个近三米高，上尖下方的炉台，泥垒的烟筒直通房外。一米多高的圆拱形的炉膛，旁边安装风匣，吹风生火烧铁。操作台十分简单，一个大木墩上架着大铁砧子①，木墩子是一搂粗（环抱）柞木的根部，用它做底座相当结实牢固。

临街正房西头有一间屋子做洽谈业务室，掌柜经常在这里接待客人，有烟有茶摆在四仙桌子上，茶具较简单，一个南泥沏壶，几只同壶颜色相同的碗。烟具稍微讲究些，由笸箩——装烟的器具，柳条、草编的，葫芦瓢、木头疙瘩镟的、动物卵子皮楦成的——烟袋组成，烟袋为三个部分，即烟嘴、烟袋杆、烟锅，穷富贵贱身份在烟嘴上显露出来，区分在材质上，金的、银的、玛瑙、玉石、琉璃、木头（铁力木、水曲柳、椴木、色木）；烟锅有金、银、紫铜、黄铜、铝、锡、铁、泥（黄泥、狼屎泥）；烟袋杆，黄花梨，乌木……铁匠铺掌柜祁二秧子预备招待客的烟具是木头疙瘩镟的烟笸箩，烟袋是紫铜锅，乌木杆，琉璃嘴。

> 身穿绿袍头戴花，
> 漫山遍野都是家。
> 又好嗅来又好吃，
> 来人去客少不了它。

关东民间这条谜语说的是烟，它与人们日常生活密不可分。歌谣：关东山，三大怪：养活孩子吊起来，窗户纸糊在外，十七八姑娘叼个大烟袋。

"徐先生，抽袋烟。"祁二秧子装上一袋烟递上。

"抽着。"徐大明白接过烟袋，并没急于抽，民俗规矩，第一口烟不是随便先抽，长辈面前不能先抽第一口，祁二秧子虽不是长辈，年龄比徐大明白长得多，加之虚假礼貌，他要等铁匠铺掌柜操起烟袋自己再抽。

---

① 砧子是铸铁墩，四方形的，顶部是圆形，砧子中间一边有两个平面铁耳；另一边有个牛角尖式的粗橛子，顶部的边角上有个四方眼，可以拿弯或安插不同的造型工具。

"你抽吧,我嗓子发紧,不抽了。"祁二秧子寻个理由,没抽烟。

媒人属于通晓乡俗之人,绰号徐大明白,意思是什么都明白。妈妈令儿(老规矩)自然懂,时刻漂白箩匠的粗陋,重塑形象。他点着烟抽一口,说:"祁掌柜,我来说亲。"

"辛苦你。"祁二秧子说,既是对媒人的感谢,又是表明同意人家给保媒的意思。

"成了一门亲,多活十年。"徐大明白自从当起媒人便发明了这句他篡改,说生造的名言也成,男方家说女方家说,时间长了大家认同他的说法,"令爱今年贵庚?"

"一十七。"

"祁掌柜,信着我了吧?"

"看你说的,亮子里谁不知道你徐先生……"打铁的祁二秧子嘴虽说不上是铁嘴,但职业的千锤百炼也算能说会道,"闺女婚姻大事全交给你啦,你看着合适就行。"

"我受人之托,来提亲。"徐大明白说,媒人多是受人之请,也叫托人保媒。此次也是如此,他说,"陶局长,想娶姨太……"

祁二秧子一愣,而后道:"陶奎元?"

"陶家……"徐大明白三寸不烂之舌,虽然不强于百万雄师,说媒还是绰绰有余,死人说活,天花乱坠不成问题,"祁掌柜顾虑姨太吧?细想这有什么,进了陶家的门同是陶家的人,还不是一个锅里吃饭,正房偏房大小也就是不当吃喝的名分而已……关键是,丈夫心不偏啥都解(决)了不是。"

"是,那是。"

"这事儿考虑一下,"徐大明白掌握火候,该退抓紧离去,说合不是强扭瓜,甜苦切莫论,媒人一手托两家,必须是两家都满意才能往下进行。看出来铁匠铺掌柜犹豫,不太热心,看来需要几次登门,要不然怎么能说明媒人磨破嘴皮跑细腿的职业特征呢!他说:"祁掌柜,过两天我再来你听的信儿。"

二

铁匠铺掌柜祁二秧子在徐大明白走后抓起烟袋，装上一锅蛤蟆腿（一种烈性烟叶）点着，抽烟有助于他的思考。女儿小顶子到了谈婚论嫁的年龄，媒人登门保媒很正常，至于相不相当，能否成则是另一码事，总是件好事。按道理他乐呵才是，可是就是乐不起来，原因是提亲的男方太不可心。三江县警察局陶奎元局长年过四十，已有两房太太，再娶是三姨太。一个铁匠的女儿嫁给有权有势的警察局长，当时的社会看没什么不合适的，甚至铁匠家庭还巴不得呢！可是，祁二秧子心里像被人塞进一把草，扎巴拉沙（扎心的感觉）的。说说原因，祁二秧子对陶奎元了解，认为他花。三江人形容贪恋女色，或对女性品头论足等行为的人称花。也说花花、花屎蛋、花豆包，等等。看陶奎元娶的前两房女人——正房是唱戏的，二房据说是从奉天领回来的从良妓女——足可以表明他的人品。铁匠觉得将女嫁给陶家无疑推她进火坑。换个人，祁二秧子当场回绝，这个陶奎元求婚者不可轻易拒绝，铁匠铺属于个体经营户，归警察管，警局设有经济股，要想安稳地经营，警察不能得罪，尤其是警察局长更是不能得罪，打进步还没机会呢！

唉！祁二秧子愁云密布，心这杆秤不太好称出分量，一头是得罪不起的警察局长，一头是骨肉亲情的女儿，孰重孰轻他一时难以掂量出来。这不是一块铁，他搭一眼便知它的成色，用它做什么。

"师傅，"大徒弟郝大碗进来，他有时称掌柜有时称师傅，多数时称师傅，说，"今天开炉吗？"

"大碗你怎么在家，没跟她们去？"祁二秧子惊讶道。

"小姐不准我跟着去。"郝大碗说。

今天阴历五月初三，铁匠铺掌柜决定停炉两天，一来检修炉子，从正月十六开炉没住下，师徒都很累，二来好好过端午节。五月初六再点火开炉打铁。

"爹，我去西草甸子。"小顶子说。

"干啥去？"

“采韭菜。”小顶子听说西草甸子今年黄花开得特多，野韭菜也厚（多）。谚语说：五六月臭韭菜。春天韭菜头茬鲜嫩最好吃，夏天各种菜蔬上市，韭菜成了六月臭。说明此季节韭菜是等下之物，谁稀罕它？长在草甸子上的野韭菜才是鲜嫩的头茬，加之味道浓于家种植韭菜，深受欢迎。

“这时候韭菜有啥吃头哟。”祁二秧子婉转阻拦说。

“采韭菜，随便抓几只蛤蟆。”

“后天初五，今天才初三。”祁二秧子说。

三江地区风俗，在端午节太阳未出来时捉蛤蟆，口中塞墨挂在房檐子下晒干，用它治疗疙瘩疖子（疮疖），癞蛤蟆为最佳。

“初五那天抓蛤蟆的人太多，不好抓。”

小顶子说出提前两天抓蛤蟆的理由，主要是去西草甸子的借口。当爹的看出她要出去玩一玩。去西草甸子不同于去上街，走出铁匠炉院子，上街人未走出县城亮子里，基本安全。出城到西草甸子则不同了，那里人们称为西大荒，青草没棵的，遇到胡子怎么办？

有钱怕绑、出门怕抢、在家怕偷。人们处在恐惧不安的年代。铁匠炉掌柜这样担心不奇怪。祁二秧子极力劝阻女儿外出，城里怎么玩怎么疯都行，出城令他心不安，说：“我怕你遇到胡子。”

“爹，咱家不是有钱人，不用担心胡子绑票。”小顶子说，胡子绑票一般两个目的，图财、报仇。铁匠抡大锤卖苦力能与什么人结仇？钱，铁匠铺能有多少钱，小闷头（有小财不露）都谈不上。贼不走空，胡子不绑无钱财之人，“放心吧爹，红杏陪我去。”

红杏是小顶子的贴身丫鬟，伺候起居还可以，遇到凶险她能做什么？祁二秧子说：“遇到胡子，她顶啥？”

女儿不认同父亲极端的假设，哪儿那么巧就遇到胡子。即使遇到了，也未必就遭绑票。胡子绑票经过周密计划、踩点、确定目标才动手。不是见谁就绑谁，绑富不绑穷，还要绑有钱人家的重要人物。譬如掌柜的、当家的、独生子、老闺女……祁铁匠的女儿不符合绑架的目标，祁二秧子不属于有钱人家，因此大可不必担心遭绑票。

"爹，我们不往远走。"

祁二秧子在劝不住女儿的情况下，仍然忧心她的安全，便将徒弟郝大碗叫到一边，叮嘱道："明个她们去西草甸子，你偷偷跟着，保护她们。"

"小姐……她要生气的。"郝大碗说。

"生啥气？"

"她不愿谁跟着，特别是我。"郝大碗说。曾经有过受掌柜差遣去保护小姐，遭到轰赶，心有余悸。

"这次你必须去……"祁二秧子撂下脸道。

"是，掌柜，我去。"郝大碗说。

相处得跟家人没什么差别的两个徒弟，郝大碗二十岁山炮儿十八岁，祁二秧子对郝大碗特别看中，是否含有选做女婿的意思不得而知。师傅看中徒弟，得益的是徒弟，能多学到一些手艺。师傅更是掌柜，指派自己去暗中保护小姐，就一定遵命。

"眼下西大荒不太平，出城后你跟紧点儿。"祁二秧子叮嘱道。

"我明白，师傅。"郝大碗说。

郝大碗，这是他的绰号。碗是装东西的，主要是饭菜。送他此外号并非因为他食量大。要是能吃，可叫干巴撑，半拉肚子……他使用大碗喝酒，两大海碗不醉，才获得绰号。

"大碗，差不多就催她们回来，别在甸子上逛荡工夫太大。"祁二秧子说，"早点儿来家，喔，对了，她们明天起早出去。"

"哎。"郝大碗答应着。

三

"小姐，不等太阳出来？"红杏问。

"赶紧走，别磨蹭。"小顶子心急，恨不得一下飞到西大荒，见到青草见到花，"带上吃的，晌午赶不回来，饿了垫补一口。"

"饽饽带啦。"红杏说。

侍奉小姐的红杏机灵、嘴甜、做事细致周到，深得主人喜欢。她平素为爱吃零食的小姐预备饽饽——萨琪玛，以冰糖、奶油和白面为之，形如糯米糕，用灰木烘炉烤熟，遂成方块，甜腻可食——出门时带上。

"到米香村去买。"小顶子强调说，"别家的饽饽我不吃。"

红杏顽皮道："小姐嘴真刁，谁家饽饽还不一样呀！"

"那可不一样。"

"咋个不一样？"

亮子里经营满洲饽饽四五家，小顶子偏偏爱吃米香村的是有原因的。满洲饽饽萨琪玛，满语意为狗奶子奶糖蘸，做法为用鸡蛋、油脂和面，细切后油炸，再用饴糖、蜂蜜搅拌沁透，故曰糖蘸。狗奶较珍贵，不易获得。聪明的面点师用白狼山一种野生浆果（以形似狗奶子得名）作萨琪玛的果料。据说清入关以后，葡萄干、山楂糕、青梅、瓜子仁等果料取代狗奶子。三江县城里只米香村一家使用植物马奶子，他家饽饽因此正宗好吃。

"米香村的。"红杏扬下左手的篮子，右手也提只篮，准备采到韭菜用它装，筐里还有一只铁罐，预备装蛤蟆的。

"红杏，你不怕蛤蟆？"

"小姐不怕我就不怕。"

因爹是铁匠炉的掌柜，自己才被尊为小姐。她生来没那么娇气，长辈不娇惯自己，也不自娇。所吃零食，也属于满族糕点中普通的一种，好吃的如奶皮饼、干菜月饼、蜂蜜蛋糕、桃酥、黄酥月饼等，她却没让红杏去买。有时她跑去铁匠炉看打铁，一看半天。后来，对马产生兴趣，经常有人牵马来钉掌……野生动物獾子、貂她敢碰，何况小小的蛤蟆。

"蛤蟆一身癞，你……"

"怕啥，我敢吃你信不信？"

"天哪！"红杏惊诧道。小姐敢弄蛤蟆她相信，吃癞蛤蟆？一想癞蛤蟆的模样她就作呕，"我干哕！"

"嗯，你心脏。"小顶子说。

心脏，意为听不得别人说脏东西，你一说她就要呕吐，包括见到脏东西就受不了。

她们走出城门才见到太阳懒洋洋地升起来，路旁的蒿草上挂满露水珠。红杏说："小姐，消消露水再走吧。"

小顶子哈腰挽起裤腿，说："走！红杏。"

开始未发现跟在身后的郝大碗，采韭菜需要到草棵里去，她们甩开大路直奔甸子，尽管裤子挽到膝盖以上，但草太深裤子还是湿了大半截。红杏最先发现有人跟踪，说："小姐，有人跟着我们。"

"乍惊！"小顶子责备道。

"不是，一晃有人……"

小顶子四周望。问："人在哪儿？一定看花眼了。"

红杏说她确实看到有人影一闪，然后钻入草丛。小顶子不但沉着镇静，还新生一计，她说："猫起来，要是有人肯定过来找我们。"

"好主意。"红杏赞同道。

她们俩藏起来很容易，蹲下身便可，于是藏起来。

郝大碗突然跟丢目标，顿然紧张起来，真怕再也找不到她们，不出什么事还好，出了意外，掌柜的还不得扒了自己的皮。上次，大约是三年前，小顶子同红杏出城去撸榆树钱，掌柜的让跟她们去。记得她们俩不知什么原因不愿自己跟着，撵几次不见效，红杏说起一首歌谣：

跟我走，

背花篓。

跟我学，

长白毛。

白毛老，

吃青草。

青草青，

长大疔。

大疔大，

穿白褂。

白褂白，

今天死了明天埋。

今天不用担心红杏用歌谣骂自己，大家都长大了。小姐直接赶走自己，不用采取孩子方法……近处的草没见深，盖不过她们，怎么……又是忽然，她们从草丛中站起。小顶子审问道："大碗，你跟着我们干什么？"

"掌柜的叫我……"

"你回去吧，我们不用你。"小顶子果然撵他道。

"这，掌柜的……"

红杏口气大起来，说："跟小姐强嘴，麻溜向后转，回去！"

"回吧，大碗。"小顶子态度和蔼道。

郝大碗不敢正眼看小姐，近距离看小姐神情紧张，显然来自心理，隐藏的东西虫子一样止不住爬出来。他背地对小姐想入非非过，有几年时间了，怕师傅更怕小姐，梦想的东西目前只是一只虫子，缺乏硬壳的软体虫子，也爬不多远……

"大碗，你回去吧。"小顶子说。

"哎！"郝大碗像只被猎鹰追赶的兔子，没有任何思维的纸兔子被风吹回城里。

四

"你真有心啊！"师傅责备道。

郝大碗委屈地说："小姐不准我跟着她们。"

祁二秧子了解女儿小顶子的脾气，任秧长大（缺乏修剪），她说不准跟着郝大碗不敢跟着。回来就回来吧，再返回草甸子已没什么意义，说："炉膛有块砖活动了，和泥抹抹。"

"嗯哪。"

"山炮儿，"祁二秧子指使另一个徒弟，"去街上买葫芦，要一个大的挂铺子门前。"

三江地区把端午当一个重要节日过。受到满族过端午节的影响，目的为了祈福禳灾。与天帝派人下凡体察民情的古老传说有关，五月初五家家插上艾蒿，瘟神无法降瘟灾。商家的生意提前给古镇亮子里增添了节日气氛，卖葫芦、香荷包、桃木斧、五彩线……民谣云：粽子香，香厨房。艾叶香，香满堂。桃枝插在大门上，出门一望麦儿黄。这儿端阳，那儿端阳，处处都端阳。铁匠徒弟山炮儿觉得眼睛不够用，色彩缤纷的端午节日用品满街流动，他沉浸在喜气热流之中，忽然有人声音急切地叫他："山炮儿！山炮儿！"

山炮儿转身见是红杏，她的脸色苍白，问："怎么了，红杏？"

"出、出事啦！"红杏口吃起来，平素她的嘴像是一把剪刀，嚓！嚓！很少打奔，"小姐出事……"眼泪先掉下一串，而后说，"给胡子绑票了。"

"啊！绑票？"

"胡子绑走小姐……"

"赶快回家，告诉掌柜的去！"山炮儿拉起她就跑，一口气跑回祁家铁匠炉。

"啥？绑票？红杏你慢慢说。"祁二秧子努力镇静下来，细问道。

"我和小姐……"红杏讲述被绑票经过。

西草甸子野韭菜很多，不大工夫采了半筐。小顶子说："够啦，韭菜采多了也吃不了。"

"嗯哪！"红杏停下手，指甲都被韭菜汁染绿，她说，"韭菜味儿真浓，比家韭菜有味儿。"

小顶子觉得累了，选择一块草稀、裸露初白碱土的地方坐下。她说："红杏，哪儿有蛤蟆？"

红杏目光朝天空瞭，她在寻找水鸟，有水鸟盘旋的地方才有水，有水的地方才有青蛙，这是简单的常识。视野中的天空有一只苍鹰盘旋和两只旋于云端的百灵鸟歌唱。她说："近处没有，小姐。"

"哪儿有呢？"

"要走好远，到清河边儿上找。"红杏说。

小顶子走出铁匠炉的院子机会不多，接触植物极其有限。如此近距离地和蒿草在一起，让她感到不是身置其中而是融入其中，成为了一棵植物。她说："红杏，山炮儿对你有那个意思。"

"才没有那个。"红杏羞涩道。

"还没那个？我可是看见过山炮儿给你买糖葫芦。"

"真的没那个意思，小姐。"

"你十六岁了吧，该那个啦。"

"小姐十七都没那个，我十六就那个……"

三江民间有不便公开表述的事情，比如性、婚事，回避文化相应产生，因此就有了两个女孩有关婚事的回避，那个特指看中、心仪、恋爱这些东西。

小顶子没把这个话题进行下去，快嘴的红杏马上要问自己，郝大碗爱慕自己可没山炮儿那样含蓄，不是送糖葫芦。一次酒后，竟然当着自己的面儿哭了。问他哭什么，最后也没说。能够感觉到他爱上自己。只是，对父亲的得意徒弟，一块铁似的摆在那儿没感觉。她没去想，铁放到焦炭中烧，然后再捶打，可能是一件物品，但不是郎君。

"小姐，郝……"

"走，抓蛤蟆去！"小顶子打断她的话，先前说山炮儿用"那个"来回避，说到郝大碗光回避不行。要做到一字不提，起身去抓蛤蟆是最好因由，"红杏，我俩去河边。"

大约走出三四里地，方向朝南，离白狼山越来越近。目的很快达到，那条横穿三江大地的大河清河马上出现，青蛙很多。可是，危险悄然靠近她们却丝毫未察觉。

"嚯，河水真大。"红杏惊呼道。

清河正值汛期，充沛的雨水从草原流过来，尚有著名的牤牛河、鲶鱼河支流会聚，水流汹涌澎湃。青蛙不在激流中，在河汊、水塘中。清河沿岸多得是水塘水坑，抓到蛙类易如反掌。

"我逮到一只。"红杏炫耀她的战利品。

"哦，拿过来我看看！"

红杏走过来，青蛙还在她手里挣扎，她说："一只大花鞋①！"

---

① 青蛙土名。还有绿豆冠、三道杠、老青、天老爷小舅子，等等。

"呀，这么大蛤蟆啊！"小顶子说。

大花鞋在野生青蛙中属于体大的品种，几乎是绿豆冠们的一倍。青蛙善良，玩它不会受到任何伤害，于是红杏大起胆子，手拽着两条蛤蟆腿，口诵歌谣：蛤蟆蛤蟆气鼓，一气气到八月十五。八月十五杀猪，气得蛤蟆直哭。小顶子受其感染，也加入进来。她不会歌谣，跟着红杏玩。

四个骑马的人站在她们面前。

五

"小姐……"红杏哪里见过这样场面，吓得面如土色，低声说，"他们有枪。"

小顶子也没见过如此场面，但她见过世面，显得沉着，她抬头望着四个来人。四个男人年龄参差，衣着各异，相同的是每人胯下一匹马，一杆枪，大概是胡子。

"祁小姐，跟我走吧。"一个男人——实际是绺子四梁之一水香——上前说。他名叫大布衫子，年纪四十开外，身材矮小，过早地歇了顶，面孔清瘦，鹰钩鼻子，让人看出精明和足智多谋。他身着棕色团龙团凤图案的生绸长衫，头戴一顶黑缎子瓜皮帽①。

"跟……你们是什么人？"小顶子问。

"看看爷们是干什么的？"一个男人举下手里的枪，说，"你一眼能看出我们是吃走食的。"

"你们是胡子？"小顶子心里惊慌，面容镇静，问。

"没错，我们是天南星绺子，大当家的请小姐去趟天窑子。"水香大布衫子说。

"天窑子？"

"哦，小姐不明白，去我们山寨一趟。"

小顶子思考发生的事情，四个胡子突然出现，此处前不巴村，后不

---

① 瓜皮帽：半球形小帽，由六瓣拼成，顶上有圆疙瘩，俗称瓜皮帽，雅称为六合一统帽，是较有身份人戴的。

巴店，荒郊野外，没人看见更难有人搭救。赤手空拳的两个小女子，反抗毫无意义。她问："你们大当家的认识我？"

"这我们不清楚，跟我们走吧！"大布衫子说，"高脚子（马）给你预备好了，小姐会骑马吧？"

这才发现胡子带来一匹空鞍的马，小顶子指着红杏说："我跟她同骑一匹马。"

"不行，她得回窑堂（回家），告诉你爹。"大布衫子说，胡子放走红杏回去报信，然后带走小顶子。

红杏拼命跑回来，街上遇到山炮儿，他们一起回到铁匠炉。掌柜的祁二秧子听红杏学完事情的经过，立刻明白发生了什么事情。胡子绑票是绺子九项①主要活动之一，此类事件经常发生，胡子获得钱财要么动刀动枪劫掠，要么通过绑票敲诈。这是哪一绺土匪？祁二秧子问："你记准是天南星？"

"是，他们让我记住是天南星，别学错话。"红杏说。

天南星在南山皮的土匪中也算强大的一绺，人们对土匪的了解是他们打家劫舍的活动，包括他们与官府的争斗。铁匠对土匪的了解不出这个范围。耳闻天南星，未见过天南星。绑票总是有目的，首先排除复仇，在亮子里打了十几年铁，没跟什么人结过仇怨，根本刮连不上胡匪。剩下就是要钱，铁匠炉没有多少钱，一般不会绑拿不出多少钱赎票的人。哪还有什么目的？

"红杏，他们带着一匹空鞍子的马？"祁二秧子问。

"嗯。"

有备而来，早有预谋可以肯定。

"听他们口喊祁小姐？"

---

① 砸窑，攻打大户人家的大院；绑票，绑有钱人家的重要人物；换票，用手里的人质交换绺子被俘人员；义举，帮助江湖同伙；报复，针对背叛、告密者，也包括为被害弟兄报仇；猫冬，暂时摞管（临时解散）到城里过冬。吃票，相当于黑吃黑，大鱼吃小鱼；靠窑，招安、投诚对方，或对方靠向自己；典鞭，召集绺局同人，共同处理绺事。此俗见曹保明著《中国东北行帮》。

"是，掌柜。"红杏说，"他们说出您的名字，还说咱家的掌桩竖桩是柞木的，滚杆是花曲柳的。"

真是了解到家。

铁匠炉店招是掌桩——门前竖立四根木桩，并在每两桩之间上端部都用横担相连接，中部也各用两根横担相连，其一侧的横担是固定不动的，另一侧的中间横担则是可以转动的滚杆。挂掌的马驴骡固定在掌桩下面——不挂牌匾。亮子里几家铁匠炉都是这个样子，差异用什么木料掌桩，其实也算不得差异，胡子了解到细微处令祁二秧子不安，等于说明家里的一切都被胡子掌握。

既然是蓄谋的绑票，是躲避不过去的灾难。小顶子在胡子手上，肉在老虎嘴边儿放着，下面是如何同老虎商量要人。一般发生胡子绑票，报警什么的在那个时代可不是聪明之举，一来警察无能力抓到胡子，警察出现会使人质安全更没保障。二来警察到野外解救人质，要代价——被绑票人家出费用。事实证明，还是按胡子的要求，出钱赎人，否则要"撕票"。

祁二秧子没经历过胡子绑票，倒是听说遭绑票后怎么做。钱要筹，筹多少，等胡子的信儿。三五天后将有一个人物出现，他是绺子中的联络官，职务名称——花舌子。本地称巧嘴、能说会道的人花舌子，土匪绺子中的花舌子，负责在票家和匪绺间传信儿。方式两种，带海叶子（信件）来，或是亲口传信，无论采用哪一种，花舌子都要登门。都要跟票家主事的人谈这件事。

花舌子是胡子绑票活动应运而生的一种职业，人可在绺即是土匪，也可以不在绺，明为良民暗中为土匪做这件事，从中提成或回扣赎金，得到票家好处称打小项。

那时尚未使用经纪人一词，但类似中介的活儿有人在做，譬如，袖里吞金——商人对一物品买卖价格的讨价还价，怕别的同行听到，两个人手对手，用袖子遮上，然后手对手地还价——牙行①拉袖筒子讨价还价

---

① 牙行是中国古代和近代市场中为买卖双方介绍交易、评定商品质量、价格的居间行商。华中、华东称"行栈"。华南及港澳等地区称"九八行"、"平码馆"、"南北行"等。

的方式，最典型的是牲畜交易。一个词汇"大屋子"已在东北消亡。大屋子即是东北地区对牙商的俗称。

　　强盗行当中竟然有经纪人——花舌子，荒乱岁月，应运而生荒唐职业。上午徐大明白来保媒，淹心（难受）的劲儿还未过去，胡子又绑了小顶子的票。他一时不知自己该做点什么？有一点很明确，近日将有媒人和花舌子登门。

第二章　花舌子登门

一

亮子里警察局在税局胡同，是一所早年俄国商人的私宅改建的小楼，二层楼外墙皮是砖的，内部是木结构。守着白狼山不缺少木材，墙里子、楼梯、地板……人生活在落叶松的板子中，此房子被称为木头屋。

木头屋二楼一个房间里，警察局长陶奎元被射入的阳光割成两截，一半在阴暗之中，一半在明亮光线里，梅花星章①熠熠闪光。他不高兴，问："祁铁匠不同意？"

"倒不是不同意，渍扭（不爽快）。"徐大明白说。

"渍扭？"嘿！嘿！陶奎元冷笑道："铁匠，哼！铁匠。"

徐大明白听出陶奎元不满意加讽刺，帮腔道："一个黑……"他咽回未出口的话，本想说埋汰铁匠的话四大黑②，见警察局长表情不对，察言观色是媒人的看家本领，急忙改口，"他一时没泛沫（转过弯），很快就反过烧来（清醒）。"

"整日丁当砸铁，别把脑子震坏。"警察局长讽刺道。

"同你结亲，一辈子翻打掉锤。"徐大明白奉承道，翻打掉锤也可以说成一锤吊打，反复占便宜的意思，是啊，铁匠有了警察局长的女婿，顿时打么（吃得开），警察马队、宪兵骑马、伪满军有骑兵，仅挂马掌一项生意就够做的，"祁二秧子鬼道（机灵）呢！知道哪头炕热乎。"

---

① 伪满警察警阶具体分为：警士一枚梅花星章；警长二枚梅花星章；警尉补肩章中央附金色纵线一条，上缀一枚梅花星章；警尉肩章中央附金色纵线一条，上缀二枚梅花星章；警佐肩章中央附金色纵线一条，上缀三枚梅花星章；警正肩章为满地金，上缀一枚大型梅花星章。

② 民间四大黑：呼延庆，包文正，铁匠脖子，钻炕洞。骂人的四大黑第四句是：黑驴圣（阳具）。

长篇小说 匪王传奇

"他啥出身？应该不傻！"陶奎元说。

祁二秧子的身世警察局长掌握。十几年前，祁二秧子不是铁匠，他家不在三江县城，父亲在四平街开烧锅，使用天马泉水造酒，天马小烧名声关东。祁家二少爷对烧酒和读书都不感兴趣，迷上耍钱，整日混迹赌场。二十几岁便获得赌爷称号，他在赌场内如鱼得水，家里的烧锅却开不下去了。"九一八"事变后，四平街走向殖民地化，"工业日本，农业满洲"的殖民政策，祁家烧锅被迫停产，举家迁回老家河北，祁二秧子不肯走，觉得自己用武之地在四平街的赌场。后来辗转到了三江县城亮子里，金盆洗手开起铁匠炉。在警察局长陶奎元眼里，祁二秧子始终是有名的赌徒，而不是抡大锤的铁匠铺掌柜。

"听说他心眼很多。"徐大明白不了解祁二秧子，附和而已，他说，"听祁二秧子的信儿，我再跑一趟。"

"你能整明白吧？"

"局长大人心放在肚子里头，保媒我可是……"

徐大明白骄傲起来，有些自吹自擂的味道。警察局长可不买他的账，心想你的老底我可知道，笊匠出身，制笊掌笊你还有吹的资本，保媒半路出家，夸海口夸天口，你还是半斤八两。只是别耽误老子的美事，警察局长说："大明白，你要是整不明白早点说话，我另找媒人。"

"我保证让你如愿。"

陶奎元掏出几张钞票，幽默地说："拿去买双鞋穿吧！"媒婆通常用磨破鞋底和说破嘴皮来形容辛苦。

"还没成呢，受之有愧……"

"大明白，让你费心啦。"陶奎元说。

"哪里，过去你没少帮我的忙。"徐大明白说，"你听信吧，我准给你办成这件事。"

"哦，你见到她没有？"陶奎元问。

"没有。"

陶奎元也没什么不放心的，祁家铁匠炉坐落在辘轳把街上，属于城中心地带，安全没问题。见到见不到人也没什么关系。往下是闲嗑儿，他说:"你在早见过祁家小姐吗?"

"见过两回。"

"人长得咋样?"

"挺俊的,白净。"徐大明白说。三江地区审美中皮肤白很重要,固有一白遮百丑,天上云,地下霜,姑娘屁股,白菜帮。所谓的四大白,也有说成头场雪,瓦上霜,大姑娘屁股,白菜帮。总之都有大姑娘的屁股,表明白屁股的大姑娘受欢迎。

"大白梨。"警察局长赞美道。

大白梨比白菜帮美一些,白梨和白菜不是同一种果蔬。民间赋予它们形象一个悲苦,一个诱惑。小白菜,地里黄。三岁两岁没了娘,跟着爹爹倒好受,就怕爹爹要后娘。人家吃面我喝汤,端着小碗泪汪汪。亲娘想我一阵风,我想亲娘在梦中。说白梨的歌谣:一棵树,结俩梨,小孩看着干着急。男人眼里女人如果是白梨,他肯定比小孩还着急。

"说妥喽,什么时候迎娶?"

"越快越好。"陶奎元心情急迫道。梨子熟了挂在枝头颤巍巍地诱人,恨不得马上吃到嘴。

"我抓紧办。"徐大明白说。

媒人走后,警察局长心很难收拾回来,还在梨树下徘徊,像一个馋嘴的孩子。

二

四个胡子押着小顶子沿着清河没走多远甩开河流朝山里走去,进白狼山后,大布衫子说:"给她戴上蒙眼。"

蒙眼——东北农村磨米碾面使用碾子、石磨,用牲口拉,一般用驴、马、骡,除自然瞎眼外,都要用厚布蒙上眼睛它才乖顺拉磨。胡匪采用蒙眼的方法是一种防范措施,更是一种规矩。生人进入藏身的土匪老巢,蒙上眼睛进入,使之很难记住道路。

小顶子认清自己此时的身份,作为人质落到土匪手里,任何反抗、抵触对自己都不利。他们用了客气话说请自己上山,实质是被绑架上

长篇小说
匪王传奇

山。胡子绑票目的不难猜测，几乎都是敲诈勒索钱财，但愿此次也不例外。不然她不敢想除钱财以外绑匪目的，比如要人，匪绺有娶压寨夫人的。天南星是否是出于此目的绑架自己？一切都要到匪巢才能见分晓。红杏跑回去，胡子让她回家报信，父亲很快知道消息，他会想办法救自己。

"小姐以前来过白狼山？"大布衫子怕她寂寞吧，问她。

小顶子觉得这个胡子有些和善，与传闻中的作恶多端的胡子天壤之别。自己骑的马就连在他的马鞍子上。她回答："来过。"

"做什么？"

"采猴头（蘑菇）。"

"哦，白狼山猴头蘑多，我以前也采过。"大布衫子说。

小顶子觉得这个胡子有接触的可能，巴望从他口中知道些什么。她试着说："瞅这位大爷心肠很好的……"

"他是我们三爷。"一个胡子纠正称呼道。

"三爷，"小顶子改口道，"你们大当家的叫我去干什么？"

"到了天窑子你自会知道。"大布衫子不肯说，胡子不可能对票说出实情，他说，"我们不会伤害你的。"

"宽绰（慰）哄我吧？"她问。

"是不是哄你，到时候你就知道了。"大布衫子说。

往下有好长一段距离没人吭声，小顶子问了几句胡子未搭讪。眼前黑糊糊的什么都看不到，风吹树叶的簌簌响，不同的树木散发出各异味道，判断人在密林中走，马不时卡前失（朝前摔倒），胡子的马训练有素不该如此，只能有一种合理解释，路坎坷难走，甚至是根本没路。

"抓牢缰绳。"大布衫子提醒道。

小顶子表现出出人意料的坚强，四个胡子绑架她押往匪巢，不是来白狼山采蘑菇，命运将会如何？在父亲终年丁当的砸铁声中长大，性格如铁，心如铁，意志如铁，这使我们的故事将朝着一个不可预知的方向走去……坐骑忽然停住，听到水香大布衫子说："你们带她去登天（上屋），我去见大当家的。"她推测到了地方，眼睛蒙着还是什么都看不见。

山间的一块平整的地方，胡子的老巢在这里。建筑是几排木头房，准确说是木刻楞——俄罗斯典型的民居，具有冬暖夏凉，结实耐用。用木头和手斧刻出来的，有棱有角，非常规范和整齐，所以人们就叫它木刻楞房。

水香大布衫子走进一个木刻楞，天南星正斜身土炕上抽烟，满屋子呛人的烟味。他说："大当家的，观音请来了。"

女票称观音，对抓来票统称请财神。

"噢，顺利吧？没遇到灰的瓢巴（官）花鹞子（兵）啥的？"

"没有，挺顺溜的。"大布衫子说，"她们到了背静的河边……没费什么事就弄来了。"

"两个都弄来了？"

"按照大当家的吩咐，那个尖椿子（小女孩）打发她回去给祁铁匠放龙（报信）。"

"好，大架子（祁）该发毛，坐不稳金銮殿喽!"天南星扬扬得意，他亲自策划这次绑票，一般绑票由军师水香同秧房当家的（专司绑票、看票、审票、赎票之责）商量即可。此次绑祁二秧子之女胡子大柜亲自同水香密商的，意义非同寻常，主要在绑票的目的上。除了策划者，绺子目前无人知晓，他问，"人呢？"

"带到登天里。"大布衫子说。

胡子绑来人要交给秧房当家的看管处置，遭绑票的人最刻骨铭心的记忆是熬鹰——也叫熬大鹰，训练猎鹰的方式之一。刚捉回来后不让鹰睡觉，一连几天，鹰的凶猛野性被消磨殆尽——受的罪。胡子将熬鹰的方法移花接木到绑票活动之中，票们成了鹰，只差没像鹰放在粗绳子上，使之站不稳，而且还有人在下面不断地用棍子敲打绳子，绳子不断晃动鹰无法睡觉。负责折磨的胡子挥动鞭子看票，谁闭眼就抽，休想睡觉。

绑来小顶子不是被当票看待，或者说另有特殊用途，才没送到秧房去熬去受折磨，相反得到优待。胡子大柜叮嘱大布衫子派可靠的人看小

长篇小说
匪王传奇

顶子，不准出任何意外（指不被侮辱、强暴之类）。

"是，楼子上（晚间）我亲自站香（站岗）。"大布衫子说。

"不，你几天没着消停，拔个字码（选人）站香就可以了。"天南星说，他让水香好好休息，"三天后，你还要去园子（城）里。"

"哎!"大布衫子答应着。

绑来票三天后说票的重要人物——花舌子出场，天南星绺子没有专职花舌子，一直是水香兼着。其实水香身兼花舌子隐藏着极大风险，花舌子要接触票家，绺子的四梁八柱不能轻易露面，一旦暴露了水香身份，必遭追杀。天南星打算明年春天在绺子中选一个，或是在亮子里物色一个合适的人。这次，还得去祁家铁匠炉说票非水香不可，胡子大柜这次特别策划的绑票，只水香知道真正目的，何况天南星需要足智多谋的水香帮忙才能顺利实施。

"去放仰（睡觉），人交给我。"天南星说，"你好好寻思见祁铁匠的事。"

"好!"大布衫子听命去休息。

三

望眼欲穿的祁二秧子撕掉一张黄历，仔细看上面当日的宜和忌。今日宜：嫁娶、纳彩、祭祀、祈福、出行、移徙；忌：开市、动土、破土。祁二秧子以前不信这些，从打女儿小顶子被绑架后他信了，且坚信不移。

"掌柜，今个儿开炉吗?"徒弟郝大碗问。

"不开。"祁二秧子晃动着手里的那张黄历，说，"忌开市，明天再说。大碗，你跟山炮儿砸焦子吧。"

"哎。"郝大碗答应着，还是用一种他们都明白的担心——为小姐担心——的目光望掌柜的一眼，没问也等于是问了：小姐还没消息啊? 两个男人对被胡子绑票的小姐怀着不同心情，掌柜的是血肉亲情，忧心女儿的安全；抡大锤的徒弟是爱慕，又不敢说的爱慕。

"去吧。"祁二秧子说，"打开栅板。"

"哎。"郝大碗去干活儿。

铁匠铺子用的栅板，相当于现在的卷帘门，不过它要一块一块移开，每块编上号1、2、3、4、5、6……如果不安此顺序上栅板就安不上。郝大碗打开第一块栅板，结实的身影让祁二秧子心里舒服，这体格适合做铁匠，打铁没力气不行。郝大碗手艺学得快，表现出打铁的天赋，只有独生女儿没儿子的祁二秧子不能不想，将来谁接过自己手中的锤子？俗话说："世间三行苦，打铁，撑船，磨豆腐。"舍不得女儿吃这天下苦，要她继承铺子的话，也不是让她做掌柜，由女婿来做。这就涉及招一个倒插门女婿，条件是会打铁，铺子里有几个伙计，如果在他们中间选，最合适的是郝大碗。女儿年纪还小他心里没急，等她长大的时间里，他们最理想自己相处，你有情我有意，以后日子过得幸福，瓜熟蒂落水到渠成最好。细心观察一根瓜秧发现并非如自己想象的那样，郝大碗心里够着女儿，而女儿似乎没太看上他，郝大碗身体结实个子不高，而且长得黑黢黢，人们习惯称其为车轴汉子。白净净的女儿跟郝大碗站在一起，倒是黑白分明。

最后一个栅板挪开，炉子完全露出来。祁二秧子的视力不算怎么好，但还是可以看清贴在炉子上的字：供奉太上老君。打铁的祖师爷是太上老君，祁家铁匠炉供奉，所有铁匠铺都供奉太上老君。"唉！"祁二秧子不由得叹息一声。有几人理解他的叹息的意义，他还念着一个小脚女人，她的绰号叫李小脚，是这个铁匠铺的主人，还是很少见的女铁匠。他记得她临终的嘱咐：铁匠炉开下去，养大闺女，招个女婿继续开铺子。胡子这次绑票的结局难说，要钱的数量大，为救女儿变卖铺子凑赎金，铁匠炉和女儿要他选择，首选女儿，有人在铺子算得了什么？残酷现实摆在面前，赎回女儿铁匠炉没了。铺子没了就没了，没完成自己深爱女人李小脚的遗愿……

"祁掌柜，想什么呢？"徐大明白走进来，说。

哦，祁二秧子回过神来。三天来他等待的两个人，其中一个到来。从内心说他希望胡子先到，急迫知道女儿的消息，被胡子绑去了几天，匪巢是良家妇女待的地方？狼窝、虎口、万丈深渊……他不敢想得更多。

不是吗，大绺土匪有严明的纪律七不抢八不夺①八斩条②，这些东西真的靠得住吗？是否真正实行外人不得而知。铁匠铺掌柜往坏方面想，一个十七八大姑娘落入匪窟，还能囫囵个儿回来吗？祁二秧子想到这里心发颤。即使没有胡子绑票这一节，他的心也不安。徐大明白等信儿，嫁给警察局长他一百个不愿意，陶奎元虽然不是阎老五（阎王），得罪他也麻烦……接二连三发生事，真是祸不单行啊！徐大明白问怎么说？胡子绑架小姐的事不能对他说，传到警察耳朵中，他们能去救人啊？即使陶奎元从自身要娶小姐做姨太的利益出发，还没听说警察从胡子手里成功救出人质的案例。兵警对土匪束手无策，别说去救人质，组织围剿成功几回？有首歌谣曰："兵剿匪，瞎胡闹，围村庄，放空炮。百姓哭，土匪笑，土匪来了吓一跳。土匪走了不知道，哪个敢睡安稳觉？"铁匠铺掌柜经受不起兵警瞎胡闹，到头来人没救出来，惹恼了胡子撕票也说不定。

"怎么样，想明白没有哇？"徐大明白问，这次没用主人让烟，自己拽过烟笸箩，没使用烟袋卷了支纸烟，用舌尖上的唾沫粘上烟纸，揪下锥形烟屁股扔到地上，说，"对个火儿。"

祁二秧子探过烟袋，徐大明白在烟锅上对着烟，他完全可以划火柴点烟，故意跟掌柜的对火抽烟，明显套近乎。徐大明白说："陶局长等着听信儿，你看……"

铁匠铺掌柜眉头拧紧，心里暗暗叫苦，女儿在胡子手上生死未卜，咋个回答你？同意嫁，人在哪里啊！

"看你不太……"

"不是，"祁二秧子急忙否认，说看不起警察局长不是找病吗，给一个铁匠穿双小鞋轻而易举。相中你家闺女是前世积德，打灯笼找不到的

---

① 土匪绺规七不抢八不夺有多个版本，但大致内容基本一致。列举之一：七不抢：临近的村子不抢；送信的（邮差）不抢；接亲的不抢；请医生看病的不抢；送葬的不抢；为坐月子妇女下奶的不抢；媳妇回门不抢。八不夺：不夺女人；不夺小户人家财物；不夺镇宅增寿宝物；不夺娼门（妓院）钱财；不夺耕地用的牛马；不夺杆子内兄弟家属财物；不挖坟掘墓夺取财物；不夺药店、医院财物。

② 八斩条：泄露秘密者斩；抗令不遵者斩；临阵脱逃者斩；私通奸细者斩；引水带线者斩；吞没水头者斩；欺侮同类者斩；调戏妇女者斩。

好事呦！必须这样认识，他说，"终身大事，总得跟我闺女商量一下吧。"

"噢，三天啦，你们没商量？"

"不巧啊，小女去四平街走亲戚，没在家。"祁二秧子编排道。

"什么时候回来呀？"

"七八天吧。"祁二秧子不能说得遥遥无期，胡子绑票七八天问题也解决了，他说，"你跟陶局长解释，小女回来尽快商量……"

徐大明白不太好糊弄，他直视铁匠，看他说没说谎，遮柳子（借情由）总要露出破绽。祁二秧子表演得好，徐大明白没看出来，说："尽快呀，祁掌柜。"

四

胡子水香大布衫子朝祁家铁匠铺走来，祁二秧子通过来人走路姿势断定胡子花舌子来到。来人马步——练习武术最基本的桩步，因此有入门先站三年桩和要学打先扎马的说法——暴露出他常年生活在马背上的身份。

"祁老板。"大布衫子来到铁匠铺掌柜面前，说，"忘记我了吗？"

祁二秧子一愣，猛然想起数日前来铺子的一个客户，惊讶道："是你！你来？"

"喔，你能猜到。"大布衫子说。

祁二秧子惊讶来人是胡子无疑，几天前他来联系铁活时怎么没看出来呢！大约在十多天钱，一个乡民打扮的人走进祁家铁匠炉，看了一会儿铁匠打铁，祁二秧子掌钳，郝大碗抢大锤，他们打一只炒菜用的马勺，行话称刨不叫打。

很快一只大马勺刨成，祁二秧子注意到陌生人，问："先生，你？"

"哦，你是祁掌柜吧？"大布衫子问。

"是，你有什么事吗？"祁二秧子一边擦汗，一边指挥徒弟，"大碗，你跟山炮儿弄上标记。"

"好哩！"郝大碗应声，将一个钢戳子样的东西对准马勺靠近把的地方，对山炮儿说，"来一锤。"

哐当！山炮儿砸下一锤，一个清晰的"祁"字印在马勺上，表明是祁家铁匠炉的产品。

"祁掌柜，我来做点儿活。"大布衫子说。

"做啥？"

"打二十副马嚼子，能做吧？"

"能做。"

嚼子——为便于驾驭，横放在牲口嘴里的小铁链，两端连在笼头上，多用于马、牛。嚼子可到马具店购买，也可以来铁匠炉加工，归根结底还是由铁匠炉打制，水香必须要打制，还必须是祁家铁匠炉，目的不在马嚼子上。他说："几天能完活？"

"五天。"

"能不能往前赶赶，我着急用。"大布衫子说。

祁二秧子说手上有活儿，紧紧手也得四天。

"中，四天中。"

大布衫子付了定金，没离开亮子里，住在通达大车店，一天来祁家铁匠炉一趟，不是来催进度是闲看，偶尔跟铁匠师徒唠几句。加在一起说的话也没同大车店万老板多。

"祁掌柜的活儿不错。"大布衫子说。

通达大车店万老板出口的话总要带些色儿，他说："跟小脚一个被窝里睡，伺候舒服了还不教他几样绝活。"

"小脚是谁？"

"李小脚啊！女铁匠李小脚那么有名你都不知道。"万老板扯男女风流韵事兴趣盎然，知道的内部消息也多，鼻子比狗灵，专门闻男女绯闻和风骚故事，"李小脚长相一般，性大（性欲强），先后嫁了四个男人都死了，说是男人沾她必死。"

"祁掌柜不是活得好好的。"大布衫子说。

"青龙配白虎。"万老板乱说道。

真正没长阴毛，民间称女白虎男青龙。女铁匠实际情况是不是这样？无人仔细考究。通达大车店万老板信口胡说，水香不会与他细掰扯，他的目的是了解祁家情况，他说："他们有个闺女？"

"有，白净净的。"

大布衫子打探道："祁掌柜不是本地人吧？"

"不是，四平街过来。"

"耍钱有一套。"

"这倒没听说，"万老板说，"就是要也没什么名，亮子里上数的几个耍钱鬼，徐四爷，夏小手，徐大肚子……肯定没有他，排不上号。"

大布衫子每说一句话都不是闲得没事儿格拉（扣动）嗓子，有着明确目的性，摸清祁二秧子的底细。绺子派水香到亮子里来，用他们的黑话说瞭水（侦察）。祁家铁匠炉师徒始终将水香当成来打马嚼子的顾客，丝毫戒备之心都没有，他问什么说什么……忽然，摇身一变是胡子，祁二秧子十分惊诧。他疑惑道：

"难道，难道？"

"没有难道，我是专程为你闺女的事情来的。"大布衫子表明身份，绕弯子浪费时间没必要。

"我闺女在你们手上？"

大布衫子点点头。

"她？"

"挺好的，你尽管放心。"大布衫子说。

祁二秧子必须相信胡子的话，女儿的一切信息全听他说。来人是说票的花舌子代表绑匪来谈条件，他说："你也看到了，我全部家当就是这个铺子，再没什么值钱物，你们要多少赎金？"

大布衫子笑笑，没正面回答，说："祁掌柜，是不是给沏壶茶喝呀！"

祁二秧子巴不得胡子能有这样的要求，往下的事情好商量。他急忙说："应该，应该！"然后问，"我们去茶馆怎么样？"

"那儿人多眼杂，还是在家说话方便。"大布衫子说。

"也好，在家喝。"祁二秧子叫来山炮儿，"你去买包茶，要铁观音。"

山炮儿去买茶叶。

大布衫子说："祁掌柜，我们不要钱。"

胡子谈的赎票条件令祁二秧子迷惑，不要钱？赎票不要钱？他说："我没明白你的意思。"

"哦，我们大当家的请你上山一趟。"

"换票？"祁二秧子想到换票，用自己换回女儿，推理成立胡子真正要绑的不是女儿而是自己，那样也好。女儿安全就好，自己愿意替她。胡子换票以物换人，也有以人换物，以人换人多是用票换被俘、落难的土匪，用父亲换女儿很是奇怪，费这么大的操事（操持）干吗，直接绑我不就得了。他说："你们要我……"

"不，我们大当家的要摆观音场，跟你过过手。"大布衫子说。

五

铁匠祁二秧子惊愕，观音场是土匪黑话，一个胡子摆观音场的故事在三江广为流传——

月光从百年老树繁密的枝丫间筛下，寂静的傲力卜小屯洒满了斑白。

吹灯躺下，叶老憨折折腾腾，从被窝里爬出来，摸黑到外屋，确定结实的木板门闩得很牢后，向西屋独睡的闺女大美说："机灵点儿，别睡得太死，这几天屯里传扬胡子要下山来。"

"嗯哪！"大美答应着，将一纸包掖进枕头下面。这是一包稀脏的锅底灰，爹再三叮嘱她，胡子进村立即用它抹黑脸，免得青春妙龄真面目暴露给胡子。叶大美是傲力卜小屯公认的美人儿，白皙皙的一张小脸，水汪汪的一双眼睛，鼓溜溜的一个人。她刚入睡不久，全屯的狗疯叫成一片，慌乱的东屋爹急切地喊："大美，胡子进屯啦!"

大美迅疾把脸抹黑涂丑。门闩被猛烈地撞击下来，胡子闯进西屋一把扯住朝木柜里钻的大美，斜眼的胡子大柜铁雷用力过猛，撕掉她的上衣，裸体在油灯下鲜亮诱人。淫邪目光盯得大美羞愧难当，胡乱扯起衣服碎片朝胸前凸起的地方掩，仍有半球裸露……吓得后背尽湿的叶老憨颤巍巍地说："她是疯子！"

"姥姥个粪兜子！俺走南闯北，经过的事儿多啦，你敢唬爷爷。"大柜铁雷一马鞭子抽倒叶老憨，瞥眼满屋乱翻而一无所获的胡子们，下令绑了大美，临走给叶老憨扔下句话："准备三千块大洋，半月后山上赎票。"

"大爷……"叶老憨作揖磕头，胡子还是绑走了大美。

叶家老少哭成一团，卖房卖地砸锅卖铁也凑不够三千块大洋啊！没钱赎人，丧尽天良的胡子绝不会让黄花闺女囫囵个儿地回来。叶家的人没想错，大柜铁雷把大美带回山上，两盆清水劈头盖脑地从她头顶浇下来，一张靓脸出现。大美俊俏的脸蛋使大柜铁雷动心，开的价足以使叶老憨赎不起人，赎不起就怪不得爷们不仁义啦。

胡子严格遵照绺规，派花舌子去叶家催索赎金，他带回消息："求借无门，叶家不赎票啦。"

哈哈，大柜铁雷笑得痛快。立即吩咐下去道："后天八月二十放台子（赌博）开观音场（以女人为赌注）。"

关东胡子行道中，较大的绺子讲五清六律，一般不绑花票（女人）。然而，铁雷的绺子虽大，但却绑花票、压花窑，随意奸淫妇女。铁雷属好色之徒，是见了女人就挪不动步的主。大柜玩女人还没玩到糊涂地步，为使自己的绺子不至于因搞女人而散了局，他立下了一条特别规矩：绑来花票后，在票家没放弃赎票前任何人也不许碰她，如果没人赎也不撕票，用赌博方式来确定花票归谁受用拥有。因此，这样的赌博最富刺激，那漂亮的花票，特别是红票（妙龄女子）的初夜权，多么诱人啊。

一间宽敞的屋子里挤满看热闹的胡子，煤油灯和狼油火把全点亮，令众胡子兴奋时刻来临。被剥光衣服的叶大美，赤条条地绑在四仙桌子上，呈平躺状，光滑的肚皮上摆副麻将牌，绺子中的头面人物——大柜、二柜、水香、炮头、翻垛坐在桌前，一场比赌房子赌耕田赌金银赌马匹赌刀枪还刺激的赌博开始。骰子在两乳间旋转，麻将牌在起伏的肚皮上搓来搓去。数双喷射欲火的目光刺进叶大美的裸体，二柜心猿意马，非分之想时就咽唾沫，他们唱低级的麻将牌歌谣：

"麻归麻，麻得俏！（九饼）"

"肚大腰圆生个胖宝宝！（五筒）"

"六娘奶子鼓多高！（五万）"

"回龙！"大柜铁雷猥亵地捅下大美的肚脐眼儿。

众胡子恋恋不舍地散去，二柜酸涩地说："大哥，悠点劲儿。"

哗啦啦，大柜铁雷将麻将牌扬到地上，掏出枪砰砰射灭所有的灯和火把。一点儿动弹不得的大美见铁雷闩门、脱衣服，疤痕累累的躯体山一样倒压下来，污言秽语中大美咬紧的嘴角淌着鲜亮亮的血，满脑空白……厄运安排胡子夺去她的贞操，她没吭一声。

"你把啥都给俺，俺也不是无情无义，实话告诉你，过两天挪窑（绺子转移），你有两条道可走，要么回家，要么和俺走。"铁雷说。

"我要入伙！"叶大美语惊铁雷，他呆了。其实他无法理解一个被胡子破身而没脸回家的女子被逼出来的人生选择。大美并非草率，她认认真真地想过此事，与其说回家遭屯人指指戳戳，或再遭其他绺子绑架，不如为匪安全。何况她对大柜产生了好感……

"你有种！"大柜铁雷择一吉日为大美举行了挂柱（入伙）仪式。既然是绺子里的一员，就一切照规矩办，用蔓子（姓什么）竖山头（报号），大美姓叶，叶是青枝绿蔓，她索性自报号青枝绿。

叶大美——青枝绿——压寨夫人，她开始了一种特殊的生活，死心塌地跟铁雷走，用女人全部温存去体贴、侍奉胡子大柜。每次分片子（分饷）她都悄悄攒下一些，幻想有一天攒足钱，说服铁雷离开绺子，买房子买地，过百姓平常的日子。改变她或者击碎她梦想的，跟一个突发的事件有关。那个夏天夜晚胡子压在老巢，大美独睡在铁雷的狼皮褥子上。这天夜里窗户被从外面端开，二柜赤裸的身子钻进她的被窝，她怒斥、恫吓道："你敢动我，铁雷插了（杀死）你！"

二柜一阵轻蔑的冷笑，容不得大美反抗，饿狼吞食掉窥视已久的猎物。她一脸委屈向归来的铁雷控诉，满以为二柜会被大柜杀掉，不料铁雷说："俺叫他干的，从今以后，二柜、水香、炮头、翻垛……俺叫四梁八柱都尝尝你这美女的滋味。"

滋味？她心一紧。蓦然明白自己是多么傻啊！她痴心爱慕的人，将自己拱手让给他人做玩物。一切梦想瞬间破灭了，一颗仇恨的种子悄然种下。

在两人都有那种愿望的夜晚，大美说："我躺到四仙桌子上面……"

"还是獾子皮褥子软和。"铁雷说。

大美坚持要躺在四仙桌子上，他依了她。于是大柜铁雷见到第一次摆观音场的情景，她身体朝天打开，仍然没吭一声……疲惫的铁雷滑下身去时，一阵剧烈的疼痛使他发出号叫，下身血流如注，他摸到匣子枪尚未举起来就倒了下去。裸体叶大美攥着改变她命运的那根半截阳物，怪怪地狂笑，而后将带着血的剪刀刺向自己，一行掺着殷殷鲜血的泪水淌过妩媚的脸庞……

铁匠祁二秧子大惑不解，胡子究竟要干什么？大布衫子说："你准备一下，五月初八，也就是后天上山，在老爷庙前有人接你。"

第三章　女人当铁匠

一

胡子花舌子扔下后天上山的话走了，祁二秧子接下来的两天不好过，心绪一团乱麻。那个与自己毫不相干的胡子在叶大美肚皮上打麻将的故事，夏天飞虫一样跟着自己飞，轰赶不走。摆观音场？胡子怎么有这古怪举动，先绑去女儿，再在她的肚皮上赌一场，花舌子讲得很明确，大当家的要跟我过过手。至此，谜一样绑票很明晰了，胡子大柜要跟我赌……疑问来了，天南星是什么人？他即使有赌瘾，该到亮子里来，有赌场有著名的赌徒，非要专跟自己赌呢？何况，自己金盆洗手多年，在三江县城几乎没几个人知道自己过去的历史，胡子大柜怎么知道？

乱麻一样的心绪，靠抽靠理不成。铁匠想到谚语快刀斩乱麻——采取果断措施，解决复杂棘手的问题。可是，快刀无处寻去，就别谈斩断。首先要弄清是堆什么麻，天南星为什么设这个赌局，采取绑票的方式更令人不解。指名道姓找自己过手，原因何在？

"掌柜，套缨店老板来催那批马镫。"郝大碗说。

套缨店——专门经营绳子、套包、鞍鞯、马镫类。所经营的马镫年年在祁家铁匠炉订打。

"大碗，你掌钳，打马镫。"祁二秧子忙着女儿的事，活儿交给大徒弟去做，毛坯、粗活先由郝大碗领着做，最后的工序细活儿他再伸手，说，"抓紧打，按期交货。"

"哎。"郝大碗心里高兴，掌钳是所有学徒的梦想，师傅手中的锤头长不过三四寸，重不过半斤，普通金属铁锤，做不了工艺品。可是在掌钳人的手里它代表权力、技术，更是行当的特征，如同丐帮的牛皮鞭、木匠的斧子、挖参的索拨棍……郝大碗站在师傅平时执锤指挥打铁的位置上，十分成就感、几分骄傲，山炮儿眼盯着他手里锤子，羡慕得不行。

砰！郝大碗手腕旋转一下，锤子潇洒地落到砧子上发出清脆声音，第一次落锤有讲究，称叫锤，相当于惊堂木——也叫界方和抚尺。一块长方形的硬木（檀木、酸枝、黄花梨、鸡翅木、黄杨木），有角儿有棱儿，使用者用中间的手指夹住，轻轻举起，然后在空中稍停，再急落直下。民国初法院法官使用——提醒开锤。

砰！小锤落。

砰砰！大锤落。

打锤的节奏由掌钳的指挥，郝大碗手里的小锤相当于音乐指挥的指挥棒，打大锤有时是两人，根据活儿的劳动强度而定，像打制马镫属于小活儿，只山炮儿一个人抡大锤。

铁匠炉与居民生活密切，铁器时代人们生活离不开铁匠炉，拿个弯，冲个眼，戗个刃，断铁条，钩杆铁齿都需来烘炉来打，锤子打出缤纷生活。

祁二秧子绞尽脑汁寻找一把能够锻打掉他无穷烦恼、砸开层层迷雾的锤子，不像当年一脚踏进三江城门，走到李小脚铁匠铺那样容易，她手中舞动如花的锤子深深吸引了他。

铁匠铺的门总是朝着街敞开着，烘炉旁的铁砧子前一个三十出头的女人，锻打一根穿针（缝麻袋用），这是最见功力的细活儿。有句俗语："打铁匠拿起了绣花针。"意为太轻松吗？不然，铁匠砸出细小的针岂非易事。女铁匠较少见，祁二秧子面前就活生生一个，她在打一根针。一身蓝色更生布①工装，头戴一方素花头巾，脖子系着茄紫色布条，同工装靠色的套袖，袜忽褡（鞋罩）是白色。

铁匠李小脚专心致志做她的活，一个男人渐热的目光尚未感觉到。炉子里的火要熄了，是不是需要拯救他不管，伸手拉风匣，忽哒！忽哒！她听到声音，停住锤子，望过去。

"你怎么停啦？打呀！"祁二秧子说。

---

① 把旧布、旧衣服毁掉加工，重新纺成线而织成的粗布，是伪满国对东北人的配给品。

"噢，你是？"

"看你打绣花针。"

"不是绣花针，是穿针。"

"还不都一样，打针不容易。"他说。

后来，铁匠李小脚苦笑一下，说："针好打，日子不好过。"

祁二秧子见到一个针鼻（眼），宽宽且明亮的针鼻，自己顿然变成一根线。他仗着胆子问："你招徒弟吗？"

"哦，你想学打铁？"

"跟你学！"

铁匠李小脚迟疑片刻，问："你知道我是寡妇？"

"不知道。"

"我当家的死了，"她说了句废话，丈夫不死怎么是寡妇，"铺子是他的，我跟他学打铁。"

"现在你是掌柜。"

铁匠李小脚不否认，铁匠铺掌柜的遗孀继承铺子，自己当掌柜。祁二秧子说："你没挂牌匾。"

"我没男人。"她凄怆道。

男尊女卑的年代，买卖店铺都是男人做掌柜、老板、经理，女人有局限特殊行业，如妓院的老鸨，三江有家大烟馆经理叫四凤是个女人。铁匠铺掌柜绝对没有女的，过去肯定也没有。女人难当家，歧视的谚语云：骡子驾辕马拉套，老娘们当家瞎胡闹。如此大背景下李小脚开铁匠炉不挂牌子就不难理解。

二

收一个徒弟铁匠铺需要，李小脚早有此打算。可是谁愿意跟女人学打铁，还是一个寡妇。偷师学艺，也要挑选师傅，李小脚的丈夫戴铁匠生前手艺出名，主要打制马镫、马嚼子之类，妻子李小脚对打铁发生兴趣，丈夫惊讶道："你那么喜欢打铁？"

"啊，对呀，你教我。"她说。

"打铁不是绣花。"

"我知道。"

"打铁需要力气。"

"你以为我没力气？想想谁没飞起来呀？"

李小脚后半句话涉及夫妻私密生活，土炕上的某一时刻，剂子（块头）不大的李小脚瞬间爆发力惊人，将铁块子一般沉重的铁匠高高撅起，他说："眼瞅把我撅上天。"

"有房盖挡着，飞不上天。"

戴铁匠不承认妻子有那么大的力气，炕上的功夫说明不了什么。兴许她就练了这门邪功。他说："你除了腰有劲儿，别的……"

"咱俩拔大葱，"李小脚要跟丈夫打擂，拔大葱和拔萝卜游戏规则基本相同，拔大葱是大人游戏，拔萝卜是儿童游戏，"我要是赢了你，教我打铁。"

"中！"戴铁匠觉得稳胜她，心想这不是炕上，比力气肯定是母子（雌性家禽），"说话要算话。"

"我还怕你抹套子（悔约、说了不算）呢！"

"妈了个巴掌。"戴铁匠口头语道，男的骂人讳性才将巴子改音为巴掌，也可说成妈了个巴掌瓜答瓜。

两个人站在铁匠炉前，抱住对方的腰，姿势像拔葱或拔萝卜，如果是儿童还要口诵歌谣：拔萝卜，拔萝卜，哎呦哎呦拔不动……他们较的是力气，看谁能把谁拔起来，脚离地算输。结果戴铁匠输了，又说了句："妈了个巴掌，你哪来的这么大力气？"

李小脚得意，说："教我打铁。"

戴铁匠不能抹套子，兑现承诺，开始教她打铁。以前忙时她帮拉风匣，他爱看她拉风匣的姿势，手握横杆，丁字步，一推一送身子前曲后仰，像一条跳舞的鱼。他插科打诨道："你是不是寻思干那事儿呢？干那事儿，你就闭着眼睛。"

"花！你真花花。"她被揭了短，土炕上那美事时刻自己喜欢微闭着眼睛，相信天下妇女许多人同自己一样，闭眼易使人沉醉一种境界。

张打铁，

李打铁，

打把剪刀送姐姐，

姐姐留我歇一歇，

我要回家学打铁。①

戴铁匠认真教，李小脚学得很快，能够掌钳领徒弟打铁。丈夫忽然病倒成为炕巴儿——瘫巴，歌谣：炕巴儿，往炕上一趴，饭不能做，锅不能刷——不能掌钳打铁，他说："你当掌柜的吧。"

"有你一口气在，戴家铁匠铺你是掌柜。"李小脚说。

戴铁匠无限悲凉，拿不动锤子，连女人身体也爬不上去。郁闷成为致命杀手，不久郁郁死去。李小脚成了名副其实的掌柜，按铁匠行当规矩，掌钳的李小脚铺子叫李家铁匠铺，负责发放营业执照的警察局不同意，李小脚只好不挂牌子，烘炉照样开。没有那块牌子生意有些淡，她在寻找一个男人，肯做女铁匠男人的人，祁二秧子就在这个时候走进铁匠炉。

"听明白没？我没男人。"李小脚问。

"那又怎样？"祁二秧子反问道。

李小脚无意识地抻下围在脖子上茄紫色布条，暴露出脖子，皮肤白得晃眼，那一瞬间祁二秧子怦然心动。她问："你有家吗？"

"我没成家？"

"噢？"

"什么亲人都没有，像枝扎蓬棵……"

女人一下懂他的处境了，扎蓬棵，也叫风滚草，秋天漫山遍野流浪。

_____

① 民间有不同版本的《张打铁》。列举较有特色的一首：张打铁，李打铁，打把剪刀送姐姐；姐姐留我歇，我不歇，我要回去学打铁。打铁打到正月正，正月十五玩花灯；打铁打到二月二，二月老鼠吹笛子儿；打铁打到三月三，三月喜鹊闹牡丹；打铁打到四月四，一个铜钱四个字；打铁打到五月五，划破龙船打破鼓；打铁打到六月六，六月蚊子吃人肉；打铁打到七月七，七月亡人讨饭吃；打铁打到八月八，八十公公弹棉花；打铁打到九月九，九月菊花家家有；打铁打到十月十，十字街头卖梨子；打铁打到十一月，关起房门落大雪；打铁打到十二月，杀猪宰羊过大节。（作者：云在青天）

故有歌谣：从小青，长大黄，满山跑，不怕狼。一个扎蓬棵一样的男人李小脚求之不得，她说："在我这里学徒，供吃供住。"

"那太好啦。"祁二秧子喜出望外，他巴望这种结局，女人长打算短打算不说，孤男寡女在铁匠炉内，日子久了就有戏。

偌大的院子让祁二秧子觉得自己是条鱼，游到大河里，自由自在。生态法则是在适温季节里鱼类繁殖，铁匠炉院内的两条成熟的鱼，繁殖是自然而然的事情，否则才不正常。

"炕凉不凉？"她开始关心他，故事的序幕掀起一角。

祁二秧子一生中还第一次被女人温暖，以前忙其他事情，没太在意女人，现在则不同。

三

世界上没有两条相同的河流，没有两片相同的树叶，更没有两个完全相同的人。从绝对意义上没有和祁二秧子相同的人。他出生的四平街有一块满铁附属地，日本擅自设立地方部、地方事务所，警察、宪兵派出所、税捐等机构，管理工商业、服务业。中国政府无权干涉满铁附属地政事。日本商人占多数的满铁附属地内有两家烧锅——酿酒的作坊。民谣：祁家烧锅香，坂本家烧锅甜，兴顺茂米光腚。

一首民谣描绘两家烧酒和一家粮栈的情形，祁家烧的酒香，日本人坂本烧的是清酒，味道酸，编歌谣的人不想得罪日本人将清酒说成甜。兴顺茂粮栈加工出的白米干净没壳子，如光腚女人。

满清末年四平街小城雏形时期，祁姓烧酒师傅在此地落脚，开办烧锅，酿一种白酒名叫五站①小烧，特别香气的酒名声关东。冰天雪地中生活的人们当然喜欢酒劲冲（重），喝成歌谣所说那样：酒是汽流水，醉人先醉腿，嘴里说胡话，眼睛活见鬼。五站小烧深受欢迎，传说祁家使用唐麴，烧酒时给杜康磕头上供，得到祖师爷的秘传造酒秘籍……祁家烧锅

---

① 五站，中日甲午战争后，沙俄胁迫清政府签订条约，攫取修筑东清铁路的特权。火车站从宽城子（今长春）排列到四平街是第五站，故称。

香的创始人祁二秧子的爷爷咽气前再三叮嘱后人，五站小烧牌子要保住，祁二秧子父亲做到了，五站小烧酒工艺得到提高，香气增加几分，造酒的秘籍是祁二秧子在四平街北发现了天马泉，使用天马泉水酿酒，五站小烧质量大大提高，饮酒者品出味道与从前不一样。

五站小烧散装出售一段后，装入琉璃瓶中销往国外，祁家酒业进入鼎盛期。祁家烧锅老板娶四房太太，生了一大把儿女——五男三女，子女长大帮助经营烧锅的、读书求取功名的、个个争气，唯有老二什么都不想干成为纨绔——官僚、地主等有钱有势人家成天吃喝玩乐、不务正业——子弟。准确说祁家二公子嗜好只一样，赌博。

做父亲不能眼看着儿子堕落，开始采取文的方法劝，抄录一首《戒赌歌》给儿子，歌云："切莫赌！切莫赌！赌博为害甚于虎！猛虎有时不乱伤，赌博无不输精光！切莫赌，切莫赌，赌博唯害绝无乐！妻离子散家产破，落得颈项套绳索！赌输无钱去做贼，遭致身败又名裂；赌输无钱去抢劫，镣铐沉重银铛响。总之赌博有百害，劝君莫做赌博人！"他对儿子说："你好好看，一天看三遍。"

祁二秧子答应看，还不止三遍随时看，带《戒赌歌》去赌场，他信迷信，赌博在祖坟压红纸可获得先人保佑赢钱。抄录《戒赌歌》那张纸正好是红色，他顺手压到祖坟上，那天手气不错，赢钱回来，父亲板着脸在堂屋等他，见面就吆喝道："老二，跪下！"

祁二秧子手还在衣袋中摸着吉小洋①惬意呢，爹的一声喝他顿时吓白了脸。当爹的质问："《戒赌歌》呢？"

"送给了我爷爷。"祁二秧子机智，父亲是大孝子说送给爷爷大概逃骂，也是实话实说。

"让你爷爷保佑你赢钱，是不是？"

"是！"

父亲听答火冒三丈，叫来管家，命令他："把老二捆喽，三天不给他

①　光绪二十七年（1896），复在机器局设厂，仿"龙洋"制银圆"光绪元宝"，币面有5分（库平3分6厘）、1角、2角、5角、1元（7钱票分）5种，称吉小洋。

饭吃!"

祁家烧锅老板使用最严厉的家法是不给饭吃,轻重分一天、两天、三天,最重的惩罚是三天不给饭吃。祁二秧子有了铭心刻骨的第一次记忆,一生都不能忘记挨饿的滋味。

"爹呀!我饿!"一天后他号叫道。

父亲听到未动,对家人说:"再饿他两天。"

"爹,爹,给我一捧酒糟吃吧!"祁二秧子饿透腔,哀求道。酒糟是用来喂猪喂牛的,他饿得要吃酒糟。

"不行,再饿一天!"父亲狠心到底,为了挽救一个人,太心慈不行,饿服他,看他今后不着绕行(不学好、不规矩)。

"我不赌啦,爹!"祁二秧子有气无力地说。

第三天把他从拴马桩上卸下来,他成了烤软的蜡烛拿不成个儿。饥饿教育法在他吃几顿饱饭后失效,走入赌场继续赌耍。

"完蛋鸡猴(不长进的货)!"父亲觉得儿子不可救药,他说,"染上恶习不易改掉,老二又不想改,由他去吧!"

家人极力挽救祁二秧子,想尽办法。例如,娶个女人拴住他的心,女人不比骰子好玩。亲人们也太一相情愿,在赌徒眼里,最激动的是手摸牌的滋味⋯⋯父亲说:"我最后问你一遍,能不能不耍?"

"爹,剁掉我的手,只要剩下脚,我也要上场。"他表白道。

祁家烧锅老板彻底失望,几次劝说不听的情况下,采取极端的方法,宣布断绝父子关系,赶儿子出门。

祁二秧子净身出户,连行李卷都没拿。没有铺盖他躲进花子房——乞丐帮的固定住所——数日,直到赢了一场,有了钱他住进一家价廉小客栈,开始他的赌博生涯。

什么样的文字能描绘祁二秧子在四平街赌博的经历?一个人的历史用几个字就可以概括。我们的故事需要他,不能将他说得过于简单,还是引用一首近年有人写的《十字令·赌徒》:"一心赢钱,两眼熬红,三餐无味,四肢无力,五业荒废,六亲不认,七窍生烟,八方借债,九陷泥潭,十成灾难。"

十字至少有五字像祁二秧子，只有八方借债不太像他。祁二秧子赌博很精，成了精，并有了名气，一般小赌不上场，开局要够档次，赌资数量、参赌人员要有头有脸。很快，祁二秧子成为四平街人物。

四

人物想低调都不行，名气在那儿摆着。祁二秧子公认的赌场高手，够爷、神、王级。想跟他过手的人可不只为赢钱，以跟祁爷赌过为荣，背地有牛可吹。

"你说我跟谁过过手？祁爷呀！"赌徒炫耀道。

"哪个祁爷？"

"四平街祁爷。"

外地有人慕名来跟祁二秧子赌一场，输赢也不在意，与赌爷赌过最重要。数年里，祁二秧子基本处在无敌手的状态，神话随时破灭，后来就破灭了，他离开四平街到三江县城亮子里，他决心不再回到赌场才有这次逃离，准备找一个职业，靠一双手劳动挣钱吃饭。做什么没想好，闲逛到辘轳把街，被女铁匠李小脚吸引，萌生了做铁匠的念头，顺利成为李小脚的徒弟。

"你天生是做铁匠的料。"李小脚在被窝里说。空旷的铁匠炉大院里，两个晚上都睡不着觉的人，各自坐在自己的窗户前窥视对方，谁先迈出的第一步，又是怎么迈出的说它没意义，反正都想这么干，很快到一起，她有感说了上面的话。

"怎么说呢？打铁我学得快。"他说。

"什么呀，你的锤子……"李小脚顺嘴说出四大硬，铁匠的锤，石匠的錾，后娘的心肠，金刚钻。她戏说他的某个部件是锤子，倒也形象。他很快弄懂，说："你有感觉？"

"一夜你不住闲地敲，能没体验嘛！"

"比戴铁匠硬？"

"你的锤子淬钢（淬火），帮帮硬。"

"比特务股……"祁二秧子说另一个版本的四大硬：特务股，宪兵队，警察局，协和会。

李小脚不懂政治，却懂哪些话当讲哪些话不当讲，如何黄如何荤如何低俗的四大怎么说都成，沾伪满统治的边儿的话且不能说。硬的话题打住，她说："明天起咱俩也别偷偷摸摸的，你就是我当家的。"

"这事咋对外人讲?"祁二秧子的意思如何公开他们的关系，"不好敲锣打鼓，到街上喊去。"

"你笨个灵巧。"她讥笑道，"做个牌匾，写上祁家炉，谁看不出来你是我的当家的。"

"对呀，还是你聪明。"

一个店牌匾挂起来，从此亮子里古镇便有一家铁匠铺叫祁家炉。她将一个钢戳给他，说："把戴字改了，改成祁。"

"这……要不得还用戴……"

"我身上早给你打上祁字，还差铁活儿上的印记。"女人说，她讲得不无道理，祁二秧子的锤子已经在一个女人身上敲出明显标记，人、铺子一切都是他的了。

男人掌钳，女人拉风匣。雇了几个徒弟，李小脚做起职业家庭女人，准备生个一男半女。锤子夜夜敲打，部位竟然没变化，一口气敲打了两年，女人说："白费，寡蛋。"

"那你肚子有包，是啥呀?"

"是屁，气包。"李小脚说。

程序没错，不停地耕种不见出苗。到底是地的原因还是种子原因，他们没人细琢磨。庄稼不收年年种，毫无收成的耕种期间，李小脚抱回一个女婴。

"哪儿来的?"他问。

"铁道边儿捡回来的。"

"丫头? 小子?"

"丫头。"李小脚说，"我们养着她，你给起个名。"

祁二秧子给捡来的女婴起了乳名——小顶子。祁铁匠有了一个女儿。日子久了，没人看出他们没有血缘关系，和亲身生养的一样。李小脚在小顶子八岁那年得了场病死了。

"你要好好把小顶子带大。"李小脚临终前叮嘱。

"放心吧，我有一口气，孩子就不受丁点儿屈。"祁二秧子保证道。

最后的日子里，夜里祁二秧子只一个要求，说："把脚给我！"

女人吃力抬腿满足他，祁二秧子将一双小脚紧紧搂在怀里，说："我喜欢不够你的脚。"

"我死后你剁下来……"李小脚幽默道，病入膏肓她还能幽默。

一行泪水扑簌簌落下来，祁二秧子十几年来没这样哭过。他说："没想到我们在一起不长……"

"毕竟在一块过了十多年舒心日子，我知足了。"李小脚庆幸戴铁匠死后遇到祁二秧子，赌徒变铁匠后一次赌场都没进过，对自己有感情很好，"下辈子我先嫁你。"

人哪里有什么下辈子，风一样刮过去。他说："有一件事我总想问问你。"

"什么？"

"你打铁时脖子怎么总是围着布条？"

李小脚沉默一阵，说："戴铁匠喜欢我的脖子。"

"噢！"

李小脚问："四大黑怎么说？"

呼延庆，包文正，铁匠脖子，钻炕洞。祁二秧子说了一遍民间四大黑，翻然她为使自己的脖子不染黑，终日围着布条。

躺在棺材中的李小脚，脖子白净净的，他引以自豪。洗刷了铁匠脖子黑的千年耻辱。

"保护不好小顶子，我对不起她！"祁二秧子这么想。

胡子绑女儿的票奇怪的不要赎金，大柜要跟自己赌一场这又是为什么？他必须想明白这个问题。

五

大布衫子回到胡子老巢，他对天南星说："大当家的，说定了祁二秧子五月初八上山，我们去老爷庙接他。"

"我最担心灯不亮。"土匪大柜说。

黑话灯不亮是风险大的意思，也可以说成溜子海。此次绑票行动本身隐藏着很大危险，所有绑票行动都伴有巨大风险不言而喻。并非所绑票都能成功，如何计划周密精心都难免有纰漏，意外是无法预料的。

半个月前，天南星对大布衫子说："兄弟，我想……"

"挖血（弄钱）？"水香迷惑，绺子刚刚打下一个响窑——筑有炮台、雇有炮手看家护院的大户人家，得了很多钱财，几个月不出去打劫也够绺子百十好人马用的。

"我要会会一个人。"

"谁呢？"

"祁家炉掌柜。"

水香一时还不能理解大柜的动机。会会是什么意思？本地话穿长袍没会不到亲家的。会，也当斗气讲，称会气儿。大当家的要同铁匠铺掌柜会气儿吗？他问："你们有仇？"

"算是吧！"

"大当家的想成了他的仙（送他的命）？"大布衫子试探着问。

天南星说要铁匠的命像碾死一只蚂蚁，报仇不都是一枪结果仇家的性命，要看是怎样的仇恨，报仇的方法也不尽相同。胡子跟铁匠炉铺掌柜的仇不是如何深，而是奇特，甚至他上山当土匪都与祁二秧子有关，始终埋藏心里，只是没对外人讲过，水香自然不知道。他说："不，请他上山。"

"可是请观音……"大布衫子对大柜采取绑票的方式不解，直接绑祁二秧子多简便，"我们请他，识相点他会乖乖地来。"

"这出戏没他的闺女演不成。"天南星没有说得太多，他计划好长时间，正如他所想只祁二秧子一个人不行，这不是出独角戏，他的女儿是不可或缺的配角，"我想摆观音场。"

改良有时很有意思。观音场原本是掠来亮果（美女）四梁八柱不好分配，尤其谁获得初夜权通过赌博来决断，为体现公平。胡子压（待）

在老巢，赌博也是一种娱乐和消遣，押宝、看纸牌、掷骰子……最刺激的莫过摆观音场，吸引眼球的是那张台子——女人肚皮，在白皙的肚皮上打牌赌钱那是怎样一番情趣啊！

"我懂了，大当家的把祁二秧子的闺女当台子，输赢的也是她？"大布衫子猜测道。

"对，没错。什么叫生死赌？"天南星狡猾地笑，自信道，"这就叫生死赌，当爹输掉自己的亲闺女。他赢了领闺女回去，输了把闺女扔到这儿。"

大布衫子揣摩大柜的心里，用这种方式的目的，终归还是要铁匠的女儿。大当家的要娶压寨夫人，相中某个女子，弄到手还不容易，干吗多此一举地摆观音场？准保就能赢祁二秧子吗？如果输给了人家，爹领走女儿还不白忙活一场，他说："人已在山上……"他的目光瞟向一个方向，祁家小姐小顶子就在那里，大当家的过去，愿意怎么样就可以怎么样。何必费心巴力呢，正如大柜所担心的，祁二秧子勾结警察，尾随上山找到老巢，那样得不偿失。他说："我想也是灯不亮。"

"你说祁二秧子会把这件事露（告诉）警察？"天南星说，"闺女在我们手上，他不缺心眼吧！"

"我怕万一。"

"哦，提防着点儿没错。"胡子大柜说。

为防止祁二秧子带来警察，派人在入山口老爷庙门口接到他后，不直接带老巢来，领他满山转悠，直至转得蒙头转向分不清东南西北，再带来老巢。

"嘿嘿，来个野鸡闷头钻……"天南星说。

"我明白。"大布衫子领会道。

胡子大柜说："祁二秧子的赌术可不简单，过去在四平街没人赢得了他，兄弟，你陪我练练牌。"

大布衫子当胡子前在会局①做过跑封的，熟悉赌博行当。不过，赌博

① 大规模赌博活动，由出会的、押会的、跑封的三方面构成。

形式不同，各种赌博中都有专长的人。他擅长押会，未必精通推牌九，因此他说："我对红春、占奎①三十七门花会略知一二。不知道大当家的跟祁二秧子玩什么？"

"一揭两瞪眼。"

一揭两瞪眼，也称一翻两瞪眼。一种比大小点的赌博，最简单的赌博。

大布衫子疑惑，费心巴力绑来人票，将祁二秧子逼上山，只玩一次一揭两瞪眼。俗语说一个人不喝酒两人不赌钱，意义且不说就赌博形式也是最简单，其次是三家拐，即三个人打麻将，标准玩法是四个人，东北又是穷和干别（biè）（单一就这么玩），可是大当家的只一对一的两个人，也只能一揭两瞪眼。

"兄弟，弯窑（赌场）你比我懂，你说使用什么牌具我才能胜算？"天南星问。

水香认真地想想，而后说："竹叶子（牌九）。"

"喔，方城子（麻将）不行？"天南星问。

"我觉得方城子，掷跟斗子（骰子），都不如竹叶子妥靠。"水香说，绺子上有几副牌九——又称骨牌骨。每副为32张，用骨头、象牙、竹子或乌木制成，每张呈长方体，正面分别刻着以不同方式排列的由2到12的点子，有一副是紫铜的，不易作弊，"他难做手脚。"

"好，就使竹叶子。"天南星说。

长篇小说
匪王传奇

---

① 会门名称。共有三十七门花会：音会、茂林、红春、根玉、曰宝、占奎、合同、汗云、青云、青元、九宫、火官、只得、必德、坤山、入山、光明、三怀、至高、上招、天龙、龙江、元桂、板柜、天申、太平、安士、永生、有利、明珠、河海、吉品、万金、正顺、并力、福孙。

第四章　匪巢头一夜

一

约定的日子来临，明天上山。两天来，祁二秧子绞尽脑汁破解一个谜团——胡子大柜要跟自己赌博，而且采取绑去女儿，逼迫上山去跟他过手，不去都不行——始终没进展。

蹊跷绑票后面隐藏什么？花舌子说我们请观音，可不是为黄货（金子）为槽子（元宝），大当家的就想跟你过手。胡子不同寻常的绑票意不在绑票上，绑票不过是达到某种目的的形式而已。目的到底是什么？百思，千思都有了，铁匠铺掌柜冥思苦想没有一个头绪。

祁二秧子坐在能看到打铁场面的地方，瞅着徒弟打铁。这是聪明的选择，铁器时代最能使人产生灵感的是金属发出的声音。他走到铁匠铺来受丁当打铁声吸引，李小脚正打缝麻袋的穿针。那时他像一只得了雪盲的鸟，在一片黑暗的空间乱飞，不知道落到什么地方。

已经成为一个地方的赌爷的祁二秧子怎么突然决定逃离了呢？事出有原因。他被赶出家门，父亲跟他断绝父子关系的声明，在四平街引起震动。这种时候人和狼有相同的地方，一只狼被轰赶出族群它最大心愿有一天回到族群中去，群居的动物离开群体难以生存。祁二秧子与狼回到族群——家庭中去心愿一样，不相同的是并非因无法生存回去，相反整日沉湎赌场不想赌博以外的事情是一种自由和幸福。如果要回到祁家充满酒味儿的大院，只是心而不是身，脚步从未走近祁家烧锅一步。

四平街那时方圆不大，满铁附属地范围更小。日本人和当地人经营的饭馆，炒菜葱花味儿一条街都能闻到，饭馆飘出的还有酒味，日本清酒不浓被空气稀释后几乎难闻到，五站小烧四处弥漫，深入人心。

"还是你家酒味道好！"有人赞扬道。

祁二秧子听后只是报以一笑，那个家离自己很远了，像一个朋友离开了永远不再见面。其实他心里还是为自家的酒骄傲。

日本人心里水坑子大小包容不下什么，兴隆的祁家烧锅影响到清酒销售量，吞并是侵略者最敢想的事。他们开始找祁二秧子父亲，要跟他联合经营白酒遭到拒绝，往下的结局谁都会想到。祁家烧锅遭挤对开不下去，祁老板带上家眷回河北老家去了。走时，他老人家动了恻隐之心，找到儿子，说："老二，跟不跟我们回老家？"

"爹，咱家五站小烧？"

"唉，还有啥五站小烧哟，顾命要紧。"父亲接下来劝儿子跟家人一起走，见儿子铁心不肯走，无奈任他去吧，留下一句话，"好自为之吧，赌博总不是长久的事儿。"

祁二秧子一个人留在四平街，他除了赌耍什么事情都不会做，也不想做。赢多输少，他是赌爷。赢了钱做什么？他无度挥霍，到头来什么都没攒下，赌徒也不能有财产，即使有了也守不住，一夜间可能就是人家的。想想，连一条性命都说不上是谁的。输了随时给人拿去，认赌服输千古道理。

父亲临走告诫的话许多年后他才有机会咀嚼它觉得有道理。认识到了赌耍的危害，尚未看到隐患，赢了人家的钱结下一份仇，人家早晚有一天会找你来报。祁二秧子马上看到这一结果，不过，当时他还没意识到。洗手不干了，胡子黑话叫谢祖，祁二秧子金盆洗手因为祁家烧锅遭日本人祸害，家人不能待了，自己也没法在四平街待下去，一咬牙一跺脚离开，来到三江县城，身上藏有几条黄鱼（金条），打算在亮子里生活。虽然有几根金条，坐吃山空也用不上几年，必须找些事做，学一门手艺最好。寻找事儿做时，偶遇到李小脚打铁。

"你怎么看上我？"李小脚自知其貌不扬，问他。

"打铁。"

"不嫌我穷？"

"打铁的不穷。"

李小脚说："说人穷怎么说？穷得丁当响，还不穷哇！"

祁二秧子拿出金条，说："这些钱够我俩花一阵子。"

"你哪里来的金子？"

祁二秧子没隐瞒，说出自己赌徒身世。女人用怀疑的目光望着他，染赌还能戒掉吗？她婉转说："不会有一天把我输掉吧？"

"我发誓再不进赌场，一辈子再不摸牌。"他说。

唉！李小脚长长叹息。

"你不相信我？"

"不是，赢了一分钱，记下一份仇，说不上啥时人家就找你报。"她说。

回想这个铁匠女人的话，祁二秧子觉得是真理。眼前的谜团豁然开朗，有人报复，输了钱的人来秋后算账。按理说赌博不存在事后等待时机进行报复的事情，认赌服输嘛！这也说明不了，那也说明不了……终有个到底吧，还是李小脚说得对，赢了一分钱记下一份仇，说不上啥时就找你报。可是同自己过手的人太多，没有特殊印象的某一个人，见了面或说起来也许还能想起来。哦，天南星是哪位赌徒？照此逻辑，以前的一位赌徒后来当了胡子，做上绺子的大柜，埋在心底的因输掉金钱的仇恨发芽，寻找到自己，绑架了女儿逼其自己上山跟他赌。

胡子反复无常，赢了还好，输了呢？还能放人吗？去匪巢远比鸿门宴危险，生死赌啊！一旦出现意外，搭上的不止一条命，还有女儿，她才十七岁，不该受到自己赌耍的牵连，这不公平。面对的是什么人？土匪，他们跟你讲道理讲公平？做梦嘛！设想，胡子大柜赢了他要什么？钱还好，变卖掉铁匠铺，带女儿离开三江，回四平街也成。但是最担心的是胡子不要钱财要命，或者要女儿小顶子……他不敢想下去。

二

晚饭他没吃，吃不下去。徒弟郝大碗跑到街上买来羊蝎子——羊大梁，因其形状酷似蝎子，故而俗称——请厨师给师傅做。吃猪不如吃牛，吃牛不如吃羊，羊蝎子香嫩而不腻可谓羊中精品。此时，如何美味他都感觉不到香。

"大碗，端走你们几个吃吧。"祁二秧子一筷子也没动，说。

"俺特意给师傅买的。"郝大碗说。

祁二秧子用感激的目光望着徒弟，说："谢谢你，端去你们把它吃了吧。大碗，吃完饭你到我这儿来，有话对你说。"

"师傅……"郝大碗还劝师傅吃。

"走吧!"祁二秧子扬下手臂，打发走徒弟。

郝大碗极不情愿地端着香气扑鼻的羊蝎子走出去。祁二秧子无法控制自己朝最坏的方面想，父女都落在胡子手里，等于是命运交给他们支配，会有什么好结果呢？能否回来难说啊！铁匠铺怎么办？接下的一些活没干完，祁家炉这块牌子信誉不能毁。眼下只能交给郝大碗，他的技术能勉强掌钳，可以代替自己支呼（对付）这个摊子。去山里多少天不好说，铺子里的事情必须交代好。

徒弟中他最信任的是郝大碗，怎么看人都老实，有正事，技术进步很快，将来注定是一个不错的铁匠。事情交代给他放心。几年前，郝大碗从外地来，他说自己父母双亡，过去在一家铁匠炉拉过风匣，抡过大锤，具备一定打铁基础，果真，学习一段时间，大锤抡得有模有样，人勤快又肯吃苦，很快成为最得意的徒弟。因此，师傅单独给他吃小灶——教打铁技术，一些粗活郝大碗可以掌钳。

不聋不瞎的祁二秧子看到徒弟对女儿有"意思"，他心里说不出是乐意和反对，原则是婚姻大事女儿自己做主，如果他们有缘定会水到渠成，自然而然好。有了这一层无疑增添几分对徒弟郝大碗的好感和信任，因而在关键时刻，将家里的事托付于他。

郝大碗走进掌柜的堂屋，只点一盏小油灯。祁二秧子坐在四仙桌子前，阴郁的表情融在灰暗光线中，他说："坐吧，大碗。"

"是，师傅。"得到允许郝大碗才敢坐下来，是师傅是掌柜他都不能与之平起平坐。

"大碗，"祁二秧子交代道，"我明天上山去，哪天回来说不定，家里的活儿你领着干。"

"哎。"

"谁来订活你跟他们谈，价格你定。"

"师傅，我怕说不好价格。"郝大碗不是谦虚，师傅授权他掌钳做些活儿行，接活谈价历来都是掌柜的事情，自己属于不懂，"我没谈过。"

"啥事都是经历了就会啦。"祁二秧子有些深远的含意道，"早晚你得会，不会谈价怎么行。"

郝大碗暗喜，师傅的话他理解透彻，将来自己做铁匠铺掌柜的，总要会接活谈价，现在他还不敢那样想，终有那一天。他说："师傅告诉我价格，我记下来。"

"好，我给你叨咕一遍。"

铁匠炉打制的东西毕竟有个范围，经常到祁家炉来打制的铁活儿范围又给缩小一些——平镐、尖镐、斧子、片刀、铡刀、锄钩、锄板、镰刀、钐刀等小农具，极个别的还来打车轴、车瓦（马车均为木制轱辘，包轱辘外用铁瓦）。祁二秧子能想到的都说了说，末了说："价格是活的不是死的，你随行就市掌握。"

"我怕咱吃亏。"

"没事儿你大胆做，吃一次亏也长一分见识，值！"他鼓励徒弟大胆做事，讲得让人听来很温暖，"哦，我走后有人来找我，你就说我去外地办事，过几天回来。小姐的事儿，对外人牙口缝都不能欠。"

郝大碗点点头。

祁二秧子拨高灯捻屋子明亮起来，郝大碗这时才看到师傅面前放着他平素使用的锤子，这东西不应该在桌子上，它是师傅身上的重要东西随身携带，上茅厕都带着，但是在会客的堂屋不会带在身上，何况还是在晚间。它的出现有什么……正在他思想之际，师傅谈锤子了，他说："大碗，锤子你拿着，全权代表我。"

接锤的时刻庄严，郝大碗站起来双手接过那把寻常且不寻常的铁锤，说它寻常只是一把普通铁锤，说它不平常它是铁匠的指挥棒、军人的指挥刀……从这一时刻起，小铁匠登天成为掌钳的，在祁家炉他起码暂时是掌柜的。抡大锤的当掌钳的想也不敢想。

"好好干，你能使好它。"师傅话里含着希望。

郝大碗说我一定努力干。

"大碗，"祁二秧子情绪迅然下去，说，"我要是出现什么意外，铁匠炉你开吧！"

"师傅……"

"好啦，别说了。"祁二秧子心里很乱，想独自一个人待着，他说，"睡觉去吧。"

郝大碗离开。

祁家炉掌柜的心继续朝黑暗里坠落，他不想往下掉都不行。此去白狼山胡子老巢生死未卜。回来回不来的确很难说，铁匠炉不交给郝大碗交给谁？继承人只能在徒弟中找，方方面面的条件看，他最合适。铁匠炉送给外人，他觉得应该跟一个人说一声，于是他走入祠堂，对供奉在那里的女人——李小脚的牌位说："小脚，我可能就回不来了……炉子的黑烟要冒，铁要烧红，砧子要砸响，郝大碗行，他接着干吧！你说，行不？"

三

匪巢夜晚很静，几道岗哨保护下的祁铁匠女儿小顶子的宿处——窝棚更是肃静，大柜传下令任何人不得随便靠近那个窝棚。连日来经常来给她送饭的男人，说话声音娘娘腔，下巴小孩屁股一样光滑绝对没有胡须，一根也看不到。可以断定是一个阉人。

在三江地区出现阉人并不稀奇，因为谁都可能听说谁谁是阉人，或就有一个阉人生活在身边的城镇内，这与一个陋习有关。东北是满清的龙生之地，太监也产生在这里。按当时宫里规定，或说成惯例，想当太监人家的孩子在十岁左右自己去势——自割掉男性生殖器，然后由在宫里有一定级别的太监引荐，再经过严格地考核方可做太监。穷人孩子梦想过上富裕日子，不惜牺牲"性"代价，在家人的帮助下采取极其原始的土法，用锋利的刀具"连根削"掉。问题是，没有了阳具的男孩未必如愿以偿进宫做太监，那不是白阉了吗？阉后又当不成太监的大有人在，给小顶子送饭的人就属这种情况，至于他如何当的胡子便不得而知。还

长篇小说
匪王传奇

有一种情况，便是一种酷刑，还多是出在胡子，黑话称为炸鸡子——把豆油烧开，将男人阳具放入油锅，当然，炸完的男人九死一生，活下来的几乎很难见到。受到这种酷刑的，是绺子里犯了妯娌并奸子（祸害妇女）的人，惩罚绺子外的人另当别论。总之，受到此刑罚处置无疑与性事有关。出于繁殖优良品种、控制生育的目的，阉割应用到家畜身上较为普遍，去势的名称当地人称劁、骟……用到不同动物身上叫法也不相同。例如，劁猪，骟马……去势后猪称克朗，羊称羯子，牛称尖子……总之不用阉，更不说去势，也有粗俗地说雄性挤出卵子子，说雌性摘出花花肠子（除输卵管）。

分辨阉人很简单，男人声音变细，没有胡须女性化明显，但是喉结处掩藏不住，怎看也粗糙缺乏细腻。给小顶子送饭的人姓吕，黑话就是双口子蔓。

"揹富（吃饭）让双口子送，别人接触她不把握。"大柜天南星叮嘱粮台道。

身为绺子四梁八柱之一的粮台，他负责管理绺子吃喝。从大当家的口气听出来，绑来的不是一般的票，对她要特殊照顾，遵命行事就是。他说："我去安排。"

"在家好赖也是个小姐，嚼咕（食物）别太次喽。"天南星说。

"我明白，大当家的。"粮台领会意图，他去找姓吕的胡子，对他说，"双口子，打从今个儿起，你负责给草儿（女人）送饭。"

"那个丁丁（小美女）？"

粮台要尽到责任，裆里空荡没有那嘟噜东西的人并不能说他就断了念想女人，皇宫里的太监反群（发情）忍不住蹭墙头呢！必须警告双口子，他说："大当家的另眼看待，你可别犯浑哟！"

"明白。"双口子说。

粮台扫眼双口子的下身，要说的话都在目光里，意思是你胡来小心劁了你！噢，你已没什么可阉的东西。他说："每顿饭你按时送过去，白天观音要出来，你就陪陪她，主要是保护她的安全。"

"是。"裤裆空荡的双口子大脑不空荡，窝棚内的女子已不是观音——人票，一般抓来票都交给秧子房看押，她单独住，还指派专人侍奉。水香大布衫子亲自绑来的，粮台亲自安排伙食，还有大当家的命令，觉得自己责任不小。

早晨，端着饭菜双口子走入窝棚，对说："揢富吧！"

小顶子望着第一顿早餐，分析揢富就是吃东西。昨夜是入匪巢头一夜，她上半夜根本没合眼。采韭菜被人从甸子直接抓来，意识到自己遭绑票。过去听人讲胡子绑票，亲身经历第一次。紧张、恐惧自不必说，往下还要受到怎样的待遇不清楚，能好吗？抱着愿怎么样就怎么样吧，发昏当不了死，怕也没用。唯一希望红杏跑回去报信，父亲会想尽一切办法营救自己。是否能救得出去，关键不在父亲努力，看胡子绑票目的是什么，假使为了钱财，索要的数目达不到也不会放人。

窝棚还算严实，那个木杆加柳蒿钉的门还能从里边插上，她躺下前将它插好。心明镜这也是挡挡而已，其实什么也挡不住，门一脚便可以端开。她最多想到自身安全，落入匪巢的女子应有的恐惧感袭击她，反抗像那个毫无意义的门闩。

匪巢晚间有站香（站岗）的胡子，脚步不时响起，他们持枪在驻地来回巡逻，有时走到窝棚前停留，片刻便离开，可见尽职尽责。来自本能的防备她没脱衣服，将一灯台——用来放置照明工具的物品，有石制、金属制、木制等——握在手里，铁灯台很沉，攥着它让人觉得有力量。

进山后不久便被蒙上眼睛，胡子老巢处在什么位置不清楚，从周围岩石和树木看，是一个僻静的山沟无疑。胡子的巢穴必然建在深山老林不易被发现的地方，白狼山不缺少这样藏身理想环境。窝棚用蒿草搭建的，细碎的月光透进来，如萤火虫在眼前飞舞。在铁匠炉的房子里，很少见到成群的萤火虫。有一次，夏天里的夜晚，院子里飞来萤火虫，她跟红杏一起观看。红杏说一首歌谣：

> 萤火虫，
> 弹弹开，
> 千金小姐嫁秀才。

秀才修，

修只狗；

狗会咬人，

嫁个道人；

道人会念经。

胡里胡里念经。

胡子老巢的窝棚里是流萤一样的月光而不是流萤，红杏不在身边少了半边天……她熬到天亮，什么事情都没发生，直到有人端饭进来，才见到走近身边的胡子。

"这儿青苗子（菜）很少，"双口子说山里没什么青菜，还问她喜欢星星闪（小米饭）还是马牙散（玉米饭），目前就这两种主食。

小顶子绷紧的神经渐渐放松，胡子面容没那么狰狞。面前这个人阴盛阳衰，一副娘娘腔。我们故事中的铁匠女儿小顶子，且不知道站在她面前的男人连睾丸都没有了，无疑安全许多。

四

没有胃口小顶子勉强咽着饭，红杏经常说人是铁饭是钢，一顿不吃饿得慌。铁匠铺掌柜的女儿，照样缺不得钢，遇事需要硬度——刚强，如果是块铁放到焦子烧红，再淬火——加钢，锋刃都是这样打成的。落难胡子老巢，虽然没遭到什么难，不等于以后不遭难。总之要刚强，十七年的岁月烘炉煅烧，身上蘸上钢，因此她身处匪巢却没如何惊恐。

"晌午给你做千条子（面条），还要给你煮昆仑子（押蛋）。"双口子说中午的伙食，他没话找话说，故意拖延离开时间，美丽的女子谁不爱看几眼，非分他不敢想，大柜的东西你敢碰？除非不要命了。趁送饭的机会多在她的屋子待一会儿，多看几眼美女，过过眼瘾仅此而已。

小顶子想了解胡子情况，她知道了这里的一切才对自己命运有个大致的推断。她说："你们对票都这么好？"

双口子用左手中指甲抠抠左侧眼角，说："你是第一，再没见过别人受此待遇。"

"啥意思？"

"我见过的票，大当家的对你最好，真好。"双口子将两只空碗摞在一起，筷子放在上面，说，"你没遭熬鹰的罪。"

熬鹰——折磨人质，小顶子听说过，她问："为啥熬啊？"

"让他说出家里的财宝藏在哪里，"双口子说人质的一种情形，即绑来当家的掌柜的什么，用熬鹰的方法逼迫说出财宝，还有一种情况，他说，"让小尕子描朵子（写信）给家里，让家里人拿钱来赎他。"

"我属于哪种情况？"

双口子愕然，不知如何回答是好。

"没熬我也没让我写信给家里。"小顶子问，"这是为什么？"

"细情我也不知道。"双口子要逃走，他不能说得太多，绺子规矩很严，你该干什么就干什么，不关你的事少沾边儿，欠儿登（嘴欠儿、手欠儿）不行，找病嘛！

送饭的胡子离开，小顶子心想，不管胡子大柜天南星怎样目的，至少目前对自己还行。往下是什么样猜不到也不好猜。绑来自己放红杏回去报信，明明是让父亲知道，目的大概也在父亲身上，拿自己当人质向他勒索钱，胡子绑票归根到底还不是为了这些。

一整天她被限定在窝棚内活动，就是说不准出去，没捆绑活动自由。有一次她试着朝外走，被附近站岗的胡子吆喝住："回去！掩扇子（关门）！"

窝棚没有窗户，关上门屋子内黑漆漆。她发现没有灯，胡子为什么不配灯？今晚还在这里，一定向他们要盏灯。看不到外面东西，只能坐在窝棚里静听，所在位置单独修建在一处，近处没有窝棚，不知胡子搭建窝棚时怎么想的。

晚饭前双口子扛着一捆木头桦子，进来说："给你烧串雾子（火炕）。"

窝棚内搭着火炕，小顶子和衣坐了一夜身子未沾炕也就不觉炕凉热。几天没烧土炕很凉。桦树皮做引柴点燃松木桦子，噼啪作响，一股沁人心肺的松脂香味弥漫，温暖的火光在胡子脸上跳跃。红色的脸膛易让人觉得有善意，她说："晚上我摸瞎乎，能给我一盏灯吗？"

双口子手攥着一截松木，另一头在灶膛内熊熊燃烧。他喜欢这样，说："我得去问问大当家的。"

"用一盏灯也要大当家的准许……"

"是，这是规矩。"双口子说。

小顶子决定接近这个看上去比较好说话的胡子，对他微笑，用没有敌意熟人的口吻说："大当家的指派你照料我，怎么没见他人。"

"哦，大当家的吐陆陈。"

"吐陆陈？"她没懂这句黑话，问。

"病了，"双口子说，"多刚强的一个人，一枪两枪都撂不倒他……直打哀声（痛）。"

"啥病？"

"攻心翻。"

事情凑巧，小顶子非但知道这个病，还会治，说来一般人不会相信，一个十七岁大姑娘咋会治那病？翻，在东北民间有多种翻之说，主要两种是攻心翻和臭翻。

两种翻父亲都得过，母亲给他治翻。女铁匠李小脚会治，技术她传给女儿。小顶子在想，这是一个机会吗？譬如将胡子大柜治好，他高兴放自己走。她说："你说大当家的起翻啦？"

"攻心翻。"

"说是病也是病，说不是病也不是病，挑就可以啦。"

"哦，你懂？"

小顶子说不但懂得还会治呢！

双口子惊讶，她会治翻。

"我娘教过我。"小顶子说。

"你娘是谁？"

"李铁匠。"

"噢！"双口子再次惊讶，女铁匠李小脚三江知道她的人很多，包括胡子双口子，她会挑翻也听人说过，他问，"你会治翻?"

"当然。"她说自己不仅会治攻心翻、臭翻、鼻翻……林林总总的翻都会治。

双口子一高蹿起来，他跑去向大柜天南星禀告。

五

那时大布衫子正在大柜的窝棚里，天南星面色苍白裹在一张狼皮内。

"大爷!"级别低的崽子（小胡子）都称四梁八柱爷，按座次分，水香排得靠前，大柜二柜水香炮头，因此称为三爷，"三爷。"

"说吧。"

"那个观音能治好大爷的念课（病）。"双口子说。

天南星将信将疑，望水香。

"她亲口说的?"大布衫子问。

"嗯，她娘是李小脚。"双口子说。

天南星再次望向水香，一切都要这个军师来判断。李小脚听说过，会治翻他没听说过。水香也听说，大柜得病正慌乱之中，有人会治自然不能放过，水香挥下手，双口子退下去。

"行吗，一个大姑娘。"天南星心里没底道。

"是骡子是马，牵出来遛遛。"大布衫子说，求医无门之际不妨试试。

一心想解除病痛的天南星，有病乱投医，说："说不好哪块云彩上有雨，试试吧。"

大布衫子看出他的心思，说："我去先跟她唠唠，看她到底有没有两把刷子（本事）。"

"去吧，好好唠。"天南星说。

大布衫子走进窝棚，开门见山道："祁小姐，你会治翻?"

"会。"

"跟你娘学的? 给人治过吗?"大布衫子盘问道。

小顶子学会治翻，只给一个人治过，邻居女人得了臭翻——四肢冰凉，脸色发白，肛门起紫色的疱——方法是挑，将紫疱挑破，用白布蘸碱面蹭，便可治好。

"你打算怎么给大当家的治？"大布衫子拷问道。

小顶子说得头头是道，胡子水香确定她真懂，就相信了她，说："你去给大当家的治吧。"

直到这时小顶子才犹豫，挑翻的部位是男人私处的附近，怎好意思呀？水香似乎看透她的心思，说："现在你是先生（医生），人不背亲人，不背先生。"

需要横心，小顶子心就横，逃生的希望可能就在此次治疗上出现。她说："我去治。"

天南星比铁匠女儿羞涩，转过头不看她，白白的屁股露给医生，他骂攻心翻咋得这怪病，让一个女子看……小顶子镇静自若，使用火罐拔肛门处，有句歇后语：屁眼子拔罐——找作（嗝）死（屎）。她真的给胡子大柜屁眼子拔罐，治病需要吗！水疱拔完罐子后紫得像熟透的桑葚，她用一根针照血疱扎下去，然后一挑，一股黑紫的血喷溅出来，最后将火碱塞入肛门。她自信道："不出半袋烟工夫，准保好。"

三江民间用一袋烟、半袋烟工夫计时，一袋烟大约一刻钟，半袋烟工夫折算六七分钟的样子。天南星在半袋烟工夫里疼痛消失，脸庞渐渐涌上血色，一个英俊男子霜后植物那样迅速苗壮。

"谢祁小姐。"天南星略有几分诚意道，他见她眼盯着一盏灯，问，"小姐喜欢？"

"我屋里没灯……"

"拿去，你拿去。"

小顶子也聪明，不急于问胡子大柜如何处理自己。她给天南星一些时间，良心发现、动恻隐之心，放走自己，得容他改变主意。

带着一盏灯回到窝棚。小顶子想：有门。都说胡子杀人不眨眼。怎么瞅天南星都不像，既不凶神恶煞，眉眼也慈祥，年龄更令她吃惊，充其量不过二十四五岁，倒是水香面相大他许多。她开始打量面前这盏马灯①，铜骨架玻璃罩，怎么看都像一个座钟。其实就是一座德国制造的钟，大小说闹表更贴切。

"给你取灯。"双口子随后进来，他来送火柴（取灯），"小姐你会用吗？"

小顶子当然不会用，双口子为她做一次示范，大白天点亮了那盏灯，为节省灯油她吹灭它，问："大当家的在哪儿倒腾这样稀罕玩意儿？"

"它可有来路，这么说吧，是大当家的心爱之物。"双口子说钟的来历，而不是说马灯，"他的舅舅是四平街上有名的粮栈老板，从外面带回来的洋货，送给他。"

"有那样趁钱（有钱）的舅舅还出来当胡子？"

"这有什么奇怪，"双口子反驳她，说有钱有势的人上山当胡子的人有得是，"不是吃不上穿不上，才上山当胡子。"

"那是什么？歌谣怎么唱？当响马，快乐多，骑大马，抓酒喝，进屋搂着女人吃饽饽②。"

"有的绺子是那样。"双口子不否认胡子劣行，但强调说，"我们绺子可严，四盟约③、八赏规④……"

他们的话没进行到底，中间被冲断，一个胡子送来茶具，他说："大当家的吩咐送过来，清炊子（茶壶），清炊撇子（茶杯）……缺什么东西，小姐尽管提出。"

"谢谢大当家的。"小顶子说。

---

① 马灯，民间灯彩的一种。外形多为宫灯状，内以剪纸粘一转轮，将即绘好的图案粘贴其上。燃灯以后，热气上熏，纸轮辐转，灯屏上即出现人马追逐、物换景移的影像。宋时已有走马灯，当时称"马骑灯"。元代谢宗可咏走马灯诗云："飘轮拥骑驾炎精，飞绕人间不夜城，风飐追星来有影，霜蹄逐电去无声。秦军夜溃咸阳火，吴炬霄驰赤壁兵；更忆雕鞍年少日，章台踏碎月华明。"在此指胡子挂在马鞍上，夜间照明用具。

② 饽饽：玉米饼子锅贴一类的食物，也指女人乳房。

③ 严守秘密；谨守纪律；患难与共；与山共休。

④ 忠于山务者赏；拒敌官兵者赏；出马最多者赏；扩张山务者赏；刺探敌情者赏；领人最多者赏；奋勇争先者赏；同心协力者赏。

第五章　大柜天南星

一

祁二秧子起得太早，来到南门城门还没开，他只好等待守门的兵警开门。其实出城也可以从城壕出去，亮子里古城不都是围墙，薄弱环节是一人多深的土壕沟，作为本镇居民，警察强迫本镇居民挖过城壕他参加了。胡子丢下话，在老爷庙等自己，走南城门那条道抄近。

三江县城亮子里的庙宇有十几座，城隍庙、土地庙、娘娘庙、姑子庙……唯有这座老爷庙修在白狼山里，来历说法不一，有说挖参人修的，也说淘金人修的，还有说清末一个将军修的。三江的寺庙中，顶数老爷庙的香火最旺，特别是那些跑山的人，进山挖到宝贝狗头金啥的，都来烧香。有一年祁二秧子同李小脚到老爷庙烧过香还过愿。

太阳照红城楼，守卫的兵警懒洋洋地打开城门，等在城外要进城的人和出城的人，形成一个对流，同时进出时间耽搁一些。祁二秧子心急上山，恨不得生一双翅膀飞到胡子老巢，见到女儿。

"祁老板！"进城的人群里，有人叫他。

祁二秧子望去，心里扑腾起来，稳不住神，他遇到刚从乡下回来的徐大明白，硬着头同他打招呼，说："徐先生，早啊！"

"有份媒……"徐大明白说他去乡下保媒，问，"你这是？"

"外出办点事儿。"祁二秧子说。

"啥时回来呀？"

"十天八天吧。"

"唔，日子不短。"徐大明白顺嘴问一句，"你们什么时候有信儿，陶局长……"

"很快。"祁二秧子说。

"抓紧，祁掌柜。"徐大明白末了说。

祁二秧子走出城门很远都没回头，就像徐大明白眼盯着自己似的。估计看不到了，他才回下头，一片树林遮住视线，根本看不到城门，自然不用担心徐大明白眼盯着自己。脱离后是种轻松，他吐出了一口压在胸腔里的气，吸入白狼山特有的气息。

每座山在不同季节味道不同，五月里它像从婴儿一样春天体味过渡到植物的浓郁成长气息，蘑菇味道尚未出现，需要再晚一些时候。祁二秧子今天闻到气味只有他自己知道，正如还没消尽的雾一般，迷茫中潜藏着危险，也许那道万丈深渊就在面前，朝前行走随时都可能落入，这是他心里明白的，明知才来，为了女儿，即使遭难也不后悔。自己单刀赴会，无论胡子怎样，能够救出女儿就行。

老爷庙门开了，第一个上香的人进去，祁二秧子没见到有第二人出现。以为自己来早了就在庙门前等。其实胡子比他先到达，藏身暗处，观察祁二秧子来赴约，绝对没有兵警暗探什么的尾随，觉得安全了才会出来跟铁匠接头。

"你是祁掌柜吧?"一个山民打扮的人忽然就站在面前，什么时候从哪条道来都未看见。

"是。"

"跟我走!"

"就你一个?"祁二秧子跟在来人后面走，心里嘀咕只派一个胡子来接，细想想，向导有一个足以够了。穿过一片林子，又见到两个人，铁匠算算总共三人接他。

去匪巢一路上三个胡子哑巴一样不说一句话，任凭祁二秧子如何问，一句没人回答。临近老巢，胡子蒙上他的眼睛，一个胡子用一根细树条牵引着他走，又走了好半天，直到路平坦些，胡子们用黑话说:"见面我们没搜一下，带没带喷筒子（枪）?"

"别大意，还是齐了这把草（弄明白）。"

"你来吧，四不像（马褂子）后面加细。"

祁二秧子听他们说话像是听鸟叫，唧唧喳喳，谁知道他们说什么。

长篇小说
匪王传奇

一个胡子说："你站下，我们搜下你的身。"

祁二秧子自知身上没带什么，没几吊钱，不怕胡子拿去。他乖乖听摆布，搜了一遍身，很是仔细，其中一个胡子说："看看他的踢土子（鞋），别他妈的藏着青子（匕首）。"

"他能有狮子（刀）？"

"别忘了他是干什么的，哼，自己会打（制）。"

搜过身离匪巢很近了，祁二秧子心反倒提吊起来，想起女儿忧虑倍增。她现在怎么样？胡子能不能让自己见到她？离奇的绑票啊，胡子没提出如何赎票，最终总要谈人质。胡子就为同自己赌一场，导演了这场绑票戏吗？但愿就赌一场不为别的。

"唉！"祁二秧子怎么也是难放下心，胡子花舌子走时说大柜摆观音台，他们称的观音不正是票吗！想到此他顿然惊慌起来，难道胡子要用小顶子做台子……在女子肚皮上打麻将称观音场，莫非……他不敢想下去。

"带到大爷的绣子（房间）里。"一个胡子说。

"哎。"

祁二秧子仍然戴着蒙眼布还是看不见任何东西，走起路来磕磕绊绊，险些给一块石头绊倒。

"三爷！我们回来了。"

"哦，进去吧，大当家的等着呢！"大布衫子说。

"是，三爷。"

祁二秧子听到耳熟的声音，想问没来得及被他们拽进一个窝棚，然后有人给他解开蒙眼布，见到待在几张狼皮间的胡子大柜天南星，他怎么有那么多狼皮，天南星特别喜好，铺的盖的、椅子上……墙壁还挂着一张珍贵的白狼皮。

二

两双陌生的目光相撞，胡子大柜第一次见到面前这个人，铁匠铺掌柜亦如此。两人对望一阵，天南星先开口，说："你坐吧，祁掌柜。"

天南星身边是一个矬凳，确切说一个木墩，上面蒙着一张狼皮，皮张大小看上去是只小狼，且在初秋季节捕获，新毛刚长出。坐在狼身上总让人自豪。他坐下来，明白面对的就是胡子大柜，年龄、面容都和想象的相去甚远，杀杀砍砍的胡子大柜总不是面善之人吧！可以不是青面獠牙，老奸巨猾，但面孔也要有职业特点，络腮胡子，凶恶无比一脸匪气。天南星不是这样，年龄也不大，面貌不难看还可以说英俊，将他同打家劫舍的凶恶暴徒联系在一起困难。铁匠铺掌柜浅声问："大当家的，我来啦。"

"哦，好。"天南星话不多，平素不知是不是少言寡语，或是见了铁匠炉掌柜少言显示尊严。

往下，祁二秧子等待胡子大柜发话。

沉默一些时候，天南星问："你准备好了吗？"

祁二秧子一愣，脑筋没转过弯来，问："我准备……什么？"

"明天摆观音场。"天南星始终斜身在苫着狼皮椅子上，到这时才稍稍坐直身子，也没完全直，不知跟藐视来人有没有关系，如果有相信铁匠炉掌柜能够感觉出来。

"斗胆问一句大当家的，为什么跟我摆一场赌？"祁二秧子问。

胡子大柜嘴角撇一下，说："我替一个人同你过一次手。"

"谁呢？"

"四平街兴顺茂粮栈，毛老板。"

祁二秧子惊诧。

天南星说："你想不到吧？"

毛老板？四平街兴顺茂粮栈的毛老板，祁二秧子有印象，应该说赌场手下败将的人中有这么个人，相对其他赌徒印象要深刻些，从他手里赢来一个兴顺茂粮栈……天南星是毛老板的什么人？他为什么替他跟自己赌？铁匠铺掌柜打量胡子大柜，从他身上看不到毛老板的影子，连相（相像）的鼻眼找不到。

"不用猜了，祁掌柜。"天南星聪明，看出铁匠铺掌柜心想什么，说，"毛老板是我舅舅，亲娘舅。"

世人不叫舅，叫舅有论头；姑舅亲辈辈亲，砸碎骨头连着筋；舅也分远近，叔伯舅、两姨舅、表舅……最亲的莫过亲娘舅。风俗娘亲舅大，舅舅同父母一样。

"我舅来不了，我跟你赌。"天南星说。

眼前迷雾散开，祁二秧子明白胡子大柜这次绑票的目的，不要赎金，用一场赌做赎金。在绑票的行道里，没有票家话语权，要多少赎金绑匪说了算。从这一点上说，胡子天南星的绑票还算宽容，给票家一个机会，从他们手里赢回票，因此赌桌上的输赢显得至关重要。

"祁掌柜没有跟我们流贼响马赌过吧？"天南星问。

"没有。"

"见过我们摆观音场？"

"只是听说。"

胡子大柜说听说就好，他说："推牌九你是高手，我们明天玩牌九。"

"大当家的，"祁二秧子想到胡子摆观音场就是在女人肚皮上打麻将，输赢是作为牌桌的女子初夜权，他不能不想到女儿，胡子用她当牌桌，自己一旦失手，小顶子的贞操……他说，"你不会用我闺女做牌桌吧？"

天南星眯起眼睛，然后笑笑，铁匠铺掌柜脊背发凉，笑声刀子一样戳来，直刺向心脏。

胡子大柜一字一板地说："赎金就是你闺女。"

此话不难理解，这场赌铁匠铺掌柜将用自己的女儿做赌注，输赢决定她的命运。祁二秧子的赌耍经历中，输红眼的赌徒将房子、田地、家产，甚至是妻子儿女作为赌资押上桌。有一首歌谣——已将华屋付他人，那惜良田贻祖父。室人交滴泪如雨，典到嫁时衣太苦。出门郎又摇摊去，厨下无烟炊断午①——中说道妻子被丈夫输掉典到赢家的情景，他见过这样的赌徒。可是那是赌徒自己将至亲的人做了赌注，自己是胡子被将女儿当赌资。

"哨草子（姓杨）！"天南星冲门喊道。

_____

① 清人黄安涛的《戒赌诗》。

"有！"门外的一个胡子应声进来，"大爷！"

"送生风子（外人）到书房（牢房）拖条（睡）。"天南星用黑话说。

"进书房（坐牢）？"啃草子问。他问得有道理，将外来人送到牢房，不都是坐牢。绺子一般不留外人住宿，特殊原因必须留宿的，也不同众胡子住在一起要安排单独住。只有一个客房级的窝棚现在住着小顶子，铁匠铺掌柜只能委屈住牢房。

"不，他是肉孙蛋（富人）。"

胡子啃草子理解大柜到位，来人是个有钱人不是熟迈子（自己人），让他今晚暂住牢房。他走上前，说："走吧！"

看情形要带自己走，祁二秧子急了，问："大当家的，你听我说。"

"吐（讲）！"天南星见他发愣，没听懂黑话，说，"有话你说吧！"

"我见眼我闺女。"

"不行！"天南星没准许。

啃草子看大柜脸色行事，伸手拽起屁股沉在矬凳上的铁匠铺掌柜，也溜出黑话，"蹍（走）！"

祁二秧子清楚央求也没用，今晚是见不到女儿了。她现在怎么样？走出胡子大柜的窝棚，他问啃草子："爷，我闺女怎么样？"

啃草子没理他。

三

大布衫子手拎着东西走进来，他说："大当家的，竹叶子我拿来了。"

"兄弟，我还是用将军（骰子）吧。"天南星说。

原来定的明天使用赌具牌九，大布衫子才找来。大柜改变了主意，但不是突然改变。迹象已经从祁小姐治好他的攻心翻就有了，记得他说："祁小姐人不错。"在绺子里水香算上半个心理学家，尤其是对大柜的心思看得更准更透。天南星轻易不会对某个女人感兴趣的，对票产生那什么更不可思议。

"你看行吧？"

"大当家的觉得什么得心应手，就使用什么。"大布衫子说。

"那就定了，用将军。"

大布衫子心想，大柜变化的不止赌具，恐怕还有那张桌子，于是试探说："定下来用将军，我安排摆观音场……"

"不！"果不其然，天南星说，"观音场不摆了。"

"不摆了？不和他……"

"嗯，我还照常跟祁二秧子过手。"

大布衫子料到大柜变卦，他决定要摆观音场时的心情同现在大不一样，说天壤之别也成。那时还没有见到过铁匠的女儿，也没突发攻心翻。祁小姐会治并且治好了他的攻心翻，把他的报复计划给颠覆，挑开的不只是一个血疱，放掉了蓄积已久的黑色仇恨。现在，他不可能按原来的计划，强制脱掉衣服的祁小姐当赌桌，赤裸在众人面前。大布衫子倒是想大柜使出浑身解数取胜，赢对他来说已经超出预期——替舅舅报仇。

天南星不是反复无常、轻易就改变主意的人，今天事出有因。患上怪病，被折腾得死去活来，绺子的商先员火速下山请大夫，是否顺利请到，然后能否顺利上山来，最后是否治好病都是未知数。在此关头，一个小女子成了自己的救星，将信将疑中她创造了奇迹，治好了自己的病。被绑来的票做了这件意义非凡的事情，一切有了改变。他心里很感激她。感激这东西有时很奇妙，它会把人引到意想不到的境地，动摇他的信念，或者直白地说扒开一道铁律的口子——可以接触女人。拉杆子起局起，他规定自己的绺子恪守七不抢八不夺，具体到拿攀（交媾）、妯娌并肩子一律大刑炸鸡子伺候，当然包括领导层的娶压寨夫人什么的。大概有人提出疑问：胡子的性事如何解决？天南星清楚自己的弟兄不是一群阉人，裆里长着那嘟噜玩意儿不是摆设，总要用的，因此规定撂管（临时）解散、猫冬时可以逛道（逛窑子）。

祁小姐的突然出现会不会改写天南星绺子的历史？暂时还不能定论。大柜急于决定的眼前事情——明天那场赌，进行还要进行，细节需要做改动。赌桌照摆，是一张木制的桌子而不是祁小姐赤裸的躯体。

大布衫子说："我听懂了，台子（赌桌）继续摆，只是不摆观音场。"

"对。"

"哦，我看，要不就取消这场赌吧。"大布衫子说，他的想法是给大柜一个台阶下，张罗绑来人不好意思出尔反尔，"大当家的，本来你跟祁铁匠的仇也算不得什么仇，充其量是拐把子仇。"

胡子大柜赞同水香的用词，拐把子仇。直接仇恨，间接仇恨，拐把子仇属于后一种，是舅舅输的钱，跟外甥没有丝毫关系。说是拐把子仇都牵强，根本谈不上仇恨。天南星自然不这么看，恋舅情那样弥漫充血，他果真当成了自己的仇恨，寻找毁掉舅舅的赌徒像大地震需要积蓄几百年的能量，十几年里他不断地积蓄，八级地震——绑票开始，破坏力有多大，评估在赌博后做出。天南星说："仇还是仇，我在我舅舅坟头说的话你忘了？报，一定报。"

"肯定能赢他？"

"这回赢不了还有下回，总之我不能放过他。"天南星决心很大，打响窑吃大户的口号以外，大概就是这个为舅舅报仇，说雪耻更为贴切。

"大当家的跟他挑明了吗？"

"嗯，只说代替我舅跟他赌一场。"

大布衫子还想知道祁二秧子的反应，胡子大柜说："兔子愣。"

兔子愣是发愣的诙谐语，也可说成放傻。大布衫子想想铁匠铺掌柜一定丈二和尚，这是哪儿跟哪儿？兴顺茂粮栈倒闭多年，那个毛老板被人们淡忘，荒冢一堆、骨头渣子烂净，忽然站出来一个毛老板的外甥，声称要替舅舅赌一场，见鬼了吗？他说："跟他赌博的人太多，他未必还有印象。"

"有，肯定有。"天南星说他从铁匠的表情里看出来，他表明道，"兄弟，我们必须分开档，祁二秧子是祁二秧子，祁小姐是祁小姐。"

大当家的心里如何分的，为什么这样区分祁家父女动机很显然，作为绺子里的军师水香一眼便看出所以然。往下是如何支持大柜，帮助他圆梦。那个梦是什么？从铁匠铺掌柜手里赢来他的女儿，父亲输掉自己心爱女儿将会是啥心情，输了的赌徒灰溜溜逃下山，赢家心安理得地处理"赌资"，绑票计划圆满完成。

"搓吧祁二秧子，就像当年他搓吧我舅，搓吧死他！"天南星咬牙切齿，他说，"让他尝尝输光的滋味。"

"祁掌柜要是真输了，会不会跳崖?"大布衫子说。

"不会，他没我舅那样刚条。"天南星说。

胡子大柜的话需要说明一下，输光财产的舅舅自杀他无比悲痛，从另一个角度看，他很壮烈，从容将万贯家财押上赌桌，也凛然将头颅塞入绳套，铁匠铺掌柜做不到，输掉女儿带着内疚，觍脸苟活在世上。

"跟他说明用祁小姐做赌注?"

"我明确告诉他了。"

大布衫子多了一个心眼，告诉祁二秧子这件事他会不会想不开，寻短见什么的。水香建议夜里派人看好铁匠铺掌柜。

"对，他歪鼻子(死)了我搓吧谁去呀!"天南星说。

四

绺子内设立牢房，也称小号，目的为惩罚违反绺规的人，局限错误轻微，如犯大罪处死绝不手软。当牢房的窝棚比较其他窝棚结实，门故意修矮，让人迈入门槛便低头，犯了错就得低头认罪。窝棚巧妙地利用一个浅山洞——岩石凹进去地方，远处望去酷像拙燕做的粗糙燕窝①。

"进去吧!"啃草子说。

祁二秧子低头进窝棚，随后门从外边关上，听见锁门声。他问："别上锁啊，我拉撒尿咋办?"

"劈山(大便)，甩条子(小便)，你喊一声，我给你开门。"胡子在外面说。

祁二秧子怒火烧到半截熄灭，想想这是什么地方? 土匪老巢，讲究什么呀，什么屈都得受。他站着直不起来腰只好坐下来，想朝外看，在门板上找到一个风干裂开的缝隙，细窄的缝隙决定视野的范围，一个窝棚的半面墙和两棵树干部分，近处是一片青草，像是有几朵蓝色小花，

---

① 做窝分成巧燕和拙燕，巧燕的窝精细漂亮，全封闭留一出口；拙燕窝半只碗似的贴在檩子或墙壁上。两种燕子筑窝地点明显不同，巧燕在户外房檐下，拙燕则在室内，弥补结构风雨侵袭的缺欠。

其中一朵还凋谢了。他想看见站岗的胡子，弄清他在哪个位置，角度的关系他没见到啃草子。

明确了胡子绑票的目的，下面就是如何应对。胡子大柜天南星是兴顺茂粮栈老板的外甥，这不得不让他回忆同自己交过手的赌徒，毛老板印象深刻他容易想起来，三个理由才使兴顺茂粮栈老板没像烟云一样从祁二秧子记忆中飘走。第一个理由，多次同毛老板过手；第二个理由，赌注最大的人；第三个理由，赌输兴顺茂粮栈，毛老板上吊自杀。

从这场豪赌看，赢了兴顺茂粮栈这样一大笔财富，祁二秧子早该成为富翁。其实不然，他从四平街逃向三江县时身上的几根金条还真没一分一毫是毛家的钱。兴顺茂粮栈的财产哪儿去了？转眼被他输，谁赢去了他甚至都记不清。赌徒的手，死亡之门，人们都这么说！它不是一直灰暗，曾有的辉煌，大笔赌注赢到手，如毛老板的兴顺茂粮栈，可是留不住，转眼水一样从指间流走，到头来赌徒还是穷光蛋。祁二秧子不是在十年前急流勇退——明智地收手，也难逃天下赌徒的最终悲惨下场。

同兴顺茂粮栈毛老板那场赌似乎没什么特别，好像是在一个夏天的夜晚，在四平街满铁附属地日本人开的赌场内进行。那条街赌博中国警察无权干涉，不然抓赌什么的玩不消停。

大概同毛老板推的牌九，最后就把他赢了。记忆最深的是离开赌场时，局东那个日本人送他一把雨伞，外面下着雨。再后来听一个赌徒对他说，毛老板死了。祁二秧子没感到惊讶，淡淡地问：什么病？赌徒说：上吊。祁二秧子说活得好好的寻死？上吊干什么呀？赌徒说毛老板活得好什么，兴顺茂粮栈都输给了你，没活路才上吊的。那一时期祁二秧子血液比蛇血还凉，他冷漠地说：心这么窄，上不了场！然后，他把一个叫毛老板的赌徒淡忘，直到胡子大柜天南星提起，他才想到他。

做赌徒时他不会太把天南星的话当话，想玩就玩，你说怎么玩吧？可是现在，血管里液体温热起来，人心里最柔软的部分容易穿破，会是怎么样？就如眼下这个样子，他最多想的是自己的女儿，她将受到怎样伤害，最忧心的是她的命运。过去在赌场上，六根——眼、耳、鼻、舌、身、意——清净，眼里只剩下赌具，一心无挂地玩耍，赢来的是什么他

长篇小说 匪王传奇

不在意，快乐时刻在玩耍过程中。现在，必须赢才保证女儿不被碰破皮！要做到这一点有多么难。

天南星的年纪人芽儿似的嫩，他在赌场上未必够爷够神，何况他的匪名比赌名响亮，三江地区成气候的大绺子名单中有天南星。官府、兵警将他列在剿杀的黑名单中。被这样的胡子绑票没人逃脱遭勒索的结局，不肯赎票的人惨遭撕票。赌一场，大概是三江地区胡子绑票最奇特的赎票方式，赢是赎金。这对昔日赌爷是个巨大考验！

如果将时间倒退回去十几年——祁赌爷的时代，胡子大柜邀赌祁二秧子，他会欣然赴约。现在毕竟是祁铁匠，生疏了牌，纯青了打铁，往昔在牌桌上出神入化，如今在烘炉间挥洒自如，掌钳与掷骰子天壤之别。铁可回炉重锻，赌爷是否可以回炉？即使可以，胡子也没给祁二秧子机会。明天开赌，至于使用什么工具，麻将、牌九、骰子……都可以，样样精通，胡子大柜使用什么赌具他不在乎。十耍九输，要想赢无外乎做鬼（抽千）、手气、技巧……之所以将技巧排在靠后位置，说明赌博靠技巧不能保证取胜，更不能长赢不输。

抽千在胡子老巢不行，一旦失手必将招惹来杀身之祸。抽千轻易不可使用，过去在四平街也不随便使用，不否认曾经使用过。耍钱不弄鬼就不能保证绝对胜算，取胜只能看手气，然后是技巧，手气不好单靠技巧也赢不了。手气牌运，祁二秧子看作是天意，老天帮助不帮助你要看老天……祈求老天太远，近一点儿的有祖师爷，求求祖师爷保佑。帮有帮主，行有行师。行帮们都重视立自己的祖先，源于寻师归祖的思想。例如匪行崇拜达摩；喷字行崇拜大耳金光仙；乞丐行崇拜搪账老祖；娼妓行崇拜插花老主……赌博行当也有祖师爷，但是谁说法不一，有人说赌博的祖师爷是李清照，有的人说韩信，还有的戏说是财神，他尊崇李清照，认为她是真正的赌神①。过去上赌桌前，他心里都默默拜祭，祈求祖师爷保佑赢钱。

在东北民间，赌博前有很多迷信做法，列举押会——求神、圆光、

---

① 李清照（1084－1155）还写过一篇专门介绍各种赌博方法《打马图序》。

问卜、请鬼、捞水缸、敲姑子坟……最招笑的捞水缸，用笊篱捞水缸一百下，捞出什么押什么；请鬼则有些恐怖了，半夜三更带一瓶酒去乱尸岗子，边喝酒边喊叫着请鬼，谁听了身上不起鸡皮疙瘩？

祁二秧子不是押会，打麻将、推牌九也有许多迷信做法，例如，转水壶，即男人入赌场，家里女人烧水转动壶嘴，意为"和"；还如取一块纸蘸上女人经血带在身上，意为"旺运"……窝棚外有胡子看着，他走不出窝棚，即使信迷信什么也做不了，一切凭命由天。

五

胡子老巢今夜还有两个人——大柜天南星，祁小姐小顶子——翻转难眠，各有各的心事，一个故事连着他们，每个人所做的一切都是这个故事的细节。

"兄弟，你说我赢了，反倒没法办。"天南星这样假设，他向水香道出内心烦恼。

"噢？"大布衫子迷惑。难道大柜不想赢？策划这起绑架时，天南星起誓发怨赢了祁二秧子，舅舅生前没打败的对手，他替他打败，"大当家的，你怎么……"

"你想啊，我赢了，赌注是祁小姐，如何处理她？"

大布衫子望着大柜，揣度他心里极矛盾。焦点在祁小姐身上，棘手不好处置。开始计划时不存在这个问题，将她绑上山，逼铁匠铺掌柜上山来赌，赢他后将小姐押在山上数日，达到搓吧祁二秧子的目的放人，如果赌输了更简单了，放他们父女一起走。短短几天里，事情来了一百度大转弯，大柜改变了初衷……棘手的不是如何处置祁小姐，是大柜看上了她。说棘手说心里矛盾，是绺子的规矩是大柜定的，如果留下她势必破坏了绺规。大布衫子先证明自己猜测准确无误，然后再想办法，他问："大当家的，你是不是有娶压寨夫人之意啊？"

天南星跟大布衫子关系特殊，不仅是绺子大柜和绺子军师的关系，他们是生死弟兄。他说："你觉得祁小姐怎么样？"

"敢情。"大布衫子说，东北方言中"敢"当显然讲，可以说优也可以说劣，在此表示这个女子不错，很好。

唉！天南星叹口气，看得出他很为难。水香及时站出来帮助大柜更是为兄弟排忧解难，说："前有车后有辙，黑豹绺子，大德字绺子，还有靠山好……他们都有了压寨夫人。"

"拿局的时候定下的绺规，凡奸污妇女者斩……我们遵守了几年。"

"大哥，"大布衫子换了称呼，表明他们说私密的事情，他说，"世道变了，老规矩改改也何尝不可。"

天南星沿着大布衫子的思路想，世道是变了，东北有了满洲国，整个社会都乱了套，匪绺一个人单搓（一人为匪）、三五成伙，几十人成群，数百成绺。守规矩的绺子还有多少？

"顾虑那么多干啥？吃走食（胡匪自称）到最后结局都一样，要么降，要么隐，不降不隐终归难逃过土方（死，胡子忌讳死字）。"军师水香头脑清醒，将天下土匪的归宿都看明白了。

天南星也看到当胡子的最终结局他不说出来而已，大布衫子能说他不能说，绺子的大柜就是一面旗子，众弟兄的精神支柱，大旗不倒——马头是瞻弟兄们才勇敢冲锋陷阵。他说："弟兄们眼睛看着我啊！"

"我跟大家说明。"大布衫子说。

坡有了胡子大柜顺坡下驴，天南星说："先议论到这儿，明天过了手才可见分晓，到时候再说。"

"大哥，人在我们手心攥着，管他输赢，只要大哥喜欢……"大布衫子话说得挺狠，他的意思是输赢想娶祁小姐不放她走就是，跟铁匠掌柜讲什么信义。

"再说。"天南星说。

祁小姐两天来待在窝棚内，不是她愿意待在里面，是胡子不准她出去。由于窝棚的位置特殊，看不到听不到外面动静，相对与其他胡子隔绝。双口子天天来送饭，明显一次比一次滞留时间长，她希望是这样，寻找机会向胡子打听情况和家人消息。

"你们绑来人就这么圈着？"她机智地问。

"知足吧小姐，绑来的人无计其数，谁也没像你这样。"双口子不忘要人情，自我表功道，"我要不是去报告你会挑攻心翻呢，大爷咋会对你印象好。"

"多亏你，谢谢你。"

胡子双口子心里舒坦，没看是谁表扬？尖果（小美女）啊！他说："大爷会吐陆陈，专挑你会扎瘤（治疗）吐陆陈得。"

"说啥呢，吐陆陈？"

"吐陆陈就是病。"

"你能不能不说黑话，我听不懂。"

"中，我不说。"双口子改用正常语言交谈，他说，"大爷平常爱闹的病，牙疼。你说牙疼算病？不算，可是疼起来就要命。这次牙没疼，看你来了，得攻心翻，明显给你得的。"

祁小姐小顶子内心朦胧的东西给人触碰一下，那个东西太敏感，稍微一碰周身都有震感，她急忙掩饰住，说："你说你们大爷可能放我走吧？"

"这个吗，"双口子支吾起来，知道谈不上，猜还猜到一些的，就因为猜到他才不能说，规矩他懂，特别是大柜的事更不能沾边儿，"祁小姐吉人自有天相。"

"我是什么吉人哟！"

"扎瘤好我们大爷的病啊！"双口子收起碗筷走了出去，关上窝棚的门把夕阳也关在外边。

大爷——大柜——天南星……小顶子频繁想到他，没外人在场，她像是从藏身的地方走出来，解除束缚，自言自语道："他要是不当胡子多好，干吗当胡子。"

胡子的黑话中找不到一见钟情、情窦初开之类的词汇，也许流贼草寇从来就与这些无缘。铁匠掌柜的女儿在土匪老巢那个夜晚，心理活动的主题却是这些东西，对明天父亲祁二秧子同胡子大柜天南星那场赌意味着什么呢？

第六章　输赢赌女儿

一

胡子摆台子——赌博照常进行，窝棚内装不下几十人观看，场子选择林间空地，一块卧牛石成为赌桌，两只黄铜骰子搁在上面，像落到宽阔牛背上的两只苍蝇。

"走吧，还磨蹭啥呀！"打开牢房门，啃草子催促道。

一夜未合眼的祁二秧子站起来身急了，突然一阵头晕他扶住门框，过一会儿走出来，进入风平浪静的早晨。

"跟我走！"啃草子走在前面。

祁二秧子双腿迈前一步觉得无比沉重，内心慌乱、忐忑，胡子摆观音场，赌博他从容应战，生怕用女儿做台子，在她身体上开局……一想女儿受侮辱的场面，他愤恨、内疚、无奈，眼睁睁地看着女儿受难当爹心碎，这个时候他最希望自己有一杆枪，跟胡子决一死战。

啃草子脚步很快，不时停下来等他，不满意道："球子上（早晨）你不是耕沙（吃饭）了吗？走不动道？"

早饭是啃草子送来的，一碗小米粉，两片肉，一片生肉，一片熟肉。铁匠炉掌柜犯嘀咕，胡子什么意思？他问："两片肉有啥讲究？"

"你问白瓜（生肉）金瓜（熟肉）？"啃草子撇撇嘴，鄙视人的时候他就撇嘴，不答却问，"你以为是什么肉？"

祁二秧子看肉，肉的颜色都是发红，无论生熟彼此都很新鲜，看得出是刚宰不久的动物。肉丝很细腻，不像猪也不像牛。

"这片，"啃草子指那片生肉，说，"黑心皮子。"

"黑心皮子？"祁二秧子不知是什么动物，胡子黑话称猪哼子、称猫窜房子、称鸭棉花包、称鱼顶浪子……黑心皮子是？

"狼！"

"狼肉？"

"操，你没吃过狼肉？"啃草子仍然藐视，他指那片熟肉说，"爬山子，哦，羊肉。"

当年做赌爷祁二秧子没少进出高级餐馆，老毛子（俄罗斯）的三文鱼、小鼻子（日本）的刺身定食（生鱼片定食）都尝过，还真就没吃过狼肉而且还生吃。他问："你们天天早饭吃这个？生狼肉。"

啃草子讽刺说你还是铁匠铺掌柜啥也不懂，除了砸铁你没见过啥。他糙话道："今个儿啥日子？打铁没震坏你的脑瓜卵子吧？"

祁二秧子低下头吃饭，不想再跟胡子搭言，说下去挨贬斥到底，遭小胡子崽一顿窝贬不服气，这可谓虎落平阳，他忍了。吃了几口饭，筷子在生熟两片肉上方盘旋，他开始想两片肉的寓意，同即将进行的赌博，一生一熟，一场生死赌吗？一狼一羊，狼活着羊死被煮熟成为食物。祁铁匠那一瞬间回到烘炉砧子前，面对一块红彤彤的铁，恨它锤子使劲砸下去。一片狼肉便进到嘴里，人吃狼是一种骄傲，世间不被人吃的东西存在吗？包括人自己。咀嚼才令一种动物进化脚步加快！

啃草子冷然望着铁匠铺掌柜狼吞——是吞狼，嘴角流出口水稀释的血液，呈浅粉色似一朵水草花。

"快走！"

啃草子再次催促，祁二秧子跟上他，走过一片树林进入空地，天南星已经坐在卧牛石前等候。铁匠的心往嗓子眼悬，胡子要把小顶子放到石头上仰面朝天……胡子陆续涌过来。

"请，祁掌柜。"天南星说。

祁二秧子坐在为他准备的矮凳上，眼睛四下看，寻找女儿身影。胡子大柜似乎看透铁匠铺掌柜的心思，说："我们就在这张石头桌子掷骰子，行吧？"

祁二秧子心才落体，天南星明确在石头上而不是在女儿的肚皮上赌博，谢天谢地，胡子终没把事情做绝。他看到漂亮的两只铜骰子在晨阳中熠熠闪光，上面沾着露水珠。于是他的心湿润了，赌徒关闭许久的大门豁然推开，重回赌徒的路他只用了短短几秒钟时间。

"祁掌柜，我们一局定乾坤。"天南星说。

"中。"

天南星让坐在身边的水香将骰子递给铁匠铺掌柜，胡子大柜说："你检查一下骰子，看是否有问题。"

两只铜骰子沉甸甸在祁二秧子手里，真是一副难得一见的好骰子，如此精细制造大概是东洋货，过去不曾使用过。他像一个魔术师把玩它，在两只手中旅行，最后一个动作抛起骰子，亮闪闪的两个物体流星一般地划过空间，稳稳当当落在粗黑的指尖上。他说："没问题，大当家的。"

"好！"天南星说，"祁掌柜，你只有一次机会，赢了领走令爱，输了你自己下山。"

铁匠铺掌柜顿然紧张起来，一次机会也太少了。一局定胜负恐怕偶然性实在太大，三局两胜制或者五局三胜……公平，他争取道："大当家的，我们是不是三局两胜。"

"不行，一局。"胡子大柜口气不容违拗。

营救女儿的机会只有一次，别指望此次失手还有机会再赌，胡子只给自己一次珍贵机会。叱咤四平街赌场的岁月，赌注大到一次押上赢来的粮栈——天南星舅舅毛老板的兴顺茂粮栈。他全然不在乎潇洒地赌，大不大意都无所谓。

众胡子围一圈，目睹一次赌博。他们更没什么负担，像看一次斗蟋蟀、斗鸡比赛。

"你先来，祁掌柜。"胡子大柜说。

二

人生有时很简单，就如胡子大柜同铁匠铺掌柜这场赌，决定小顶子命运的用具两只骰子，方式也很简单只有一次掷博，是悲是喜由父亲来定夺。旋转骰子，如果不胜，女儿……祁二秧子不由得紧张起来。

按赌场规矩谁来先掷不是谁来指派，要通过摸风（东西南北）确定，抛铜钱要字、背，或石头、剪子、布，民间称嗨呟嗨。在胡子老巢一切规矩都打破，绑匪就是规矩他让你怎么做你就得怎么做，（当下商家霸王条款就是跟土匪学的）你没权利讲条件，除非你不想赎票。

祁二秧子手握并不陌生的骰子，应该说对它太熟悉了。铜的骨头的竹子的玻璃的……各种材质的骰子，对掷骰子游戏有多种叫法如掷博齿、掷卢、掷钱。那是真正意义的赌钱，面前这场赌赌的可不是钱啊！他微闭上眼睛镇静一下，深吸一口气，三次攥紧手里的骰子，掷了出去……数双目光盯着骰子转，最后一只五点一只六点，差一点满贯。祁二秧子心再次悬吊起来，虽然只差一点，变数可能就在这一点上。

天南星拿起骰子掷出去，数双目光还是盯着骰子转，两只骰子停住后，有人高声喊：

"神！"

"撇子！"

祁二秧子顿然枯萎下去，神、撇子都是数目六。胡子大柜掷出大满贯，十二点。

赌场沉默起来，祁二秧子呆成一块石头，众胡子不知道什么时候全离开了，现场只剩下三个人，天南星、水香和祁二秧子，两只骰子耻笑的目光望输家——昔日有着赌爷光环的铁匠铺掌柜，到底还是天南星打破沉默，说："我舅舅跟你最后那次赌，也是掷骰子吧？"

祁二秧子点下头。

"不好意思，祁掌柜，你只能自己回去了。"天南星说。

开局前如何哀求胡子大柜都不过分，现在要是再求情可就低气和掉价啦。以前女儿被绑上山，此刻是输给了人家说什么也不能提要人，认赌服输，反悔是不行的。他恳求道："大当家的，求求你，让我下山前见闺女一面。"

天南星考虑做父亲的要求。

"她娘死了几年，我一直带着她，几乎没离开家……"祁二秧子哭腔乱韵道，样子招人可怜。

"好吧，给你一袋烟工夫。"天南星批准，规定了父女会见时间，对大布衫子说，"带他过去吧，然后你安排人送他下山。"

"是。"大布衫子答应道。

祁二秧子说句谢谢大当家的跟水香离开。天南星坐着未动，待他们走远，伸手拿起石头上的骰子，心里感谢它，帮助自己了却一个心愿，他说："舅舅，祁二秧子输了亲闺女……"

山风吹过清晨寂静的树林，一只松鼠捧着干松果啃，听树下的人不住地喃喃自语。

策划此次绑架天南星也是坐在这块卧牛石前，那天他在林子中闲逛，走累了躺在巨石上后来竟睡着了，做了一个梦，开始时梦见死去多年的娘，很快出现了舅舅——毛老板，他的形象很恐怖，披头散发，脖子套着自缢的绳索，舌头拖出嘴外很长，说话时不睁眼睛，声音颤颤地呼他的乳名："刀螂，你咋还不替我报仇啊？"

"舅舅，我正练习玩牌，眼目下还赢不了他。"

"刀螂，给我报仇啊！"

天南星猛醒过来，目光四处寻找，已不见舅舅的身影。这时水香走过来，见大柜不停地擦额头上的汗，问："大当家的，睡热啦？"

"刚才我睡着了，闹亮子（梦），见到我舅舅，他来找我。"天南星说。

"又是让你报仇？"

"可不是咋地，舅舅老是催我去报仇。"天南星说。

连日来大柜天南星老是做梦，内容重复，他的舅舅催他报仇。日有所思，夜有所梦，无疑是他老想着这件事。在绺子，大柜唯一不相瞒的人就是水香。道理说舅舅死去多年，还是自杀，虽然因输掉家产，但不能全怪赢他的人吧。作为外甥因此去恨赌徒祁二秧子，似乎讲不大通。大柜可就恨了，认认真真地恨。天南星也算讲点道理，没带马队去平了祁家铁匠炉，而是通过赌博赢他，报仇没恃强欺弱。赌博对大柜来说一窍不通，自己教他，一教就是几年，从掷骰子、打麻将、推牌九……一样一样地学，绺子里大家也玩牌娱乐，天南星赌技提高很快。大布衫子说："大当家的，我看你可以上场啦。"

"上场？跟赌爷过手？"

"是。"

"行吗?"天南星信心还不算足,他从来没小觑祁二秧子,也做过一些调查,在四平街的赌徒中,祁二秧子横扫赌场基本无敌手,舅舅本来也是赌爷级他都赢不了祁二秧子,可见其厉害,"祁二秧子……"

"他打了多年铁,不摸牌怎么手也生了。"大布衫子给大柜打气,他说,"赌博怕心绪不宁……"

曾经在赌道混迹多年的水香大布衫子,讲心理学,一个赌徒从容走入赌场和心事重重不一样,心态不好谈何来运气和技巧?天南星深受启发,说:"摆观音场!"

"噢?"

"请观音!"天南星对绑票比赌博熟悉,绑票手段灵活地运用到赌博上,他说,"兄弟你说得对,先破坏他的心态……"

目的达到了,赢了赌爷,显然不是钱财,是报了一个仇恨。意想不到的,赢来个大活人,还是喜欢的女子。天南星拉起绺子起,给自己定下一个遵守的原则:不近女色。真的坚持下来了,要说松动是近年的事情。众弟兄裆里长着玩意儿,春天青草芽子疯长,草甸子上的野兔子打花、天空鸟踩蛋、河里鱼交尾……本能交配在进行,限制弟兄们不去做那事也不现实,包括自己也想那事……祁小姐让胡子大柜动心。

三

"爹!"

"小顶子!"

祁二秧子进窝棚,胡子等在外边。他踉跄迈进来,光线很暗他尚未看清女儿的面容。

"爹!"女儿扑到父亲怀里,见到至亲的人她控制不住情绪,委屈虫子一样爬出来,"爹来救我来啦。"

"唔。"祁二秧子支吾,他极力回避这个问题,躲尖锐物体似的避开,他问,"他们没虐待你吧?"

"没有。"

"好！那就好。"

"你跟他们谈妥啦？爹。"

"啥？"

"赎票，赎我。"

祁二秧子一时语塞，尖锐的东西到底还是扎过来，这次他没躲闪，但是心痛却没法回答女儿的问话。

"爹，他们没答应放人？"

祁二秧子紧紧拥着女儿生怕谁从他手里抢走她，还是做最后的道别，嘴唇颤抖说不出话来。

"爹……"

祁二秧子忽然做出一个令女儿吃惊的动作，他扑通跪在女儿面前，泪水顿然汹涌。

"爹，你……快起来。"她去扶爹，他不肯起来，"爹……"

"小顶子，爹对不起你呀！"

"爹！"她跪在爹面前，父女面对而跪。

"我救不了你……"祁二秧子大哭起来，说，"小顶子，你要原谅爹啊！我尽力啦。"

小顶子只有伤心的分儿，也哭起来。

"我以为能把你从大当家的手里赢回来，可是……"祁二秧子责备自己，没说几句就自扇耳光，打得很响。

"爹！"她扳住父亲的手，说，"你这是干什么呀，怎么怨得了你，输了我以后再赢。"

"傻闺女啊！"祁二秧子不能说他看到女儿的结局，大活人做赌注再也不是人，赢家要对它进行随便处置，随便最令他受不了，女儿不是一般的物品随便使用，贞节……"在胡子窝里，你还有好吗！"

"爹，你尽力了，我出不去不怪你，要怪怪绑我票的人，怪我命不好。"小顶子看不了父亲无限自责，劝解他，"我这几天确实挺好的，他们待我很好的，没遭什么罪。"

越这样说祁二秧子心里越不好受，事实如何他都不去想，当然不知道女儿给胡子大柜治好攻心翻获得好感而受到优待这一节，看作女儿懂事，忍受屈辱来宽慰自己，因此愈加伤心。

"爹，别担心我……"她劝爹道。

无论怎么劝都劝不住当爹的伤心和对女儿的担忧，一个十七八的大姑娘困在土匪窝里，一只羊陷在狼群中有好吗？求得囫囵个儿登天难！祁二秧子还有什么能力，拯救女儿连一场赌博自己都没能赢，不行了，自己什么都不是了，眼瞅着女儿处在危险之中不能救她而被狼吃掉，还有什么脸面做爹。他说："小顶子，你走不了．爹也不走了，在山里陪着你。"

呃！门外发出的声音，不是正常的咳嗽．显然有人提醒，祁二秧子翻然，不能胡言乱语了，会见的时间很宝贵，留在山上陪女儿的想法很不现实，这里是什么地方？不是大街上你愿停留就停留，胡子老巢啊！外人怎么让你停留，客气放你离开，翻脸小命扔到这地方。

"爹，他们不会同意你留下，家里的铁匠炉需要你掌钳呢，回去吧爹，我没事的，能照顾自己。"她懂事地劝父亲离开，抓紧离开，"走吧，爹。"

"小顶子，爹先下山，你好好待在这里，或许还有机会爹来救你。"祁二秧子只能这么说，即要跟女儿分手他只能把愿望当成希望说了，还有一件事他觉得有必要对她讲，也确实该讲了，"警察局陶奎元想娶你做姨太，托人说媒……"

小顶子见过年龄比父亲还大的陶奎元，这个小老头的想法真是可笑！她说："爹你答应了他？"

"爹没那么糊涂，你的婚事你自己做主。"祁二秧子说，讲这段话时心里很痛，女儿还能自主婚姻吗？胡子大柜会轻易放过她？"小顶子，爹不在你身边，遇事儿自己多寻思，别像小孩玩似的。"

"嗯。"

外面的胡子将窝棚门开大一些，含蓄地提醒会见女儿的人时间到该走了。祁二秧子从怀中掏出一些钱，说："你带着，也许用得上。"

小顶子没拒绝，端午节前从家出来，到草甸子去采野韭菜，抓蛤蟆意外被胡子绑上山，身上没有带钱。爹给她钱她收下，至于是否有场（处）去花她没考虑。

"走吧，祁掌柜。"胡子等不耐烦了，催促道。

"我走了。"祁二秧子说。

"爹下山小心，路不好走。"小顶子用依依不舍的目光望着父亲远去，再次落泪，父女何时再见面，在什么情形下相见？

祁二秧子被领到一个路口，两个准备送他下山的胡子等在那里，水香用黑话做番交代，祁二秧子没听懂他们说什么，有些词汇非常陌生，比如，园子（城）、梁子（路）、灯不亮……大布衫子说："祁掌柜，再会！"

祁二秧子回敬再会。

胡子给祁二秧子戴上蒙眼，几个人下山了。

四

傍晚，炖干肉的味道弥漫土匪驻地，大当家的吩咐下去，弟兄们改善伙食吃一顿，打个全家福（大家吃一盅）。

"三爷，"啃草子来叫大布衫子，"大爷叫你去。"

"好。"大布衫子原打算跟众弟兄一起吃饭，大柜叫显然去跟他吃饭，他便走进大柜的窝棚，"大当家的。"

"拐（坐），我俩班三（喝酒）。"天南星说。

炕桌子摆好，几个荤菜，狼肉炒的，一只整个狼心放在中央，大柜喜欢吃烀狼心，整个上桌然后用刀片着蘸蒜酱吃。端午节一只想自杀的狼进入胡子领地，它在众枪口下无法逃脱，所以祁二秧子有口福吃到狼肉，一只狼近百人吃，不是狼多肉少而是人多狼少，体现有福同享思想，用狼炖干白菜，多加菜大家都摊上一碗。

"兄弟忙活了几天，筛筛（轻松一下）。"天南星喜悦道。

大布衫子觉得大柜喜悦的事情在后面，今晚他……赢来了一个丁丁（小美女），酒后去享受。他说："大哥，你决定娶压寨夫人？"

"哦，我们商量商量这件事。"

刀子片下一块狼心添入嘴里，大布衫子说："商量啥，大哥决定娶就娶，要操办咱们好好操办一下。"

天南星喝口酒，说："你们都不反对？"

"大当家的决定什么事，我们都同意。"大布衫子说。

事实如此，大柜是绺子的当家人，家有千口主持一人。天南星说："就是你们都不反对，压寨夫人的事也要往后拖，眼下有大事做。"

"我们最近要去踢坷垃（打劫）？"

"挪窑。"

挪窑——转移驻地，为了绺子安全胡子不停地变换藏身地点，在一个地方待时间长了容易暴露，必须不停地挪窑。狡兔有三窟，狡猾的土匪就不止三窟，五窟八窟也说不定。白狼山中有两个地点，刚刚来到这里不久，一般情况下要待上一段时间。大布衫子说："我们不是刚到这里。"

"祁二秧子……"天南星说，胡子大柜横草不卧，发现绺子安全有一丝漏洞立刻堵上，"万一他向官府报告，我们就不安全了。"

"进山时给他戴了蒙眼，记不住道儿，说不上我们的具体地点。"大布衫子不是大意，觉得因此挪窑子没必要，理由还有，他说，"他的闺女在我们手上，祁二秧子不会不考虑她的安危吧？"

"我不完全因为怕祁二秧子怎么样，离开白狼山去西大荒，夏天待在草甸子马有草吃，我们活动也便利。"天南星说，回到西大荒青纱帐中去，不止活动便利顺手，在那里拉起的杆子，"绺子有两年没回西大荒了吧？"

"两年多了。"

"回去，马上走。"

胡子大柜决定的事情水香大布衫子服从，他说："大哥，今晚月亮挺亮啊！"

"啥意思？"

"听说月亮时做人……带把的。"大布衫子不知从哪儿听来的，说月亮明亮的夜晚容易得男孩，或者就是瞎编，目的就是戳惑（引逗）大柜

长篇小说
匪王传奇

去跟祁小姐成事，抢掠杀砍之外，谁都想那事？有人自己没条件干那事，瞅别人干那事也过瘾不是，看人家吃饼充饥！

"不成，她咋想的不知道。"天南星说。

水香诧异，存在她乐意不乐意？祁小姐是票，绑来的票随意处置，再说了，祁二秧子在赌桌上将她输掉，赢家有权处置属于自己的东西。他说："大哥，她是你赢的。"

"那是。"天南星之所以迟疑，不是他不想马上成事，站在一个与军师水香不相同的角度，他没拿她当票，甚至忘了赢来大活人的这一节，眼里她是祁家小姐，对她非礼不成，娶她做压寨夫人也需她乐意，他道出内心的真实，说，"我不想强扭瓜儿。"

俗语讲强扭瓜儿不甜。水香以此看到大柜爱上祁小姐，不然则顾不了许多，生米煮成熟饭再论嫁娶，看来大柜不肯这样做。大布衫子问："她要是不肯做压寨夫人，咋办？"

"不肯也有肯时，到时候再说。"天南星说。

"那今晚，大哥？"

"我俩喝酒……到大煞冒（日出）。"胡子大柜要跟水香喝个通宵，过去这种事情也常有，酒是好东西，它能壮胆也能安慰你，"兄弟，咱俩别喝蔫巴酒，玩一会儿。"

"划拳！"

"划拳。"

胡子喝酒行令有多种，人数多少决定怎么玩。二人时，可玩虎棒鸡虫令——两人相对，各用一根筷子相击，喊虎、喊棒、喊鸡、喊虫。规定以棒打虎、虎吃鸡、鸡吃虫、虫嗑棒论胜负，负者饮。若棒与鸡，或虫与虎同时出现，则不分胜负，继续喊——或两人猜：石头、剪刀、布，赢方立即用手指向上下左右各一方，输方顺应则喝酒；最简单莫过汤匙令，置一汤匙于空盘中心，用手拨动匙柄使其转动，转动停止时匙柄所指之人饮酒。天南星和水香使用又一种拳令——

哥俩好啊！

三桃园啊！

四季财啊！

五魁首啊！

六六顺啊！

七巧妹啊！

八马双飞！

酒倒满啊！

全给你啊！

五

祁小姐眼睛盯着门，尽管是自己在里边插上门心还提吊着，门胡子一脚就可以踹开。父亲讲得很明白，救不出去了，已经自己输给了大柜天南星，赌场规矩不懂，道理是输给人的东西就是人家的，自己是胡子大柜的？对输赢她没赌徒的父亲敏感，输五八赢四十无所谓。敏感的是自己属于天南星，意义在属于上，就如一匹马、一杆枪、一件衣服……属于了就要任权力人支配、处置、使用，她没怨言。父亲不这么看，给自己跪下，内疚和痛惜，痛惜重于内疚。交给胡子大柜他不甘心，给那个花货警察局长做姨太就心甘吗？如果让自己在胡子大柜和警察局长两人之中选择，毫不犹豫地选择前者。胡子人人喊打，喊打的人中有官府、兵警；警察呢？人人心里恨骂，是受欺压的平头百姓骂。

伪满洲国的警察在人们眼里是一条狗。后来流传的歌谣如，警察汉奸大坏蛋，打粳米来骂白面。又如，警察官，是洋狗，拖着尾巴满街走。东闻闻，西瞅瞅，不见油水不松口。叫洋狗，你别美，日本鬼子完了蛋，坚决把你打下水，砸碎狗头和狗腿①。东北遍地骂警察的歌谣。

"死了也不嫁警察狗！"小顶子发誓道，如果此话是上半句，下半句应该是：宁可嫁给胡子大柜。

三江警察局长陶奎元是什么人？论坏要比一些土匪坏，铁匠女儿小

---

① 见穆棱县歌谣《警察狗》。

顶子满耳塞满他的狼藉名声，做他姨太不如死喽。从这个意义上说，父亲没救出自己是件好事。假若下山，陶奎元逼婚，不同意的结局将更惨。警察局长坑害自己，还不会放过爹，父女同要遭迫害。在山上，就算是自己受害，胡子也不会再找爹的麻烦，何况天南星未必祸害自己……该说到人的复杂了，小顶子脑海里胡子一词淡化，随之而来的一群血性汉子，他们打响窑，吃大户，同官府抗争，与兵警斗……心里萌生敬佩之情，大柜天南星远不是见面前的那样评价，匪绺生活比铁匠炉大院生气。她开始对人马刀枪发生兴趣，如果骑马到草地上驰骋……待在匪巢无疑安全，不用忧虑警察局长来抢人。

那夜，一只啄木鸟不停地敲击树木，咚，咚，咚咚！白天它要敲击树干五百多次晚间应该休息，什么原因在夜里敲击？繁殖季节它们可能敲得更起劲。

小顶子清晰地听见，啄木鸟就在窝棚旁边的一棵树上敲击。睡不着，有一个鸟做伴也不寂寞。她不止一遍猜测今晚可能发生的事情，一个男人闯进来，逼迫道："脱，快脱！"

"干什么？"

"跨合子！"

"跨合子？"

"跨合子你不懂？爷操你！"

"不！"

"乖乖地，不然爷割下你的球子（乳房）！"

小顶子妈呀一声，蜷曲在炕旮旯忍不住打哆嗦。门仍然关紧，咚咚的啄木声节奏地响着。慢慢平静下来，即使有人来也是他，而不是别人。她相信他不会这么粗鲁。假如他来了，没粗鲁地踹开门而是叫门，给不给他开呢？她拷问自己。

咚，咚，咚咚！啄木鸟敲击树木声音以外再没别的声响，今夜胡子老巢肃静得出奇。傍晚时分可不是这种景象，数张桌子——坐八个人的八仙桌——露天摆放，她问双口子："你们要干什么？"

"摆酒设宴。"

"不年不节的，摆……"

双口子说有喜事就摆酒庆贺，打个全家福。

小顶子琢磨胡子的话，遇喜事摆酒设宴，他们有什么喜事？她问："你们有什么喜事？"

双口子望着她笑，眼神里内容很多。

噢？她不得不往自己身上联系，胡子的目光流露出与自己有关。不便问她又禁不住问："跟大当家的今天赌……有关系吗？"

双口子点点头。

"可是，这算什么喜事？"

"赢了你，大爷高兴，犒劳弟兄。"

胡子已经说破，大柜天南星赌博赢了高兴，而且还是因赢了自己。她问："一般情况下，大当家的赢了，怎么处理？"

"啥？祁小姐你说啥？"

小顶子有些羞涩，指指自己。

"嗯，要看大爷的心情。"

"什么意思？"

双口子说大柜赢来任何东西他都不独吞，分给大家同享。他不是有意吓唬她，事实就是如此，其他绺子也这么做。三江广为流传胡子摆观音场的故事，做压寨夫人的叶大美，被大柜铁雷送给二柜、水香、炮头、翻垛……并说："俺叫四梁八柱都尝尝你这美女的滋味。"这便是双口子说的分给大家同享。祁小姐觉得可怕，颤巍巍地问："你们大爷摆酒就是因为我？"

"八成！"

铁匠女儿沉默起来。真的如双口子所言，天南星将自己分给大家同享，意味着遭众胡子强暴，那命运比叶大美还悲惨，毕竟她还做了压寨夫人，自己什么都不是……压寨夫人一定很风光，给天南星当……哦，宁愿给他当压寨夫人，也学那个叶大美报个号……但结局肯定比叶大美好，天南星不是铁雷，他们俩不一样，这是小顶子在那个夜晚所想的事情。

第七章　心仪土匪王

一

祁二秧子生平头一次觉得自己无能，赌桌上没能赢一个土匪头子，输掉女儿是最大败笔，赌博生涯彻底结束，赌爷的称号被自己摘下来。十几年前他离开四平街赌场不是败走，而是不想赌了，虽然也发誓金盆洗手不再赌，但毕竟没完全彻底戒赌，才有了这次上山赌博。客观地讲，此次上场被逼，赎女儿的条件是一场赌。结果输了，不仅仅输掉女儿，名誉、信心都没有了，走到一处山崖他真想跳下去。

瞧不起自己和绝望自杀还有些距离，铁匠想我自己一死了之，女儿怎么办？把她一个人丢在土匪窝里不管，良心受到谴责，还有一个人也不会满意，那就是已故媳妇李小脚，可是答应她照顾好小顶子，就这样照顾的吗？不，活着则有机会救女儿脱离匪巢。

半天的路程，祁二秧子走了大半天，回头的频率太高，他觉得女儿在身后跟着，她小的时候总是对上山感兴趣，他不带她的原因她年龄太小，爬山过涧体力不行，山上有毒蛇生怕伤到她。还是有那么一两次她悄悄跟来……好像小顶子跟在身后，他希望真的跟在身后，忽然跳到面前。叫一声爹，给自己一个惊喜。

到了老爷庙就到了山口，再走一两里路出山了。祁二秧子放慢脚步，故意拖延时间还是希望女儿从后面赶上来，他们一起下山进城回家。坐下来歇歇脚，眺望走过来的山路，偶尔有人出现却不是巴望见到的人。

夕阳掉进树林里，关城门前的时间不多了，需要抓紧走。祁二秧子站起身，最后望一眼伸向山里的路，黯然叹口气，无奈此刻除了叹息什么都做不来。

走在古老的三江县城亮子里街道上天色暗下来，一些买卖店铺点上灯笼，照亮了店招的字迹。远远地见到自己的铁匠铺，门前一片红光，几个忙碌的身影，掌钳的郝大碗正带几个徒弟打铁，这番景象多少给祁二秧子些许安慰。

"掌柜回来啦!"不知谁喊了一嗓子，打铁的声音戛然而止，停下手里活儿的徒弟们立刻围上来，七嘴八舌地问："刚到家吧? 掌柜。"

"累了吧? 喝口水……"

郝大碗手里拎着小铁锤，问："师傅，小姐呢?"

祁二秧子最怕问到这个，可是回避能回避得了吗? 徒弟中郝大碗关心小顶子比别人多层意思，无疑更刺痛做父亲的心，他说："小姐有事儿，过些日子回来。"

"那得几天啊?"红杏插上话，着急地问。

"唔，过几天吧。"祁二秧子含糊道，不马上离开，他们还要问下去，他抬脚走进掌柜的堂屋，徒弟没法跟入，郝大碗喊道："干活儿，把这几个马掌钉打完。"

叮当的打铁声再次响起来。祁二秧子平静后来到后院，吩咐厨房做些酒菜，犒劳徒弟们。

尽管是一顿丰盛的晚宴，大家吃得没心情。饭后，祁二秧子说："大碗，你来一下。"

"哎，师傅。"郝大碗答应。

一盏油灯点亮，祁二秧子同郝大碗坐在一张桌子前，他说："我没在家这几天，辛苦你啦。"

"师傅……"郝大碗向掌柜报告几天里接了几件活儿干了哪些活儿，最后说，"今天徐大明白来了。"

"哦，他说什么?"

"问你在不在家，还打听小姐……"

"你怎么说?"

"按师傅交代的说……"郝大碗说。

徐大明白走进祁家铁匠炉，郝大碗将打好的一只马掌扔到地上，走过来，身上还带着焦炭味道："来了徐先生。"

"祁掌柜呢?"

"出门啦。"

"去哪儿?"

"上山。"郝大碗答。

徐大明白继续问:"小姐在家吗?"

"不在,串门(走亲戚)去了。"

"噢,走的日子不短喽。"

打铁的郝大碗脸笑时很滑稽,他婉转逐客说:"徐先生还有什么事吗?没有的话……哦,我手里的活儿客户要得很急,失陪。"

"没事,你忙,你忙!"徐大明白悻悻而走。

郝大碗说徐大明白老大不高兴,祁二秧子说:"别理他!"

"师傅,小姐到底咋回事啊?"郝大碗问。

在前院铁匠铺子里,当着众人祁二秧子不好详细说,也不能说出真相。背地还是决定向郝大碗透露一些细节,经过他改编的故事,他说:"胡子赎人的条件苛刻,咱们做不到,他们不肯放人。"

"那咋办啊?"

"还能咋办,想办法呗。"

郝大碗希望祁小姐早点回来,他说:"师傅,差钱的话,我还有一些拿去救小姐。"

"大碗啊,看得出你对小姐一片心意……眼下还不缺钱,用时我再跟你张嘴。"祁二秧子说。

"师傅回来,锤子……"郝大碗主动交回象征指挥权的铁锤。

"不,你还掌钳。"祁二秧子再次授权,他说,"我还要忙乎一段时间,铺子你支呼着。"

二

"徐大明白,你是真明白还是假明白啊?"警察局长陶奎元讥讽的话说得像绕口令,"能整明白你就说能整明白,整不明白你就说整不明白,别整不明白你说能整明白。"

徐大明白听得不吃力，局长的话就是到底能不能整明白。陶奎元不满意并非无端，介绍祁二秧子女儿这门亲自己大包大揽，以为一说就成，那承想出差头，祁二秧子态度不明朗，几天过去没消息，连祁二秧子的人也见不到了，祁铁匠这不给我眼里插棒槌——当着大家面来个显眼——吗！他说："陶局长，我今天再跑一趟祁家。"

"算啦，你别费事了，我叫祁掌柜亲自来警局……"陶奎元要动粗，他要亲口问问祁二秧子同不同意这门婚事，"跑细你的腿，他也不拿你当回事。"

"陶局长，这事还是我去问好。"徐大明白说。

事实上警察局长也是说说，娶姨太总不能持枪逼亲吧。陶奎元说："去吧，别再抓瞎回来。"抓瞎原是儿童游戏——蒙眼者随便抓一个人；被抓者蒙眼再抓别人——在此指空手无获。

"听好信吧，陶局长。"徐大明白说。

一天后徐大明白蔫巴在警察局长前，陶奎元说："白挠毛儿（费力无所获）？大明白。"

"没见到人。"

"人呢？"

"铁匠铺伙计说他进山了，那天早晨我在城门的确碰见祁二秧子，他自己也说去山里一趟。"

"故意躲你吧？"

"兴许。"

"那小姐……大白梨呢？"

徐大明白说两次去都没见到人，他说："伙计说她外出串门。"

"姥姥个粪的，爷俩躲茬（回避）嘛！"陶奎元发怒了，说，"一个打铁的苦大力也敢小瞧我？好，给他点儿颜色瞧瞧！"

整治让自己在警察局长面前丢面子的祁铁匠，徐大明白内心高兴，陶奎元是谁？马王爷！你可知道马王爷，三只眼不是好惹的。他帮虎吃食道："祁二秧子王二小放牛，不往好草赶。"

"我去问他。"陶奎元说。

警察局长说到做到，他要是去问祁二秧子大概能成呢！如果是那样自己可就得把脑袋插进裤裆里，没脸见人，保媒拉纤饭碗可就砸啦。不成，阻止陶奎元，还是自己去，他说："老话说，自己刀削不了自己的把。"

"啥意思？"

"我是说将来婚事成了，狗尿苔不济长在金銮殿上，祁二秧子你老丈爷不是，以后见面多尴尬。"徐大明白嘴会缝扯，以为这样就能说服警察局长，错啦，这回陶奎元不信他了，说："削不了自己的把，我削给你看，让祁二秧子乐颠地把闺女嫁给我。"

"这我信，可是……"徐大明白要阻止不择手段了，他说，"问题是祁二秧子拿什么嫁给呢？"

"噢，啥意思？"

"他早把闺女抵当（暗中外运）出去了。"

"啥，你说啥？"陶奎元瞪大牛眼问。

从祁家铁匠炉出来，徐大明白走进剃头棚，遇到一个熟人，同他开玩笑道："哪儿抹油嘴儿？看你去祁家炉。"

"是啊，给陶局长说个媒。"徐大明白显摆他的本事，为警察局长做媒是件抬高地位的事情，宣扬开好，他说，"这不是吗，局长找我……"

"婚事成啦？"

"那还用说。"徐大明白意思是没看媒人是谁，"板上钉钉。"

"喔，生锈的钉子吧！"

至此，徐大明白听出棱缝，半真半假的玩笑话中有话，他说："你看不能成？咋说呢？"

"胡子大柜没那么好说话吧？"

啊！徐大明白一愣。他追问："你说什么？胡子……"

"难道你不知道？"

"知道什么？"

"祁掌柜的闺女被胡子绑上山……"

惊人的消息惊出徐大明白一身大汗，说不上是冷是热。他还是不信会有这等事，将信将疑。剃完头他一口气跑到警察局，碰巧陶奎元外出不在，他在等他时仔细想这件事，觉得不太像真的。如果不是陶奎元说不用他保媒，才不能说出这事，不过，他这样说："陶局长，我也只是听人这么说，我不信。"

身为警察的陶奎元不轻易信，也不轻易不信。他问："你说那天碰见祁二秧子一大早出城，进山？"

"是，亲眼见。"

"你去他家两次没见到大白梨？"

"是。"

"坏醋啦，这事儿七老八（七八成）。"陶奎元噌地站起来，皮靴在地上跺两下，他愤怒时的样子，说，"祁二秧子往山里跑为这事，哪个绺子绑去的？听说没有？"

"没听说。"

三江地区胡匪绺子多如牛毛，不是所有的绺子警察局长都不认得，与个别的绺子大柜还有私交，只是警匪天敌，外人不知晓而已。假如弄准是哪个绺子绑票，陶奎元通过胡子能要回人来。他说："你勤跑几趟祁家，见到祁二秧子马上告诉我。"

"我不去打听哪个绺子绑票……"

"不用，我安排密探去。"陶奎元说，他动用自己手下人调查祁小姐绑票案。

三

胡子挪窑一阵风似的，在一个清晨顶着露水撤离了老巢，直奔西大荒，茂盛的青草欢迎他们。出发时的队形有些讲究，最前面的是大柜天南星，他身后依次是里四梁，外四梁，然后是八柱，再后边是全体胡子。小顶子骑在一匹白马上，全绺子只一匹白马，与她并驾齐驱的是双口子，大柜指派他全程保护小姐。

"小姐，赶紧起来。"天刚蒙蒙亮，胡子双口子在窝棚外边叫。

小顶子爬起来，问："这么早，干什么？"

"起来准备挪窑子，马上走。"

"去哪儿？"

"别问了，你快点儿，我去牵马。"双口子说。

几天以来没什么动静，夜晚没人骚扰她睡得很安稳。父亲走后她提心吊胆两天，预想可能发生的事情终没有发生，大柜没朝面，胡子也没放她走的意思。胡子催自己起来，又去牵马，到哪里去？送自己回家吗？

小顶子走出窝棚，双口子牵着两匹备着鞍子的马走过来，一匹白马一匹黑马，黑白搭配十分抢眼。双口子说："小姐你骑白马，哦，会骑马吗？"

"会。"

"上连子（马）……"双口子急忙改口道，"上马，小姐。"

"我们这是去哪里？"她问。

"别问，跟我走就是。"双口子说。

"等一下，我拿些东西。"小顶子转身回窝棚，手拎一个布包出来，系在马鞍一侧，她问，"我的被褥……"

"我给你拿着。"双口子进窝棚，抱出她的被褥撂在自己的坐骑上，说，"我们走吧。"

她跟他来到树林边，胡子正向这里聚集，大柜天南星出现，他都没朝她这边看一眼，发出命令：

"开码头（离开此地）！"

走出白狼山，太阳升起一竿子高，露水在草尖上晶莹闪烁。小顶子有些兴奋，头一回跟一群背着枪的男人走，自然而然地挺拔起来。如果自己也有一杆枪，也成为他们中一员……马队沿着一条河走，细窄的一条河肯定不是大河清，它叫什么名字她不知道，问身旁的双口子："这是哪条河？"

"饮马河。"

小顶子从来没听人说过，陌生的地方无疑。她问："亮子里在哪个方向？离这儿多远？"

"远挠子（很远）！"

她相信距离也不近，视线内见不到村屯，天苍苍，野茫茫，亮子里附近没有这样宽阔的草原，采野韭菜的甸子根本没法同眼前的草甸子比，记得第一次同红杏上草甸子，她惊呼道："妈呀！这么大的甸子啊！"

小顶子到过草甸子几次没有红杏那样惊讶，但也觉得草甸子大，没边没沿似的。见了眼前这个草甸子，觉得那块草甸子面积太小了。她问："还有多远啊？"

"你看！"双口子朝远处指。

她眺望远方，草原同天相连的地方，水一样流动的雾气中沙坨隐约，说："好像有沙坨子。"

"一马树。"

"一马树？"

双口子说绺子要回到叫一马树的地方，那里有一个去年夏天住过的土围子，黑话叫圈子、围子，他说："那是子堂。"

子堂和甲子黑话都是家的意思，双口子说那儿是家没错，匪巢就是家。铁匠女儿心里的家在亮子里，前院是铁匠炉，呼哒呼哒拉风匣，丁当打铁声无比亲切……离家越来越远了，何时回家也不知道。

"爹到家了吗？"躺在窝棚里，小顶子想父亲想铁匠炉，郝大碗、红杏、山炮儿……"什么时候能见到他们？"

胡子至今还没说怎样处理自己，爹已经讲明胡子赎票的条件就是一场赌，输赢决定票去留，结果出来，爹赌输自己走不了，他也不能再来救，听任胡子发落。等待中，胡子突然挪窑，去哪里自己也不知道，即使爹营救来山里也找不到。

"小姐，什么东西响？"行进中，双口子望着她的马鞍问。

众胡子马驮着行李、刀枪、草料，小顶子什么都没有。铺盖由双口子带着，自己只有一个小布包，里边只一件东西——马灯，她拿着它，喜欢上它，夜晚它跟自己做伴，对它倾诉……她说："马灯响。"

"带好它，大爷心上的东西。"双口子提醒道。

小顶子喜欢这盏马灯暗含爱屋及乌的意思，她心里明镜是大柜的东西，小心呵护它。她说："大当家的没要回去他的马灯。"

"小姐喜欢，大爷知道。"

一丝不易被察觉的羞涩感掠过心头，小顶子疾迅扫眼队伍前面，那

长篇小说 匪王传奇

面黑色斗篷旗子一样飘扬。天南星披着黑色斗篷，威风凛凛，他始终鞭马在先，四梁八柱簇拥左右，奔驰向前，犹如排山倒海之势。她问："大当家的总是在前面？"

"什么？"

"我是说队伍出发，打仗……"

"当然，一马当先嘛！"

绺子的四梁八柱冲锋在前，前打后别，不然不配做四梁八柱，威望是砍杀出来的，危险时刻方显英雄本色。

"老是在前面，多危险啊！"她说。

"小姐，不死几回当得上大爷？"

胡子的话小顶子听来有些慷慨悲歌的味道。生死换来荣誉、成就、地位、权力，流贼草寇论功行封，立功要用鲜血换。她肃然起敬，心向天南星靠近一步。

四

没有不透风的墙，警察暗探弄清是天南星绺子绑了祁小姐，回警局向陶奎元报告："陶局长，是天南星……"

天南星？陶奎元觉得有些陌生，尚不掌握该绺子情况。他问："这个绺子压（藏身）哪里？"

"白狼山。"

三江胡子依照活动特点大体分为两类，山里和草原胡子，如果细划分还有两栖类——即在山里又在草原活动的。山里土匪和草原土匪明显区分，前者，夜伏昼出，原因是山里土匪有山寨，白天出去抢掠，夜晚龟缩老巢；后者则相反昼伏夜出，草原土匪藏在青纱帐内，白天不敢出来活动，晚间借着夜色掩护劫掠。无论是哪一种土匪官府、兵警都剿杀。因此，作为一地警方手上都有一份黑名单，记录匪绺的情况。县城在白狼山脚下，多受山匪之害，每任警察局长都肩负肃清匪患的重任。

"天南星绺子我们不掌握。"陶奎元说。

"是，来路不明。"暗探说。

不掌握就无法去清剿，警察局长思谋的不是消灭这绺土匪，关心的是被他们绑票的祁小姐。他说："祁二秧子没张罗赎票?"

"也不清楚。"

"嗯，找祁二秧子。"陶奎元决定亲自出马，带上几名警察，骑上大马直奔祁家铁匠炉，从警察局到铁匠铺没几步路，步行完全可以。但是，骑马街上走才耀武扬威，警察局长出行造声势的需要，骑马，荷枪实弹的骑警保护。

"大碗，警察来了。"山炮儿跑到后院，铁匠铺今天维修没点炉，郝大碗在后院挑选废铁块儿，为明天打一批铁链子做准备，"在前院，你赶紧去看看。"

警察经常光顾铁匠铺，收费、检查卫生什么的，郝大碗问："戴没戴白手套?①"

"没有。"

"唔，没戴白手套?"郝大碗放下手里的活儿，不戴白手套的警察来有什么事，他问，"来了几个?"

"四五个。"山炮儿说像是官儿不小，佩戴肩章，挎洋刀，腰别小撸子。

郝大碗来到前院，他认得警察局长，给他的马钉过掌，恭敬地招呼："陶局长，您来啦。"

"祁掌柜呢?"陶奎元问。

郝大碗应付道："我们掌柜的出门办事。"

"啥时候走的呀?"

"今早上。"

"去了哪里?"

"四平街。"郝大碗说。

---

① 伪满警察跟日本主子学的戴白手套。有一首伪满民谣：坏水瓶子脖子长，溜须拍马丧天良。村公所里无职位，防疫班中去帮忙。白手套，拎马棒，进屋他先摸门框。手套沾灰就翻脸，打嘴巴，可劲骂，还得跪在砖头上。边打边骂不解恨，叫唤往嘴把灰扬。打这家，那家慌，人人称他坏水堂。坏得头上长疖子，脚下流脓坏水淌。（作者：郭凤山）

长篇小说 匪王传奇

砰！警察局长拔出手枪朝炉子开了一枪，击起一片灰尘，他说："你也跟着说谎，是不是不想打铁了？"

警察局长的话别不当话听，他要说不让你打铁，轰你出亮子里算是文明，编个理由将你投入监狱，或对日本宪兵说几句坏话，你恐怕小命不保。警察还有一个特权，抓你劳工，抓你浮浪（游手好闲），抓你……有种种理由抓你。郝大碗能不怕吗？他说："陶局长，我们掌柜确实外出了，他说去四平街办事，就是这样对我们说的。"

"哼，去四平街，编得挺圆溜，祁掌柜进山以为我不知道。"陶奎元问，"祁家小姐被土匪绑去，他去赎票对吧？"

郝大碗大吃一惊，警察局长什么都知道了。但是不能说出实情，照掌柜嘱咐的讲，他说："我们只是下人，掌柜家的事确实掺和不上。"

陶奎元想也许徒弟们真的不知情，他问："祁掌柜的不在家，谁替他看摊儿？"

"我。"

"你叫啥名啊？"

"郝大碗。"

"哦，郝大碗。"警察局长瞥眼郝大碗的肚子，问，"你肯定能吃喝呀，大碗，叫这么个名字，还是能吃？"

"能吃，也能喝。"郝大碗承认道。

"噢，你又能吃又能喝，好啊，我们监狱的饭做多了，正愁没人吃，你去帮助吃吃怎么样。"陶奎元阴阳怪气道。

"陶局长……"郝大碗急忙央求别带走他，"我确实不知道，知道的都告诉局长。"

陶奎元吓唬一阵郝大碗，见他真的害怕了，本来也不是奔他来的，说："郝大碗，你听着，有你们家掌柜的消息马上去告诉我。"

"哎，哎。"

"走，回局。"陶奎元一扬手，带人走了。

直到警察走没影儿，郝大碗说："他们好像来抓掌柜。"

"像！"山炮儿说，"赶紧去给师傅送信儿，近几天千万别回来，在外面多猫（躲）些日子。"

郝大碗说："我想想。"

五

祁二秧子二次进白狼山，他要去求天南星放了女儿，想到胡子大柜不会轻易放人那他也要去，放心不下见见女儿也好。这次进山，铁匠掌柜的心情与上次不同，觉得时间要长，甚至可能不回来了，于是他做了如下安排，将铁匠炉交给郝大碗，即使将来回来，自己也只做甩手掌柜不再掌钳，于是他叫来徒弟，说："大碗，你学徒三年了吧？"

"是，师傅。"

"你该出徒了，可以独自掌锤啦。"

郝大碗蓦然紧张起来，师傅要赶自己走吗？宁可在祁家炉当一辈子徒弟，也不自己独立掌钳——另起炉灶，自己当掌柜，他说："师傅我不走，跟着你干。"

"早一天晚一天，小燕总有出飞儿（雏鸟自己飞出打食）的时候。"祁二秧子鼓励徒弟自强自立，今天他不是赶走郝大碗，相反委以重任，他说，"大碗啊，我不是赶你走，而是让你做祁家炉掌钳的。"

"师傅您？"

"我老了拿不动钳子，你来掌钳。"祁二秧子目光中充满信任和希望，还有些什么东西掺杂在里边。

"大碗，今晚我主持你的出师仪式。"

"师傅，酒席该由我张罗……"郝大碗说，按学徒风俗，三年期满要出师拜谢师傅，准备一些礼品，叩头献纳。

"你还小，又没家没口……还是我张罗置办吧，大家在一起吃顿饭，我宣布一下祁家炉你掌钳。"祁二秧子说。

"师傅，你如同我的再生父母。"郝大碗感激，恳求道，"师傅，我在这里伴作几年都成。"

民间谚语：三年学徒，四年伴作。徒弟出师后为谢师帮工至少一年，多者三四年，然后自行开业。

长篇小说 匪王传奇

"我不是说了吗，出师后你不是伴作而是掌钳，代我管理铺子。"祁二秧子说。

祁家炉共有师徒、杂工九个人，掌柜的置办了一桌酒菜，开席前祁二秧子带众徒弟跪在太上老君神像前烧香磕头，他说："太上老祖在上，保佑我的徒弟大碗掌钳炉红火旺，生意兴隆。"

郝大碗虔诚，吭吭地磕头，嘴里嘟囔：保佑，保佑！

仪式上，遵照铁器活儿出师风俗，徒弟谢师，师傅回赠整套工具。祁二秧子将自己使用的锤子郑重其事地送给大碗，勉励的话变成授命词："从今以后你就是祁家炉掌钳，好好干，大碗。"

"谢师傅！"郝大碗接过锤子，接过一种令人羡慕的权力。

拜完祖师爷，郝大碗说："师傅，我去给师母磕个头。"

"嗯，磕吧！"祁二秧子准许道。

李小脚遗像前，郝大碗头磕得比给祖师爷磕得响，声音嘶哑眼角湿润道："师娘，大碗给你磕头了……"

酒桌上徒弟纷纷给祁二秧子敬酒，大家都没少喝。

"大家今后听大碗的。"祁二秧子对众徒弟道。

郝大碗成为祁家炉掌钳的夜晚，他激动得怎么也睡不着觉，那把锤子摆在炕头。几次伸手去摩挲老红色油亮的枣木锤把感觉特好……来亮子里之初可不是来握锤把，本意是握赌具木头牌九，三年里彻底改变了初衷，仇恨原来也可以稀释——掌柜的一家人感化了他，渐渐地仇恨雾一样由浓变淡，最后消尽。接踵而至的是愧疚，几次想对有恩于己的铁匠夫妇讲明一件事，师母死去没机会了，还有师傅……他走出屋，在院子里碰上祁二秧子，说："师傅。"

"还没睡，大碗？"

"师傅，我有话对师傅说。"

"噢，讲吧。"

他们俩坐在废铁堆上，郝大碗说："师傅，我对不起你，有件事实在憋不住，想说出来。"

祁二秧子像是知道他要说什么，卷支纸烟抽上，说："那件事还有说的必要吗？"

郝大碗惊愕，难道师傅知道了，他问："师傅知道？"

"我早就知道了。"祁二秧子深吸一口烟，半天才吐出来，说，"你爹糊涂你不糊涂。"

四平街灯笼铺老板郝裂瓜——原指长得不周正，歪瓜裂枣——是他的绰号，他在赌桌上输尽家财，提上最后一盏灯笼同赌爷祁二秧子进行最后一次赌，连灯笼也输掉了，一股火攻心造成偏瘫，说话吐字不清，他对大碗说：你去替爹报仇！郝大碗问：咋报？当爹的说：随便你。郝大碗被逼来到三江县城寻仇，找到祁家炉后见到铁匠炉和锤子，仇恨一步步后退。到后来，竟然没有了仇恨。

"一开始，我打听清楚你的来历，原想赶走你。"祁二秧子开诚布公地说出实情，"你要感谢，真要感谢你师娘，是她坚持留下你。"

"我大碗不能恩将仇报。"

"你师娘也是这样看你的，说你不是忘恩负义之人，没看错。"祁二秧子说。

"师傅，见到你们一家人，我觉得我没必要报仇了。"郝大碗说，善良改变了他的命运，祁二秧子最信任他，出师晋为掌钳的，把铺子完全交给他，"师傅，我给你养老送终。"

"好，好啊！"

养老送终这话不是随便说的，只有儿女有权这样说。此时祁二秧子能够接受徒弟的说法。如果在土匪大柜和警察局长及郝大碗三人中招一个女婿给自己养老送终，他当然要选郝大碗。可是，身陷匪巢小顶子的命运很难说，谁知天南星会将她怎么样。

"师傅，一定带小姐回来呀！"

祁二秧子心里说，傻徒弟啊，难道我不想带闺女回来？可是带得回来吗？他说："大碗，我去山里，你在家……"叮嘱徒弟怎么做。

警察找上门来，郝大碗没想好去不去山里告诉师傅。

第八章　警匪结仇怨

一

天南星绺子中午到达西大荒，进入土围子。这里道道黄沙土岗上生满低矮茂密的笤条棵子，狼洞星罗棋布，荒丛中偶见白花花的骨头，或是人的，或是家畜家禽的……人迹罕至的岗子中竟凸起一道土山，顶尖上孤零零的一棵白榆老树，终年累月没人敢上山来，望而生怯，怕遇狼群。土山脚生长山毛榉、榛棵子、野杏树，绿色掩映和覆盖半山腰有座拉合辫儿①围墙的大院。胡子天南星绺子重新回到老巢。

铁匠女儿小顶子独住在一间屋子内，还是双口子侍奉她起居。现在住的是真正的屋子，有一铺火炕，有风的夜晚窗户纸就呼哒呼哒地响。东北民居窗户纸糊在外面，故有三大怪之称：养个孩子吊起来，窗户纸糊在外，大姑娘叼个大烟袋。白天透过窗户纸——苏子油浸透形成半透明——望见院内走动的胡子，但始终未见到大柜天南星。

天南星近日很忙，策划到新驻地的第一次打劫。

夕阳一抹余晖从树梢消失后，大院内寂静无声，沉入漆黑如墨的夜色里，偶尔有只山老鸹或是小动物，从空中或墙壁匆匆飞过穿过，吃草的马不时地打响鼻。

胡子们早早躺下，命令是在晚饭前下达的，今晚要去踢坷垃（抢劫），必须养足精神，迎接一场恶抢血夺。

胡子老巢中的数十间房子，只有一束灯光从正房的花格窗户透出，这便是大柜天南星的卧室。此时，他正和水香大布衫子分别躺在狼皮、赤狐皮褥子上抽烟，低劣烟草辛辣的气味弥漫着，他们彼此不做声，焦

---

① 草束编辫蘸泥做成的草辫子，东北农村用它编墙。除此采用打打垒、土坯砌墙。

急地等待派出探路的哨草子归来，今晚马队行动要在得到他的准确消息后开始。

尽管胡子们躺下很早，可谁睡得着觉呢？他们偷偷摸摸地朝弹夹里塞子弹，借着月光磨快短刀……人人略显紧张，盼望那使人兴奋、激动的时刻到来，只要听到大柜一声令下，便一跃而起，鞴鞍上马，去杀砍抢夺，白花花的大米，整坛子白酒，还有那活鸡肥羊……咦，太诱惑人啦！

天南星放心不下，问："哨草子带别子（手枪）了吗？"

"两把。"水香说，"哨草子望水（侦察）探路从没闪失过，大当家的尽管放心。"

"眼瞅着天热了，再不弄点叶子（衣服），弟兄们换不了季。"

"艾家家底不薄啊，得了手，便可解燃眉之急。"大布衫子说。

"兄弟，"大柜天南星慨然道，"没你鼎力相助，这个绺子我也支撑不到今天啊！"

"大哥，从我落难那天起，咱们就结为生死兄弟……"

大布衫子半辈子有三个身份，赌徒、乞丐、土匪。做丐帮的二掌柜，俗称二筐。古镇亮子里设有花子房。那年，他们怒杀县长章飞腾，闯下大祸，连夜逃出古镇，不久，他们被前来追杀的军警宪特赶入荒原。一些老弱病残的花子死于枪弹和马蹄下，也算逼上梁山，他们拉起绺子后向一个绺子——天南星靠窑（投诚对方），大布衫子做上水香。

"出发前打个全家福，鼓舞下士气。"天南星说。

"大当家的，我们还没正式燎锅底。"大布衫子说，"一起办吧。"

"中！"

胡子挪窑，从一个巢穴迁移到另一个巢穴，等于是搬一次家。乔迁要摆酒、燎锅底，图个喜庆。

"大当家的，祁小姐……"大布衫子试探地问，在白狼山大柜没有动作，压寨夫人的事没提，也没放走她的意思，终要处理吧。

"唔，先让她待着吧，以后再说。"天南星说，"楼子上（晚）点灶！"

胡子取出两坛好酒，弟兄们都起来痛快地班火三子！终年累月独居荒野，远离人烟草行露宿，胡子们一听大柜叫他们喝酒聚餐，个个喜出望外。

傍晚院内热闹起来，两堆柴火点燃，火光照亮整座院子。水香大布衫子指挥胡子摆桌子，上碗筷，准备一场豪喝痛饮。

"大当家的，端了艾家土窑，不妨开辟一个天窑子……"大布衫子在酒席开始前出谋说，"兵荒马乱的，西大荒只一马树一处天窑子不行。"

天南星对艾家土窑做天窑子——山寨、巢穴还是有些安全顾虑，他说："那地方行吗？咱百十号人马，明明晃晃……离凑子（集镇）也近了点儿。"

艾家窑东西北三面被沙坨环抱，方圆数十里没人家，草荒没人，连条兔子踩出的道儿都没有。南面和三江县城亮子里相遥望，距离毕竟几十里，又隔着牤牛河。假如兵警从城里上来，要穿过烂草甸子，行走十分艰难。

"守着狼窝睡觉，总不安稳啊。"天南星说。

"听说日本宪兵队调到南满去打抗联，亮子里只剩警察局长陶奎元手下的几十号人马，况且那帮吃喝嫖赌的蹦子（警察）不堪一击。"大布衫子接着说，"守山吃山，离镇子近，我们吃喝就不犯愁了。"

晚宴在院子中央露天进行，众胡子推杯换盏……唯有大柜天南星怅然若失，紧锁浓眉心中抑郁。这些都被大布衫子看在眼里，他清楚大柜为何忧忧。

今年开春时三江日本宪兵队搞集屯并户，烧毁了西大荒上许多村子，杀掉耕畜，女人遭蹂躏，强壮的男人抓去挖煤，老弱病残的被当活靶子……那年在大布衫子的撺掇下，大柜天南星与一个叫柳叶儿的女人生下一个能骑马挎枪的……至此绺子里没人知道，因为此事触犯了大柜亲自定下的规矩——七不夺，八不抢。例如跳八股绳的不抢，出殡送葬的，货郎……女人属于八不夺范畴。触犯绺规者，杀！如今柳叶儿母子就住在艾家窑西北面的纸房屯，此时不知母子如何？小日本的残暴行径激起天南星满腔仇恨，他发誓要会会冤家，柳叶儿母子音信皆无，死生未卜，大柜怎能不挂念惦记她们啊！

"大哥，踹了（打下）艾家窑，我带几个弟兄去摸摸底，找找他们娘俩，一晃你们已有两三年未见面。"

"唉！"天南星长长叹口气，连干数杯酒，制止水香道，"我们就要去踢坷垃，说这些不吉利。"

大布衫子佩服天南星大义和铮铮男子气度，端起酒杯对众胡子说，"弟兄们，大家都啃（吃）饱喝足，拿下艾家窑。"

"拿下，干！"众土匪情绪高涨，大海碗举起，豪爽地饮尽酒，数把刀叉伸向全羊，仿佛在吞食艾家窑。

二

艾家窑屯子虽小，在三江很有名。它几经响马草寇劫难，衰败数次。最后的一次浩劫大约是两年前的春天。土匪卞大金字绺子攻下村中家资巨万的李家大院——土围子，便将人马压在那儿。憨厚的庄稼人觉得守着土匪巢穴过日子，如同待在虎口狼窝，于是携家带口，奔逃他乡。土匪栖居的村落渐渐荒芜……湍急的牤牛河对面，三江县城亮子里镇上的兵警对河北岸的村子虎视眈眈，伺机清剿。平素间或也遭零星散乱的土匪侵扰的亮子里镇，发生的事件深深触怒了日本宪兵和警察，岗哨被杀，药店遭劫，客栈老板的儿子遭绑票。

警察局长陶奎元恨土匪，决意与他们交手，迟迟未动手，时机不成熟，龟缩城中没敢轻举妄动。他非常清楚自己麾下的那三十几个警察，抽大烟，打吗啡，逛窑子，进赌场，这套人马刀枪一触即溃，哪里敌得住骁勇善骑的土匪。

土匪大柜卞大金字管它什么宪兵队警察的，搭上眼的东西，拼死拼活抢夺到手方善罢甘休。一次，土匪捣翻一辆装甲车，惹恼了日军。陶奎元从中煽风点火，想借助日本人的力量除掉卞大金字。于是战刀一挥狂喊："向河北岸进军，呀吉格格！"

那个秋夜，宪兵队、警察队，还有伪满洲军，威势汹汹地开来小型坦克撞开卞大金字土匪老巢的大门，尽管大柜叫阵呐喊，拼命抵抗，最终全绺覆灭，无一人幸免被杀。

陶奎元的亲舅艾金生，看中了这块水草丰盛的土地，倚仗警察局长的势力，趁卞大金字被除掉鹊巢鸠占，将家眷带来，大兴土木，修寨建院，开荒种地，成了远近有名的殷殷大户。冬天牤牛河结冰封冻，插着"艾记"小旗的花轱辘铁车隆隆地辗过冰面，拉粮到镇上出售，或以粮易物，大把地赚钱。不断有逃荒闯关东的人来此做长工打短工，寻求生计，小屯也逐渐兴盛起来，并有了新屯名——艾家窑。

艾金生年近六十，抽大烟成了瘾，加之淫乐无度，面黄肌瘦憔悴不堪，烟鬼色徒集一身。但是村中那些四肢庞大，虎背熊腰的汉子见他如鼠见猫诚惶诚恐……财大气粗，再仗势警察局长外甥强取豪夺，方圆百里内良田草地霸占为己有。他对所雇长工佃户残酷盘剥，当时有句顺口溜：

王半夜，

徐五更，

艾家整夜不吹灯。

其意为王家半夜下地干活，徐家五更天下地干活，艾家晚饭连灯都不用吹就下地干活。

树大招风，有时土匪抢劫哪家的消息传来，艾金生就惊出一身冷汗。尽管自家高墙深院，又有操练有素的神枪手据险把守还是心没底。几年来风调雨顺庄稼收成很好，贩出境的骆驼毛又赚了大钱，渐鼓的腰包更使他睡卧不安。虽未亲身领教过土匪的厉害，父辈却因土匪抢劫而家门败落，他最怕胡子盯上自己。

乡间的太阳穿透过大块白[①]窗纸照进卧室，睡了一上午的艾金生，睁开眼便向侍奉他的叫环儿的少女喊叫：

"装袋烟！"

少女环儿点上烟灯，将烟袋送到艾金生手里。滋儿——滋儿，几口

---

①　大块白：窗户纸糊在外边，遮住了窗棂的灯笼锦等花格图案，形成了一大块白。

蓝烟吸进喷出，片刻，那张因熬夜失眠显得疲惫不堪的面孔，顿时现出轻松和活力。他淫荡猥亵的目光贪婪地盯着伺候他的少女隆起的胸脯，骄横且下流地说：

"往前来！"

环儿哆嗦一下，主人卑鄙的行端，让她感到害怕。

"往前来！"她再次听到一声恶喊，满眼惊惧，战战兢兢地移向艾金生，主人命令道，"麻溜解开扣子！"

环儿是佃户的女儿，她是作为租子被抵到艾家的。艾金生不止一次让她解开衣扣子，大都是在黑夜里，这样大白天的……羞涩使她战栗，解开第一颗纽扣，第二颗扣子刚解开，管家红眼蒙兴冲冲地推门进来，说，"姐夫，小娘们儿我整来啦。"

"柳叶儿？"艾金生闻之喜上眉梢，如同抽足了大烟，推开面前的环儿，迫不及待地说，"犯啥兔子愣？快带她进来呀！"

"老爷，我……"环儿知道要发生对她来说是很难为情的事情，可是没主人准许，不敢擅自离开半步，她低声说，"我去给您烧水泡茶，老爷。"

"怕羞？今天非让你见识一下，免得我费心巴力地开导你。"艾金生荒淫无耻，有一次和小妾做爱逼着侍奉他的环儿现场观看。他不容违背的口吻道，"你留下，学两招儿。"

"是！"环儿低声应答着。

被带进来的年轻女人衣着褴褛，她急忙跪在艾金生面前，恳求道："老爷，饶了俺吧！"

"咋地？减免你二石五斗红高粱，就不报答吗？"艾金生放下烟枪，吩咐侍女撂下窗帘。这位思慕已久的女人曾让他发疯发狂，馋涎欲滴。他说，"你男人在世时是我的佃户，欠下两年地租，我艾某绝非锱铢必较的吝啬之辈，一向主张扶贫济困……"

"老爷大恩大德，俺柳叶儿今生今世也报答不完。来世变牛变马也来侍奉你……"

"陪老爷睡一觉，过去的债一笔勾销。"艾金生赤裸裸地说，然后向侍女说，"环儿，还不扶她上炕！"

艾金生如愿以偿睡了柳叶儿，完事了管家红眼蒙骑马送她回纸房屯去，他嘱咐道："快去快回，过两天跑亮子里一趟，问问奎元娶姨太的事啥时办，我们好准备礼物。"

"是。"管家红眼蒙答应道。

外甥把准备娶祁铁匠家闺女做姨太太的消息提前告诉舅舅，亲娘舅有钱，自然要准备一份厚礼，并要亲自参加婚礼。

"枪的事儿，随便提一下。"

舅舅要买一挺机枪防胡子，钱早就拿给了外甥。

三

管家红眼蒙从县城回来，艾金生问："奎元的喜日子定了吗？"

"没有。"管家红眼蒙说，他送柳叶儿到纸房屯急忙返回来，次日就去了县城，"出了点儿差头。"

"什么差头？"

"胡子绑了祁小姐。"

艾金生觉得太不可思议，胡子竟然敢绑警察局长要娶的姨太太的票，活腻歪了吧？他问："哪个绺子干的？"

"天南星。"

"哦，好像在西大荒待过。"

"嗯，是。"管家红眼蒙说，"奎元捎话来，西大荒青草长起来了，胡子也多了，让我们多加小心。"他眉飞色舞地说，"机枪我带回来啦，嘎嘎新的。"

"好啊，有了它，嘿嘿！"艾金生更觉心里有底，说，"敢抢我们的人，还没生出来吧？"

"姐夫，大意失荆州啊！"

艾金生嘴硬心里发虚，他说："嘱咐炮手，看紧院子。"

"哎！"管家答应道。

这天傍晚，门禁森严的艾家土院前，两个自称是赶路的人，被持枪的艾家炮手拦住，盘问道：

"从哪里来？"

"奉天。"高颧骨的来人——啃草子说，"我们哥俩路经此地，今晚想在府上找个宿儿（借住），嗓子冒烟啦，先给瓢水喝吧！"

看家护院的炮手是艾家受雇之人，施舍救济属东家管家的事，岂敢自作主张，立刻禀报管家。

门可罗雀的艾家忽然有外乡人来，红眼蒙整理衣冠，擦亮那副无框水晶石眼镜，手持棕色马尾做成的蝇甩子，摇出牛气和管家风度。那双目光蒙然的眼睛，仔细打量来者。两个外乡人装束大体相同，靛青粗布长衫，六块瓦小帽，宽布带束腰，腿绑打到膝盖处，肩背褡裢鼓鼓囊囊的，再瞧他俩气壮神态，肯定是腰有贺儿（钱物）之人。

见钱眼开，贪得无厌的红眼蒙顿生邪念，钻进笼子里的鸟还能让它飞吗？旋即，红眼蒙一改傲睨一切的管家神态，佯出古道热肠急人之难，客气地说："谁出门背房子背地……不嫌寒舍简陋，请！"

两位来者一抱拳，也客气道："多谢东家恩赐！"

随同啃草子来瞭水的还有一个胡子，见同伙进入艾家大院，立刻返回老巢一马树报信，天南星等着这个消息，然后带大队人马来攻艾家窑。

沉重的柞木大门启动，来者迈进门槛，目光机敏地扫视院内，发现几处暗道机关，像似狗窝的地方，有两个不易被人发现的黑洞，酷像骷髅头令人惊栗的眼洞，那盘石磨下面也有几个黑洞……来者知道这黑洞的用场，暗暗记在心里。

心怀叵测的红眼蒙在西厢房安置两位过路人下榻，吩咐伙房准备些酒菜，堂而皇之地为找宿的人接风洗尘。

"两位仁兄不骑马不坐轿，以步代车，贵体受苦啦。兄弟备了水酒毛菜，请用膳。"红眼蒙领他们到饭厅进餐。荒乱岁月里，心眼活泛且聪明的管家，对素不相识的人要摸摸底，探听下虚实，以便见机行事。

"哪里发财呀？"红眼蒙问。

"吾兄二人离乡在外漂泊数载，今专程回来探望亲朋故友，祭祖扫墓，"啃草子说，"出去久了，路也生疏了，明天能到亮子里吧？"

"是啊，过了牤牛河就不远啦。正好明天我家去镇上拉咸盐，你们可搭我家车走。"

"多谢啦。"啃草子从褡裢取出数块大洋，大方地说，"吾兄弟在奉天经营烧锅，进项可观，因路途遥远，步行荒野不便多带，这点钱请笑纳，不成敬意。"

光亮亮的鹰洋，熠熠诱人。红眼蒙假意推说，最后揣进怀里，起身告辞道，"回头再来伺候，失陪！"

沉甸甸的大洋压出红眼蒙满心喜悦，侧耳听艾金生房内动静，断定那件事——睡少女环儿——已做完，推门进去，说："姐夫，方才来了两个人。"

"干啥的？"艾金生吐出一口烟，漫不经心地问。

"过路的，找个宿儿。"

"咋地？"艾金生猛然坐起，如同静伏院落里的看家狗，忽闻可疑的响动，马上竖起耳朵，警觉起来，问："像不像探子？"

红眼蒙摇摇头。

"奎元叮嘱我们的话，你忘啦？"

"没有，姐夫。"

"那你放陌生人进院？"

并非艾金生疑神疑鬼，年前王半夜的响窑（有枪的大户人家）遭飞毛腿绺子抢劫，一家老小横尸大街。开春传闻几个绺子土匪进入了西大荒……艾金生故此闻风丧胆，如临大敌，重新加固围墙，修了明碉暗堡，出大价钱购买歪把子机枪。艾家人深居简出，龟缩高墙深院，以防闪失。未经东家准许，任何陌生人不准进院，艾金生说：

"可别混进胡子来。"

"姐夫，你说得对，敢抢我们艾家大院的胡子人还没生出来。手榴弹、机关枪吃素的呀？恐怕进得来，难出得去。"红眼蒙大吹大擂一通，见艾金生疑云不散，说，"炮台今晚我特作了安排，放心吧。"

"别白搭了饭菜。"

"飞过咱家的雁，休想不掉几根毛。"红眼蒙狠歹歹地说。

四

夜半时分，睡梦中的艾金生被骤然一声枪响惊醒，孤寂小屯响着激战的枪鸣和马嘶……只两三炷香的工夫，艾家土窑被攻破。

艾金生怎么也不相信，凭借精良武器和坚固的四角炮台，又有训练有素的炮手，胡子竟能攻进来？然而，老谋深算的艾金生失算了，有人卧底，内应外合，端下坚固的艾家土窑。

夏夜泼墨似的将荒原染得漆黑，微弱的星光中依稀可见小村的轮廓，艾家土窑四角炮台昏黄马灯像四只眼睛，居高窥视着周围的一切。大院内，拴马桩上挂着两盏纱灯，照亮了院落，入夜不久，纱灯熄灭了。

红眼蒙求成心切，盼着西厢房的灯早些熄掉，凶恶地说，"明天，就没人知道你们俩的下落啦。"

艾家后院废弃多年的白菜窖里，至今掩埋着数具冤骨，他们为讨口水喝，或住一宿而无辜被害。

西厢房的灯灭了，隐蔽在一旁的红眼蒙悄悄移过去，贴着木板门听听动静，鼾声很响，一高一低是两个人发出的。他用几根马尾拽开门闩，蹑手蹑脚潜进去……片刻，西厢房出来的两个人，动作敏捷地顺着甬道分别钻进院东南角和东北角土炮台。

隐藏在村外柳树林中的胡子马队，看见炮台里的灯光亮了三次，大柜天南星磕下趴卧着的坐骑，嘶哑地喊：

"弟兄们，压（冲）！"

胡子将五花大绑的红眼蒙从西厢房里拉出来，他直哆嗦，看到昨晚留宿的人拎着匣子枪，才恍然大悟道："原来你们是……"

"天南星马队。"啃草子揶揄地说，"多亏你留宿，不然爷们要多费不少事。"

按胡子惯例，当夜在艾家大院点起篝火，干柴燃着噼啪作响，火光撕开黑黝黝的夜幕，烧红半边天。

几张八仙桌子前，秧子房当家的（专门负责审讯及施刑的）正襟危坐，面前堆着刑具，二龙吐须皮鞭子、烙铁、麻绳、竹签子、煤油瓶子……这个绺子常使用皮鞭子蘸凉水抽打，烧红烙铁烙肋骨，苘麻绳系拇指上大挂，煤油浇身点天灯……非人的酷刑之下，多少守财奴、吝啬鬼、钱串子脑袋，乖乖交出藏匿的钱物。

艾家老少爷们跪在熊熊燃烧的火堆旁，累累若丧家之犬，平素艾金生轻裘缓带扬眉吐气，转瞬间让胡子从头到脚扒个溜光，只穿着衬衣衬裤，冷飕飕的秋风中瑟瑟发抖，目光怅然。全家老少数十口，齐刷刷地跪在胡子面前魄散魂飞，噤若寒蝉。显然，刑具是给艾家人预备的，要大难临头。

"哎哟！"红眼蒙当头挨了一鞭子，水晶石眼镜落地摔得粉碎，鲜亮亮的血淌下来，染红面颊。他是无意抬头看胡子一眼，触犯了胡子的规矩。胡子最忌讳受审者直视，认为这是在看清和记住他们长相，日后寻机报复。

"艾金生，你是个明白人。"秧子房当家的开始叫秧子（讯问），他拿起烙铁伸进火堆，说，"是交出大洋，还是尝尝烙肉的滋味呢？"

"鄙人已把钱物都拿出孝敬爷爷们啦。"艾金生哭丧腔道，"除了身上这些遮丑的粗衣烂衫……"

"看样子，你饿啦。"秧子房当家的用黑话对手下人说，"先给他吃顿面条！"

何谓面条？马鞭子蘸凉水抽打，艾金生饱餐一顿，一辈子再也不想吃面条。不过他把金钱看得比皮肉珍贵，他一口咬定再也没有什么大洋啦。

"烙饼！"

烧红的烙铁烫焦了艾金生胸脯子，他竟然挺了过去，胡子可不怕硬，秧子房当家的一拍桌子，命令道：

"点天灯！"

胡子蜂拥而上，像绑猪那样将艾金生捆住，朝他身子浇了煤油。秧子房当家的点燃一支火把，向艾金生走去，就在这时，红眼蒙跪着蹭到艾金生跟着，央求道："姐夫，告诉他们吧，你一死了之，这一家老小，性命……"

艾金生已经感觉到秧子房当家的火把移近自己,胡子说到做到,真的点了天灯,留下财物还有何用?再者,胡子不会放过全家老小。他朝草垛一指,说:"那下面有个地窖。"

胡子扒开草垛,露出块巨大青石板,两人深的地窖就在下面。掀开石板,胡子发现了两个洋铁皮箱子,近千块大洋装在里面。

按照胡子的规矩,攻下土院大户,就地摆宴庆贺,有所不同的是,这个绺子庆贺和祭祀同时进行。

篝火加了柴,油灯加满了油,胡子按四梁八柱九龙十八须依次入座,庄严时刻到来前,胡子们默默地坐着,数双眼睛盯着天南星,等着他发话。

"上神主!"大柜天南星拔出手枪,装满子弹,愤然地扫视火堆旁的艾家人,沉重而有力地说。

两个胡子抬着盖着白布的桌子放在大柜面前,胡子大柜的手还是抖了一下,他揭开白布,呈现几个长方形的木牌子,每个牌子上都刻着一位死去胡子的名字,胡子称之为神主。

每一次抢劫后,他们都要清点人马,将亡者的名字刻到木牌子上,呈给大柜,然后要杀掉与之数量相同的冤家仇人,蘸着他们的血祭祀弟兄亡灵。

这次一共死了九个胡子。

大柜天南星起身离座,手托神主走向火堆,右手拎着上了顶门子的匣子枪,扫视一眼艾家人,虎啸一声道:

"弟兄们,我给你们报仇啦!"

骤然枪响,艾家人倒下一片,九人毙命。神主牌子蘸着仇家的血,投入熊熊燃烧的火堆。大柜朝天连放九枪,告诉苍天绺子失去了九个生死弟兄。而后,大柜擎碗,水香倒酒,每朝火堆倒一碗酒,就唤一个死去人的名字——

"撑肚子(姓魏)!"

"板弓子(姓张)!"

"草头子(姓蒋)!"

"双梢子（姓林）！"

……

庄严的仪式结束，胡子喝酒猜拳行令，折折腾腾到三星偏西宴席才散，空落落地院里只剩下天南星，他心事重重地坐在即将燃尽的篝火旁闷头抽烟，直到最后一束火苗熄灭，走向炮台。

艾家的土炮台有墙无棚盖，像一口大缸，仰首可见月暗星稀的夜空，清风徐徐吹来，守夜的胡子招呼道："大爷！"

"双蒙子天（阴天）了，兴许天摆（下雨），"大柜担心兵警利用坏天气来袭击，他叮咛道，"精神点儿，困了吞云（吸大烟）。"

"是，大爷！"

大柜天南星离开炮台，顺着围墙顶上的小道走，在女墙——垛口处坐下来，望着夜色笼罩的大地，他思念的那个村子应该在西北方向。然而目光所及，只有轮廓模糊死寂的眼前的村落，家家户户无声无息。偶尔一两声狗吠，夜又归于宁静。村外那条河边，芦苇丛中一只水鸟断断续续地啼叫，像似哀诉自己的不幸。

"大当家的，"大布衫子走过来，说，"今晚北风，声音会吹过河去，"河南岸是三江县城亮子里，枪声传得更远，"容易引来花鹚子（兵）们……"

"对，这里不安全，明天大煞冒（日出），我们回一马树。"天南星朝远处望去，他说，"坨子口影影绰绰有人走动。"

"瞭高的（瞭望）弟兄。"大布衫子说。

攻下艾家窑，水香安排人到村外坨子口去放哨，密切注视河对岸——亮子里镇的动静，担心先前攻打艾家窑的枪声惊动警察，陶奎元他闻讯定派警察前来救援。

"放仰（睡觉）去吧，兄弟。"大柜天南星打发水香走后，仍然坐在墙顶上，铜锅玛瑙嘴旱烟袋捻满一锅，蛤蟆癞烟挺冲，味道辛辣过瘾，搭足露水的沙土地旱烟叶爽口好抽，特别是装进这只猪皮烟口袋里，不返潮不走味儿。枪林弹雨中，几经仇人追杀当兵的清剿，关键时刻扔掉衣服鞋帽，甚至是腰刀、子弹，唯有这只猪皮烟口袋没舍得扔，珍贵地带在身上。

<h1 style="text-align:center">五</h1>

纸房屯那女人的针线活真不赖！细密的针脚匀称结实。想到这些，大柜顿感心里苦涩涩，鼻子阵阵发酸，被血腥厮杀和抢夺所淹没的支离破碎的记忆渐渐复苏，麻木的心像一块残冰被融化，他蓦然走出困顿的风尘，回到已逝去的岁月里，重温起旧梦——秋天那间土屋晚上没点灯，月光将桃树婆娑的影子投上窗棂。女人依恋地说："别走，桃子结手盖大小啦，等熟了吃够了再走。"是啊，后来天南星后悔，那夜真不该推开她，顶着月亮星星走了。每每想起分手那一时刻她说的话，嘴里总发苦，馋鲜美熟透的桃子……大柜天南星觉出两颊凉丝丝的急忙擦去，旱烟灭在铜锅里，藏在绿叶间露出红润脸蛋的桃子倏然飘走，眼前一片空荡。再熬几年，把百十号人马托付给大布衫子，去和他们娘俩儿过团圆日子。可是眼下兵荒马乱，自己身为大柜怎可撒手不管呢？

突然，村内狗叫，很快连成一片，咬得很凶，吱吱呀呀木板门响，全屯躁动起来，尖刺的女人怒骂声传来："驴，我和你拼啦！"

大布衫子快步上墙来。

"绺子有影（跑）的人吗？"天南星一激灵，问。

"睡前我清点过，不缺。"

"拔几个字码（挑选几个人），去村子探个底。"天南星命令道。

大布衫子遵命前去，很快押回一个人，大柜天南星一见，血往头上涌，大喊道："上亮子！"

直到这时啃草子才清楚，自己闯下大祸。当晚宴席散后，天南星下令放走艾家的长工短佣们，醉眼蒙眬的啃草子被一个女佣美貌勾去魂儿，尾随其后，潜在她家的窗外，待夜深人静后行事。

女佣在艾家干活，不知道今夜打死艾家人这帮持枪的是什么人。她心想：千万别是胡子啊！胡子烧杀掠抢无恶不作，脸蛋漂亮要惹祸呀！回到家她闩牢门，弄些锅底灰往脸上涂抹，头发揉进脏兮兮的草木灰，好端端的模样弄得疯女人一样，将一把剪子握在手中，靠近炕沿儿躺下，

长篇小说
匪王传奇

打算熬到天亮再说。躲在窗外的啃草子端开窗户，爬进去……

时辰已是鸡叫二遍，月亮被赶走，星星也累了，不知躲在哪里去瞌睡。艾家大院里篝火、灯笼、火把纷纷点燃，众胡子列队火堆旁，深更夜半地集合，谁也闹不清出了什么事。

当啃草子被押到火堆旁，胡子们倒吸口凉气，大柜要处置犯了绺规的人。天南星面孔铁板，目光冷峻，倒剪着手拎着二龙吐须马鞭子，来回走动，像困在笼子里的猛兽。

"杆屁朝凉（完蛋）！"啃草子清楚自己必死无疑，只企望大柜念自己过去的功劳，处死时少遭一点罪。绺子里的弟兄对大柜忠心耿耿，四梁八柱更是忠诚，怪自己一时糊涂色迷心窍，该杀，只有死才能赎自己的罪孽。

大柜命人在香炉上插一炷香，院内有风，香燃得很快，用不多长时间它就会燃完。啃草子知道自己生命全部时间是那炷香燃烧完，他在这最后的时间里，极力恢复爷们的风度，不能堆碎（软瘫）。

水香大布衫子心急如焚，那炷香燃尽，刑罚就开始，想求情饶了啃草子，欲言又止。大柜不允许任何人替犯规矩的人求情。唉，啃草子啊，我们兄弟情同手足，怎能见死不救？你在绺子里举足轻重，屡立功劳，深得大柜的赏识，可为个女人搭上条命，值吗？绺子规矩怎可置若罔闻，七不夺八不抢，其中一条女人不夺。再说兔子不吃窝边草，咱们要在此安营扎寨，你偏去霸占本屯女人，大柜岂能不杀你？

香基本燃完，数双惊恐万状的眼睛盯着大柜，猜想啃草子的死法。通常使用两种方法，枪毙和耢高粱茬子（用马拖死），执行人本绺大柜。

"拿酒来！"天南星声色俱厉地喊。

两个胡子抬来一坛白酒，大柜倒满一海碗，亲手端到啃草子面前说："喝了吧，兄弟！"

啃草子嘴唇颤抖，悔恨的泪水夺眶而出，一扬脖子喝干碗中酒。

胡子们的腿发软，都想给大柜跪下。

那诀别场面悲壮、庄严，大柜双手端酒碗，以情相归，诀别送行酒，弟兄即将离开绺子，独自一人走了，到最终弟兄们都去要去的地方去。

"大爷，再来一碗。"啃草子恳求说。

大柜天南星端给他第二碗酒，待饮尽后，把那只酒碗投进火堆，残酒爆起蓝色的火焰。他说：

"啃草子，背诵一遍八斩条。"

"是！"死到临头的啃草子背诵绺规《八斩条》：

泄露秘密者斩；

抗令不遵者斩；

临阵脱逃者斩；

私通奸细者斩；

引水带线者斩；

吞没水头者斩；

欺侮同类者斩；

调戏妇女者斩。

"鞴连子（鞴马）。"大柜天南星宣布啃草子的死法——耢高粱茬子。鞴马两字从大柜口中说出，具有震慑众人心魄的力量。

秧子房当家的将啃草子双手在马鞍上系牢，把啃草子坐骑的鞍子搭在他的肩上，意思说来世当胡子省得买鞍子啦。

大柜天南星飞身上马缰绳一抖，坐骑扬起蹄子，拖着肩搭马鞍子的啃草子驰出大门，消失在黑沉沉的夜幕里。

第九章　绑局长舅舅

一

绺子本来打算压下来，将人马全部拉到艾家窑，大柜天南星经一夜考虑，决定回到一马树老巢去，立刻就走。

"大当家的，艾……"秧房当家请示，如何处置手上的艾金生，"是带走，还是……"

"带回一马树。"天南星说。

"让他提着钱串子吗?"秧房当家的说的意思是，准不准许艾金生带上家眷。

"不，带他和红眼蒙两个人走，挖血（弄钱）!"

"是，大当家的。"

攻下艾家窑审讯时，老家伙艾金生除供出藏在地窖里的大洋外，还供出个秘密，家中所存大洋仅是一部分，大数都寄放外甥陶奎元处。因此，杀仇人给阵亡兄弟血祭时，故意留下艾金生和红眼蒙。

胡子傍午回到一马树，为了安全起见把艾金生和红眼蒙摺在离老巢很远的地方——押在割乌拉草人废弃的一个马架内，留下秧房当家的带人在此审票。

"麻溜处理完此事，"大柜天南星对秧房当家的说，"艾金生不听话，狠点儿，他惜命。"

"是!"秧房当家的领会道。

安顿下来，马架内审票开始，秧房当家的提审艾金生，说："艾金生，把你存在陶局长那儿的钱，借爷爷花花。给你外甥描垛子（写信）吧!"

家破人亡的艾金生知道与虎谋皮没什么好结果，况且身陷魔穴，胡子要什么给什么，保住性命要紧。他哆哆嗦嗦地说："我听爷爷的吩咐。"

"你的家底我们清楚，交一千块现大洋，没难为你吧。"

"一千？"

"一个子儿不能少，把你的手指头做好价，缺多少就用它补。快描（写）吧！"

按胡子意图艾金生给外甥陶奎元写了封信：

奎元吾外甥收阅：

　　舅身陷囹圄，家已败落，尚有老小数口，虎口度日，生命攸关。为幸存者免遭殉葬杀戮，速派人送现银一千，系急用。此举吾思再三，重金赎命行之有效，措置得宜，至当不易，万望妥实办理，交银地点方法如下……余言不琐，专此。

　　顺问

　　日好

　　　　　　　　　　　　　　　　　　　舅金生手书

秧房当家的叫红眼蒙亲自将信交给陶奎元，强调一遍交钱的具体细节，恫吓道："如果不按期交钱，撕票。"

"是，是。"外陋内险且诡计多端的红眼蒙，装出一副言听计从的样子。暗自庆幸派他去送信，离开胡子窝，再也不用忍气吞声苟且度日，恨不得立马就离开匪巢，他说："大爷，我这就走了。"

"等一会儿，"秧房当家的把他喝住，让胡子割下艾金生的半片肥厚的耳朵，扔给红眼蒙道："带给陶局长。"

艾金生疼得像被杀的猪一样嗷嗷惨叫，捂着鲜血淋淋的伤口，潸然泪下道："告诉奎元，早点送钱来。"

"姐夫放心。"吓得屁滚尿流的红眼蒙，包好艾金生的耳朵揣入怀里，像猎人枪口下脱逃的兔子似的，仓皇逃遁而去。

胡子绑票也不是每每勒索都能成功，红眼蒙一去没复返。绺子派

长篇小说 匪王传奇

人送去第二封信，第三封信，艾金生两只耳朵和六个指头被割去，仍然未见陶奎元送赎金来。

水香大布衫子过来同秧房当家的商讨对策，他说："红眼蒙再没信儿？"

"没有，肉包子打狗。"秧房当家的说一去无回。

"陶奎元……"

"瞧这架势，不管他舅的死活啦。"秧房当家的分析道，舍命不舍财的票家也是有的，过去的绑票中遇见过。处理的方法，撕票。一无所获放人丢绺子面子，这个口子不能开，他说，"要不然跟大当家的合计一下，看怎么办。"

"唉，吐陆陈了。"

"大当家的……"秧房当家的问是什么病。

"老病，翻。"

"哦，咋又犯啦。"

"踢坷垃着了凉……这回比较重。"

秧房当家的想起上次犯病，说："祁小姐不是会挑翻吗？"

"挑了，见轻，可没好利索。"大布衫子说。

从艾家窑回来大柜天南星就病倒了，症状还是跟白狼山那次症状一样，他说："又是翻。"

"大当家的，叫祁小姐过来吧。"大布衫子说。

"嗯。"天南星同意。

"我去叫她。"大布衫子说。

水香来到小顶子住处，她正摆弄子弹壳，他说："小姐喜欢米子？"

"米子？"

"子弹。"大布衫子解释道。

小顶子说她喜欢枪，并说："大当家的能给我一把枪吗？"

大布衫子未置可否。目前大柜尚未做出安排她的决定，她身份还是票，有给票一把枪的吗？当然，给她枪也不担心她做出破格的事情。水香观察一段时间，祁小姐不是危险人物。他说："大当家的病啦。"

"啥病？"

"还是上回你治的病。"

"翻？"

"翻。"

小顶子准备跟水香去大柜的住处，她问："上次使（用）的银针还有吧？"

"有，你没让扔我没扔。"

"走吧！"小顶子说。

<h1 style="text-align:center">二</h1>

这是被胡子带到一马树匪巢后第一次走出屋子，接触的人双口子，他每天按顿数来送饭。胡子马队去攻打艾家窑，没留下几个人，老巢陡然肃静起来，听不到马打响鼻的声音。双口子就借送饭的机会，多在她的屋子待一会儿，这是她希望的。她问："大当家的打算怎么处置我？"

双口子苦笑，因为他能猜到。大柜睡过一个女人叫柳叶儿，他们好像有了一个孩子，住在纸房屯。是否喜欢她不知道，喜欢面前这个祁小姐是肯定的。如何处置，迹象表明要娶她做压寨夫人。猜测的东西不能说，她无论怎么问都不说。他回答："我不知道。"

"知道你也不说。"她说。

"随你怎样想。"

"过去你们大当家的娶过压寨夫人？"她问。

双口子还是三个字不知道，她不为难他，没再继续问这个话题。她说："他们出去……"

"踢坷垃。"

打家劫舍是胡子主要活动，小顶子没觉得惊奇。她想到什么问什么："你们绺子好像没有二柜。"

"有。"

"没听你们叫。"

双口子说水香就是二柜，只不过没明确叫而已。绺子里四梁晋升要依座次，三爷大布衫子晋升二柜二爷想当然，他在绺子的地位、威望——此前他是亮子里花子房的二掌柜（二筐），率领几名乞丐靠窑到天南星绺子，凭赏也坐上二当家的交椅。当时大沟子还活着，他只能等待候补。二柜大沟子在一次警察追剿中毙命——应该做二柜，绺子里的人都不清楚为什么天南星没宣布，大布衫子职务还是水香，大家还叫他三爷，行使的是二当家的权力。

"你们有三爷，没见二爷。"

"三爷和二爷是一个人。"双口子说。

小顶子迷惑，无法理解胡子的这句话，两个人怎么是一个人？双口子不肯给她多解释。走出屋子，她问大布衫子："你是三爷还是二爷，咋回事？"

大布衫子笑笑，没回答。

一马树胡子老巢大柜的卧室透着匪气，比白狼山的窝棚阴森。狼皮以外装饰物还有一张黑熊皮，被做成标本，活灵活现地卧在门口，像是一只冷眼看家狗。

"不好意思，又找你。"天南星破天荒地客气，他对谁都没有这般客气，土匪大柜心里天下人人都亏欠他的，怎样对待他好都应该。歌谣："天下第一团，人人都该钱，善要他补给，恶要他就还。"

小顶子眼里天南星早不是土匪头子，而是一个像郝大碗那样的男人，而且还是对自己有意思的……想到他足以使自己心奔马一样。她说："我们开始扎瘤。"她掀起被子，他露出赤光的屁股，那几个紫色的血疱像熟透的葡萄，水亮水亮的。她说："需要挑开。"

"挑吧！"

"喝口大烟吧。"小顶子在灯火上烧银针，怕他疼才这样建议道。

"不用。"天南星要硬挺，不使用麻醉的东西。

心疼占据小顶子的心里，她望一旁帮忙的大布衫子，请他去劝大柜。他领会劝道："大哥，靠熏（吸大烟），差以（有所减轻）疼。"

"没事儿，"天南星拒绝，他说，"挑吧！"

小顶子见过刚强的人，天南星这样的人还没见过，心里复杂有些怯手（不敢下手），迟疑片刻，将银针刺向血疱，扑哧一股浓黑的血溅出，再看胡子大柜嘴咬被当头（被头），一声不吭。

三只血疱挑破，小顶子娴熟地处理创口，对大布衫子说："抹明矾，不如抹大蒜汁效果好。"

"绺子上没有，我叫人去弄。"大布衫子说。

"暂时用明矾吧，弄到大蒜再重新抹。"小顶子目光扫遍大柜的房间，说，"屋子发阴，也有些潮。"她说这样环境易起翻，"多烧些火，开开窗户门，通通风。"

"哎。"大布衫子闻到霉味儿，小半年未住人未走烟火，空屋子潮湿，"祁小姐，大当家的还需注意什么？"

"哦，这病除了怕凉怕潮，还有心情，不能忧郁……"

她俨然是经验丰富的医生，更是一个细心关怀人的女人，这些使胡子大柜的心晒了太阳那样温暖，他从来没有像现在这样渴望阳光照耀。他这一时刻萌生念头：将她永久地留在身边，做压寨夫人。

"能弄到獾子皮吗？"小顶子问。

大布衫子一旁说："做什么？"

"弄到獾子皮最好，貂皮也可以。"她说，"我给大当家的缝个小垫子，睡觉时铺，骑马时也可以垫在鞍子上，暖和着就不至于得此病了。"

胡子大柜屋子有狼皮、黑熊皮，绺子上其他人手里也有一些皮张，狗皮猫皮兔子皮，很少有獾子皮，貂皮就更少见。白狼山里有两种獾子，体大的狗獾和人脚獾，要弄到它必须进山。捕貂则又是一个惊险行当，俗称撵大皮，有一首民谣——出了山海关，两眼泪涟涟，今日离了家，何日能得还？一张貂皮十吊半，要拿命来换——唱出猎貂的艰辛。貂皮仅次于虎皮属贵重之物，不易获得。

"也能淘换着，只是得容空。"大布衫子说。

翻挑了疼痛减轻，彻底好还需调养数日，天南星有了血色脸比先前好看得多，他频率很高地在小顶子身上趑（暗中用眼瞟），她感到有一道目光闪电那样掠过，每每经觉出它热乎乎的。

大布衫子注意到天南星的目光，暗中观察投射出去后她的反应，有

长篇小说
匪王传奇

一条暗河在大柜的房间流淌，自己变成河边一棵毫无意义的青草，没必要待下去，将空间都留给河水，他借因由道："祁小姐你再好好给大当家的看看，我去趸摸（寻找）獾子皮。"

三

躲出去的人和看明白躲出原因的人，彼此都不用说破什么，屋子只剩下两个人时，他们倒沉默起来。河水酝酿进入另一个季节。先前如果是春天的河床，窄流、干涸流泻不畅，此时跨入夏季的汛期……天南星终于开口了，他说："有两条路你选择，做压寨夫人和回家。"

"没有第三条？"

天南星惊讶，她怎么还要什么第三条路，不愿做压寨夫人，可以选择回家啊！倒是要看看她的第三条路。他问："说说你的第三条路听听。"

小顶子没立刻回答，不是没想好是不好回答。大柜说的两条路她都想走，做压寨夫人她跟他在一起，这种想法有了，日益增强。那她为什么还迟疑呢？有一个弯还需转过来，做天南星的女人她愿意，做土匪头子的女人她不愿意，心里排斥压寨夫人这个词汇；进匪巢数日，父亲营救未果泪眼汪汪地离开，回家同父亲团聚，她又犹豫什么？父亲临离开时说警察局长要娶她做姨太，这是她不愿马上回家的原因。第三条是一种折中，她说："我不做压寨夫人，也不回家，留在绺子里。"

"噢？"天南星惑然。你不肯做压寨夫人，放生回家你还不愿意，留在绺子里做什么？

"我想加入绺子。"

语出惊人。天南星绝没想到她会有如此想法。不可行的怪想法，目前绺子还没有女人，清一色的男人。

小顶子的选择体现了这个女人的聪明，不做压寨夫人并不意味不做天南星的女人；此刻回家，难逃被警察局长纳妾的命运，此刻不回家不等于将来不回家，留在绺子当上胡子乃缓兵之计，一切都看发展，她需要时间。天南星为她着想了，劝道："你还是回家吧，绺子不合适你干。"

"怎么不合适？"

"你见到绺子里有女人吗？"

"你们绺子没有，不等于没有女人当胡子，三江有名的一枝花，还有旋风，她俩都是女子。"

事实无可辩驳，天南星一时语塞。旋风女扮男装，统领百十人的大绺子，威震三江；一枝花单搓名声也很大。

"我要是能当上……也报号。"小顶子描绘做土匪后自己也报号，而且想好了，就叫大白梨。母亲李小脚最喜爱的美味，父亲也喜欢，既然他们都喜欢何不报此号，同警察局长赞美她是大白梨不谋而合。巧合的东西就是故事，所有的故事都离不开巧合，至少我们故事中的人物铁匠女儿小顶子是这样。

"祁小姐，你还是回家吧。"天南星劝道。

"我不走。"她倔犟道。

天南星检讨自己，说当初就不该跟你父亲寻仇，不该把你绑上山，这不就害了你吗！他说："回家去，同你父亲团聚，过太平日子。"

"你希望我给人家当姨太？"

天南星一愣，怎么冒出这么句话。

"陶奎元看上我，逼我嫁给他做姨太……"小顶子和盘托出，她说，"警察局长得罪不起，他看上谁家女子不嫁根本不行，找你毛病，祸害你。"

她所言是事实，天南星承认，小百姓拒绝警察局长提亲，恐怕没有好日子过。他说："既然你不想回家，暂时可待在绺子。"

"那我入伙的事？"

"女子挂柱（入伙）我们绺子没有先例，你先等等，我跟弟兄们商量一下，看可不可以。"天南星说。

"行，我等，你们抓紧商量。"

天南星宣布道："从现在起你再也不是票了，作为我的客人，不，熟麦子，自由活动。"

"谢，大当家的。"

天南星望去意味深长的一眼，然后说："走出绺子回家，一定告诉我一声。"老巢外围至少还有三道防线，外人进不来，里边的人也出不去。秧房当家的羁押艾金生的地方属于最外围的第三道防线内，方便跟票家来往，又不能暴露老巢位置。

"我不回家。"

"不想你爹？"

"想有什么办法，见不到他，我不能离开这里，说不定警察就在家门口等我出现呢！"

天南星说你真想见你父亲一面我有办法，派人接他来绺子。她说："那样是不是太麻烦你们，还是我找机会回家看望爹。"

天南星没坚持什么，祁小姐不肯离开绺子是他所希望的。不愿让走的人没走，而且还是自己主动要求留下。

"大当家的，"大布衫子进来，手里拿块獾子皮，确切说是一只抄袖——皮制圆筒，冬天用来暖手——递给小顶子，"纯獾子皮的，拆了给大当家的做垫子吧。"

"好，我拿回去拆。"小顶子告辞。

她走后，大布衫子说："陶奎元不肯赎票，艾金生怎么办？"

"嗯，陶奎元怎么想的呢？"

"我看有必要去摸摸他的底……"大布衫子说。

天南星想想觉得有必要。轻易不能放弃勒索，艾金生交代放在陶奎元手里的钱不少，他为贪得那笔钱可以不顾舅舅性命，一定逼陶奎元拿出来。他说："派个准成的人去亮子里，稍听（打听）……"

"我亲自去。"大布衫子说。

"也成，"天南星同意是有一件事委托他去做，"去趟祁家炉，见到祁掌柜的就跟他说小姐自由了，可以随时领她回去，来看她也行。"

"哦，大哥允许她离开？"

"她坚持不回家，撵都不走。"

"为什么？"

"陶奎元要娶她做姨太，她不肯……"事情的来龙去脉天南星讲了一遍。

四

祁二秧子怀揣骰子进山，他想得很天真，跟胡子大柜再赌一次，有可能赢回来女儿。他现在无心打铁也不想再打铁，赢不回来自己重回赌桌上去，寻找第三次机会，终有一天再跟天南星过手，只有在牌桌上才有赢回女儿的可能，否则永远没机会。

祁家炉经营到此，如果说牌子没摘，做出的铁活儿还打上"祁记"的话，也是徒弟在经营，自己全身退出，甩手当家的多数时间是甩手，精力投向赌桌，一个赌徒走回昔日老路。

进入白狼山容易，找到天南星绺子并非容易。进山时胡子给戴上蒙眼，走的哪条路不清楚，更说不准匪巢准确地点，尽最大努力也就接近匪巢的那座山。往下，他是一只无头苍蝇，乱飞乱撞，一天找不到就两天，有的是时间消费。携带的干粮——小米面煎饼够吃上十数八天，山里不缺水，泉眼、控山水、溪流、河沟……渴到一定程度露水、植物汁液均可以解渴。

一定找到天南星！祁二秧子这个决心蛮大，他不跟他赌一场死不瞑目。输给谁他都心服，只输给胡子大柜心不甘，赌，你不跟我找你缠你赌，非赌不可。不想让谁找到的胡子就像白狼山中狡猾的松鼬，藏身的地方隐蔽不易被找到。祁二秧子恒心找到天南星绺子的老巢，因为来过，相信通过回忆一些细节找到它。当时蒙着眼睛，鼻子还好用，嗅到老巢附近有一条溪流的味道，湿润的空气中有樟树好似幽兰的味道。香樟树在白狼山不多，成片生长更是少见。

香樟树是一条线索，找到它离匪巢就近了。山里吹着西风，没闻到幽香，说明不在西边，路是东西向，他往东走去，听见流水声音，眼前一亮，见到一条淙淙小溪流。记得那天走到此处，一个胡子说：咦，有条顶浪子（鱼）！另个胡子说：瞧花搭眼（模糊）了，这么清的水哪儿来的顶浪子，尖条子（蛇）还差不多。祁二秧子走近溪流，的确如胡子所说，水清澈见底，这种水被称为瘦水不会有鱼，如果生长在这种水中吃什么？

匪巢离此处不远了，记得过了小溪很快就到了。祁二秧子没有沿山道走下去，他记得那天过了溪流路异常难走，脚下荒草缠结，磕磕绊绊行走艰难，显然撇开小道拉荒走，他摸索着走下去，过了一片黄菠萝树林，惊喜见到香樟树，肯定没有走错，匪巢一定在附近。令他生疑的是，该遇到外围站岗的胡子，老是没人拦截不对劲儿，说明没走入胡子的领地。绺子的暗哨安排得很远，只要外人进入早早地发现，不可能叫你靠近。怎么回事？自己目标不明显没被发现，为引起注意，他放开嗓门唱歌，唱赌博《十二月歌》：

> 正月里来正月正，
> 音会老母下天宫，
> 元吉河海把经念，
> 安士姑子随后行……

没有人出现，林子间的回声还是十二月歌，近处树间一只猫头鹰被惊飞，落入一棵更高大更茂密的山杨树枝丫间。故意唱歌给胡子是听见不肯出来还是没听到？或是附近根本没有胡子。难道找错了地方胡子老巢不在这一带？他坐下来歇一会儿，想想还朝哪个方向找寻。一直走去，穿过香樟树林再说。

终于见到熟悉的一片树林，他清楚地记住一块石头，下山时胡子在此去掉了蒙眼。天南星老巢肯定就在附近。祁二秧子坚持找下去，果真见到窝棚和马架，并没有人。

胡子走了？他缓过神来，明白发生了什么。眼前只是一个空巢，胡子已经挪窑。小顶子呢？他首先想到女儿。关押她的窝棚门敞开着，一只狗獾从里边跑出，可见多日不住人了，不然獾子不敢擅入窝棚。

小顶子你在哪里啊！祁二秧子心里凄怆地呼喊。山石树木板起冷漠的面孔，它们不去安慰一个父亲，发出奇怪的声音嘲笑。祁二秧子伤心落泪，哭给老天看，没有获得丝毫同情，阴郁地歧视。

"祁掌柜!"

突然出现的声音吓了铁匠铺掌柜一跳，见鬼了吗？哪里冒出一个人来？祁二秧子惊诧。

"祁掌柜!"来人走近，还是一个熟人，三江县警察局的警务科长，绰号冯八矬子，"扑了空？没见到闺女？"

祁二秧子吃惊，警察怎么在这里？他怎么知道自己来找女儿？他从哪里来？提前来到这里还是跟踪而来？疑问青草一样连成片。

"事先没跟胡子大柜约好见面，还是他故意躲你？"冯八矬子问。

回答警察特别是警务科长的问话要斟酌、小心，他来这里做什么？像是什么都清楚。女儿小顶子的事警察知道不是好事啊！祁二秧子说："我没白冯科长的意思。"

"颠憨（装糊涂）!"

"我真没明白。"祁二秧子说。

"唔，真没明白？"

"是没明白。"

冯八矬子阴阴地笑，说："你跟天南星勾搭连环别以为我们没掌握，祁掌柜，你颠儿颠儿的（欢乐地跑来跑去）往山上跑，想给胡子大柜当老丈爷吧？"

"冤枉我了，冯科长。"

"冤枉？"冯八矬子说，"祁掌柜你千万识相点儿，陶局长看中你家闺女，你却把她抵当给胡子头……"

"话可不能这么说，冯科长，我们小老百姓可承受不起。"祁二秧子心里害怕，警察的话说得很白，说自己把女儿暗中送给胡子大柜，如此定性问题就严重了，争辩道，"胡子绑架了我闺女。"

"绑票？你报案了吗？"

"没有。"祁二秧子不得不承认。

五

胡子绑票经常发生，处理方法赎票私了，遭绑票不去警察局很正常，

长篇小说 匪王传奇

可见人们并不都信任警察。冯八矬子可不相信铁匠铺掌柜的话，你闺女不是被胡子绑票，躲茬不肯嫁给陶局长借口而已。他说："跟我说这些没用，回局里跟陶局长说去吧，走！"

铁匠不能反抗，警务科长腰别着手枪，乖乖跟他走，回三江县城去。冯八矬子跟踪祁二秧子是受陶奎元的指派。警察局长说："八矬子，你得伸手啦。"

"噢？"

"祁二秧子跟我玩心眼子……"陶奎元说他打算娶祁铁匠的女儿，徐大明白去说媒，"铁匠躲三藏四，又传出他闺女被胡子绑票，咋那么巧？你亲自去调查。"

"祁铁匠不缺心眼吧？"冯八矬子意思是攀上局长亲戚打灯笼难找的好事，祁二秧子该是爽快同意。

"耍钱弄鬼的人有傻子吗？"

祁二秧子赌徒出身，缺心眼的人当得了赌徒？可是他为什么不积极这件事？陶奎元想想是铁匠瞧不起自己，阻挠这桩婚姻，甚至跟胡子勾结……动用心腹冯八矬子，放下手里的活儿去调查。

冯八矬子经过秘查，确定祁小顶子确实在胡子手上，找到天南星的藏身处并非容易，盯梢祁二秧子，他不可能不与胡子大柜接触，于是尾随铁匠到白狼山来……

带回来祁二秧子，冯八矬子遵警察局长命令，直接送进牢房，警察局大院内一间秘密牢房，专门关押重要人物，铁匠铺掌柜算什么重要人物？他享受此高规格待遇，是陶奎元对铁匠的特别关照——亲口问他嫁不嫁女给自己，不给就整死他。

"冯科长，我犯了什么法？关我蹲小号？"祁二秧子问。

"祁掌柜别急，你会明白。"冯八矬子说完离开秘牢，他来到局长办公室，"陶局长，人弄到号子里。"

"好。"

"局长什么时候去见他？"

陶奎元现出得意，一只蟋蟀抓来放到罐子里，慢慢地把玩，他说：

"哼，憋性子①。"

"祁铁匠是需要憋憋。"冯八矬子附和道。

"皮子也紧啦，需要熟熟。"陶奎元说。

局长的意思很明确，熟皮子也称硝皮子，一种古老的工艺，意思就是把刚剥下的牛羊皮子鞣制。引申为教训、惩罚，也叫开皮，总之是打一顿的意思。

"啥也别说，就是胖揍！"陶奎元说。

"我明白。"

"别一下子弄死他。"警察局长讲出原则，"到最后不听话，再面了（整死）他。"

"哎。"

警察搞体罚轻车熟路，局长定下的蹂躏尺度，冯八矬子分寸掌握好，开了皮子还留一口气。他指使两个打手，拉出来祁二秧子叮咣一顿揍，什么都别说，打完往牢里一塞。

劈头盖脑就是一顿蔫巴揍，祁二秧子爹一声妈一声地叫唤，问警察为什么打他，打手不说话就是打——熟皮子，原始的方法用草灰泡水后，把晒干的皮子"烧"熟，再把皮子阴干后皮子弄软，毛在皮子上也就比较结实了。后来硝皮子，羊皮、狼皮、鼠皮、猫皮、狗皮、兔皮、黄鼠狼皮、狐狸皮各种生皮经过硝制后，洁白、柔软、美观富有弹性，保温好，可长期存放。警察熟的是人皮，不用草灰和硝，皮鞭子蘸凉水，简单而经济，祁二秧子的皮子熟得皮开肉绽鲜血淋漓。

"妈的，官报私仇！"祁二秧子想明白骂，用词不十分准确，官报私仇是借助公事以泄私愤，陶奎元泄私愤乱用公事。骂伪满的警察的歌谣多如牛毛：例如，警察官，是洋狗，拖着尾巴满街走。东闻闻，西瞅瞅，不见油水不松口。叫洋狗，你别美，日本鬼子完了蛋，坚决把你打下水，砸碎狗头和狗腿。此刻，警察在铁匠心里不只是一条普通的狗，是一条

① 迎亲的队伍回到男方家，并不是马上进门，而是把喜轿关在门外，俗称"憋性子"，意思是把新娘的性格憋得柔顺些。

疯狗！身上的伤疤疼了一夜，他不住嘴地骂了一夜，秘牢在警察局大院的旮旯里没人听得见，呻吟的变成这个样子：哎哟！我操你妈警察狗，疼死我啦，操你……

吭啷一声铁牢门打开，惊醒刚刚眯（睡）着的祁二秧子，他睁眼见到皮靴，顺着皮靴往上看，见到一张熟悉的脸。

"祁掌柜，想明白了吗？"冯八矬子问。

"不知道你们要我想什么？"

"噢，皮子还是没熟好，还得继续熟！"冯八矬子说完掉头要走，被祁二秧子喊住："冯科长，你们要我做什么说出来，不能啥也不问就是揍。"

"一宿工夫你没想明白？"

"没有。"

冯八矬子说："你赶紧说什么时候找回小顶子。"

"胡子绑走她，我哪里找去啊？"

"哦，找不到，还得挨揍！"冯八矬子冰狠地说。

第十章　熬鹰逼赎票

一

"我自己去亮子里。"大布衫子说，人多目标大，侦察还是人少好，出入城方便。

胡子大柜寻思一会儿同意了，说："我们叫红眼蒙送信儿，陶奎元准定惊了（警觉），你万分小心。"

"放心吧，大当家的。"大布衫子说。

水香办事大柜放心，大布衫子足智多谋，几次进出三江县城，没有一次出差儿。天南星重视另一件事，说："去祁家炉一趟，把信儿送到。"

大布衫子骑马到城郊，随来的胡子将他的马带回去，不能骑马进城，那样太显眼。军警宪特留意骑马人，因为胡子都骑马。下马步行的水香一身商人打扮，肩上多了副布褡裢——中间开口而两端装东西的口袋，大的可以搭在肩上，小的可以挂在腰带上——和一副烟袋，烟具本来可以插在裤腰沿上，多数掖在腰间，他却搭在肩膀上，乡民特征更突出、明显。

进城门很顺利，警察只摸摸他的褡裢，没有武器什么的。肩上搭烟袋山里人的习惯，警察不怀疑。过了城门，他去老地方——通达大车店住宿。

"呦，啥风把你吹来？"大车店万老板半开玩笑道。

"还能是啥风？西北风，你喜欢的风呗。"大布衫子回敬道，玩笑你得会开，不然达不到效果，当地风俗不说不笑不热闹，也不近便（亲近）。八面来风偏偏说西北风有典故，王八喝西北风便能活，意为万老板是王八。

"哦，我是王八你顶盖。"万老板反击道。

长篇小说 匪王传奇

一喝个西北风，一个顶盖，都是王八一路货色彼此扯平。大布衫子问："有地方？住几天。"

"没别人住，得有你住的。"万老板真真假假地说，大车点到底是有地方还是真没地方，专门给大布衫子腾个地方，总之是安排他住下，万老板说："参把头号下（预占）的客房，宽敞，朝阳。"

"空着？"

"把头带人上山，老秋才能下来呢！"

"好！我叨上（得到）啦。"

"你有王八命。"

大布衫子被伙计带到房间，一铺小炕，摆着两床被褥显然是双人间，万老板不会随意安排人来插间，大布衫子来几回都是住一个包间。炕很热乎，大夏天的用不着太热，炕太热人睡了嘴干、上火，不过热乎炕睡着解乏。大布衫子躺在炕上直直腰，舒服一阵。

"先生，我们老板问你吃不吃包伙？"伙计来问。

通达大车店有伙房，住宿者可以选择在店内用餐称吃包伙。大布衫子有时吃包伙有时上街去吃不固定，不过这次他决定吃包伙，对伙计说："吃包伙。嗯，有二人转吗？"

"这两天没有，小戏班刚走。"伙计说。

大布衫子吃完晚饭被万老板请到堂屋喝茶，两人闲聊起来。大车店老板问："这次来亮子里做啥买卖啊？"

"看看粮行。"大布衫子信口收购粮食。

"不太好办。"万老板说，"去年年头不好歉收，庄稼人年吃年用（正够一年中的吃用消费），当局粮谷出荷①抓得紧，根本没有多余粮食卖。"

通达大车店老板说的是实情，大布衫子本来也不是来做粮食生意，他说："唔，我先看看再说。"

"收粮食你可要小心，宪兵对收粮食的人特防备。"万老板好心提醒，

① 粮食出荷是日本帝国主义强制农民将其所生产的大部分粮食，按照日伪政府所规定的收购数量和最低的收购价格交售的政策。有一首歌谣云："出荷粮，似虎狼，家家愁断肠，抱头痛哭儿喊娘，两眼泪汪汪，寒冬无法过，家无隔夜粮。"（王永安搜集）

拿大布衫子当朋友，不能眼见他吃亏。

"谢谢你。"大布衫子道。

他们聊了一阵山货，说蕨菜、蘑菇和榛子，大布衫子找准机会转入正题，问："祁家炉还开着吧？"

"开着，你做铁活儿？"

"有点儿活儿。"

"那你提另（重新）找一家吧。"

"祁记的铁活儿不错……"大布衫子说，"过去我一直在那儿做，打过马镫。"

"如今不行了，掌钳的是祁二秧子的徒弟郝大碗，技术还是差些。"万老板说。

"祁掌柜呢？他不打铁了？"

"还打什么，被抓了老劳工，去西安①当煤黑子②。"万老板说。

这是个惊人消息，大布衫子说："怎么抓他去挖煤？"

"还不是得罪了人。"

"得罪谁？"

"得罪不起的人，"万老板压低嗓音说，"警察局长陶奎元相中祁二秧子的闺女，他不肯嫁，你说还有好吗？如今啥年头，警察有日本人撑腰，没一枪毙你都活捡着。"

"嫁人你情我愿，硬……"

"没看是谁？三江地面，除了日本人最打幺的是警察。"万老板说。

"押走祁二秧子那天我正巧上街碰见，昔日神气的祁掌柜吓我一跳。你猜怎么着？"

"怎么着？"

"剃掉眉毛……人没有眉毛，你说吓人不？"万老板说。

被抓走的劳工防止逃跑，日伪发明了更损的绝招，剔掉劳工的眉毛，

---

① 伪满时期西安县即今辽源市。
② 煤矿井下工人叫煤黑子。

还在额头烙上记号。有首《劳工歌》这样唱："煤窑地狱十八层，大鬼小鬼来追命；大巴掌，榔头棍，要不扣个大罪名；'反满抗日通八路'，屈打成招用大刑。辣椒水，老虎凳，冻冰棍，蚊子叮。剃掉眉毛打头印，熬出人油点天灯。各种刑罚全用尽，阎王殿里难逃生。"

大布衫子获得了祁二秋子准确消息，不过很悲惨——去挖煤。

二

三天后大布衫子回到一马树老巢，他在通达大车店住了三宿，摸清警察局长的底细，按兵不动，目前没有赎票的迹象。

那日，红眼蒙怀揣书信，带着艾金生的耳朵见陶奎元局长，鼻涕一把泪一把地哭诉艾家如何遭胡子洗劫，又滥杀无辜，骂道："那帮牲口可真狠，一枪一个，连溜撂倒咱家九个人。"

陶奎元听后并没感到震惊，归镇管辖的村屯，经常有村长、屯长、甲长前来报丧：某某村、屯，某某富户被抢，肥羊满圈粮谷满仓一夜之间便成为囊空如洗的穷光蛋，因此乡间舅舅被抢劫在所难免。

"快救救老爷子吧，胡子太狠啦。"红眼蒙急切地说。

艾金生是他姐夫，论着陶奎元比红眼蒙小一辈叫叔叔，关系并不复杂，可是警察局长面前即使大辈也不能充大辈，他把平日挂在嘴边上的称呼姐夫改成老爷子，完全站在晚辈和尊敬的角度上请求，他认为这样效果更好，事实也是如此。

"难啊!"三江县警察局管辖两镇九十三个村屯，管得了猫狗——伪满时期有田亩捐、灶捐、鸡捐、人头税、狗税；家中的车、马、牛、羊、猫、狗、鸡、鸭，一概登记，都要交税——就是管不了胡子。尽管警察局长深受伪满洲国和日本宪兵的赏识，换句话说，他效忠卖命，有功有方也有道，亮子里的确成了他的一统天下，他有能力赎出艾金生——拿出亲舅存在自己处的钱，可他却犹豫不决。

"胡子勒索不成，定下毒手。"红眼蒙见陶奎元态度不明朗，试探虚实道，"你的意思是?"

"舅存放我处的钱足够一千，"陶奎元说不赎人的理由，"可是我身为堂堂的警察局长，怎能任流贼草寇摆布？"

"是啊，送钱赎人，怂恿了胡子。"红眼蒙看出眉高眼低，既然陶奎元不肯赎票，莫不如随声附和，日后自己也好在陶府谋点事儿做。

话虽这么说，陶奎元心犹未甘，舅舅万贯家财落入胡子手里，他老人家鱼游釜中视而不见，日后怎向亲戚交代？如果有机会还是想办法去救他，问："人现在哪里？"

"沙坨子里，"红眼蒙也说不清具体位置，只能讲出大致的方向，"过了葫芦头坨子，再往前走就到了。"

对西大荒的地理环境警察局长比红眼蒙熟悉，葫芦头坨子很有名，当年他带警察跟花膀队①在那儿展开一场恶战，问："天南星马队都压在那儿？"

"不是，只三五个人。"

"噢？"陶奎元认真想一想，悟出什么，说："这么说葫芦头坨子不是匪巢，那他们在哪里？"

离开艾家窑往西南方向走了大半天，马不停蹄疾走半天时间能走很远的路程。在一条岔道分开，秧房当家的带红眼蒙他们直奔葫芦头坨子，大队人马朝南边走去，到哪里不清楚。

陶奎元叫红眼蒙暂时待在城里，他自己想想怎么办。

大布衫子探听到警察局长尚未做出任何决定，他返回老巢。大柜天南星说："陶奎元啥意思？"

"还是不肯出血。"

"钱也不是他的。"

大布衫子分析警察局长贪财，恨不得舅舅死掉，钱他就落下啦。实际情况是不是这样呢？有待于事态发展。他说："财神不能放，有他在我们就有得到那笔钱的希望。"

胡子绑票家里不赎，长时期困在绺子的大有人在。艾金生无疑是个

---

① 多指俄罗斯人土匪，他们在衣服肩膀上或手臂上皆佩戴花哨标志，老百姓称为"花膀子队"。

长篇小说
匪王传奇

财神，陶奎元今天不赎，明天不赎，咱们耗下去，最终看你赎不赎人。

天南星问："见到祁铁匠了？"

"哪儿见去呀！"大布衫子叹然道。

"怎么？"

"他当了煤黑子。"

天南星诧异，铁匠铺掌柜怎么当了煤黑子？他问："咋回事？"

"是这么回事……"大布衫子讲了祁二秧子被抓劳工的经过，最后说，"通达大车店万老板见到他，眉毛都给剃掉了……"

"日本鬼子干的损事儿！"天南星说。缺德事儿说日本人干的不冤枉，也不排除汉奸的主意，"去西安挖煤，还能回来吗？"

"还回来啥，他那么大岁数，人肯定扔在那儿。"大布衫子说。

劳工不仅做苦力，等于去一次鬼门关，很少有人回得来。三江地区流传一首劳工歌："满洲国康德十年间，家家都把劳工摊，你要不愿意，就把嘴巴扇。到那儿一顿一碗饭，土豆沙子往里掺，最苦就是上西安。"

"祁小姐还不知道。"天南星说。

"告诉她吗？"大布衫子问。

天南星想了想，说："实话对她说吧。"

"大当家的对她说，还是我对她说？"

"你说吧。"

大布衫子在一片野花间找到小顶子，对她说："祁小姐，对你说个事儿。"

小顶子手里拿着几枝野花。

"你父亲被抓了劳工……"

"谁抓了我爹？陶奎元？"

"是。"

"因为我？"

"差不大概。"

小顶子沉默一阵，问："我爹去了哪里？"

"去西安，挖煤。"大布衫子说。

小顶子听人说日本宪兵护煤矿，根本近不了前，去煤矿探望父亲基本就不可能。

三

刚强的小顶子回到屋子只自己时才哭起来。劳工是什么她清楚，一把年纪下井挖煤，再吃不饱，九死一生啊！爹，都因为我害了你啊！她深深自责。逻辑合理，警察局长如果不看上自己，父亲也遭不到迫害，消停做他的铁匠铺掌柜。

"爹呀！"她心里不住地呼唤。

土匪老巢，牵涉此事，或者也在想此事还有人，大柜的屋子里，大布衫子说："我对她讲了。"

"劈苏（哭）啦？"

"没。"

天南星想一个女子听到父亲遭难没哭，只能解释为她很刚强。哭哭啼啼缺少骨气，她不缺骨气。敢用针挑攻心翻血疱，而且是神情自若，不简单啊。他说："兄弟，我估摸她这回不走了。"

"大哥说她要求留在绺子？"

"挂柱。"

"她要当……"

"她跟我说过。"天南星征询道，"我们接受她入伙，你看行不行？"

大布衫子需要动脑筋想想，绺子大门敞开的，谁来加入都欢迎。一般说来，入伙有一套程序两种情况，保人保举和自己投靠。由绺子里四梁八柱保举，相对简单些。自己来挂柱审查较严格，基本步骤挂柱——过堂——拜香。祁小姐要入伙这些显然都可以免掉，大柜直接向众弟兄宣布她是新丁贵人（新弟兄）即可。大柜征求他的意见是打破一个规矩，绺子吸收女人进来，此前若干年没有的。

"从来没这个惯例，你看？"天南星问。

"规矩是人定的，有什么不能改？"大布衫子支持大柜打破规矩，完全为天南星着想，祁小姐挂柱不只是绺子多了一个弟兄，他们之间可能发展成一种关系……成全好事作为出发点，他说，"别犹豫了，我看行。"

水香一个坡搭好，胡子大柜顺势走下来，说："既然你都觉得行，我们就收她。"

祁小姐的事说到这里，大布衫子说："艾金生咋办？放不得押不起，好几个弟兄陪着他。"

"嗯，黏手。"天南星也觉得遇上陶奎元茅坑石头这样货不太好弹弄（对付），他带着臭气的梆硬，撕票倒简单，钱到不了手心不甘，嘴边的肥肉太诱人，他说，"毕竟一千块大洋，一大泡儿（大笔财物）啊！丢掉可惜喽！"

"没头到脑，一时半会儿陶奎元不能掏出钱。"大布衫子说，警察局长不挺到万不得已不会拿出这笔钱，需要耐心，"那就耗（靠），看陶奎元能挺多久。"

"耗！"天南星说起乞丐几句歌谣：

你不给，

我不走，

就在你家死赖！

大布衫子做过丐帮二筐，立马接上一段：

你不给，

我就靠，

靠到天黑日头落！

乞丐要饭的赖劲儿运用到绑票上肯定有故事。天南星说："好赖不济是亲娘舅，陶奎元总不能眼瞅着不管吧。"

"也不好说，一千块大洋比舅舅命值钱。"大布衫子糙话道，"人是块肉，死了再做（读 zòu 音）。"

胡子大柜觉得好笑就放声大笑，笑声中含着对警察局长的蔑视，为一千块大洋可以不顾舅舅性命。

"到时候，陶奎元不顾亲情，我们没必要客气。"水香是说撕票。

"那是，那是!"票家不肯赎票，撕票怨不得谁，被亲人抛弃的人活着也没啥意思，"道理说警察局长缆足（有钱），还在乎……"

"谁怕水海（钱多）咬手啊?"

大布衫子说也就陶奎元能干出这薄情寡义的事儿来，管钱叫爹，管舅不叫爹，他说："换个日本人看看，不用是舅舅，早就狗颠肚子（跑前跑后献殷勤）。"

"不然他能当上警察局长?"天南星短短话语对三江警察局长做出评价，为日本人办事如一条狗，也可以说成狗颠屁股，总之是一条狗的样子。

"没好下场。"

胡子对陶奎元结局有了定论，根据什么做出的定论且不说，恨狗仗人势警察的人都这样希望。

"葫芦头坨子太远了，我看是不是把他们撤到围子里来。"

"嗯，不妥。陶奎元万一暗中营救他舅舅呢? 就可能动用警察……"天南星谨慎没错，他的意思是押票的地方即使被兵警包围，损失无非秧房当家的几个人，老巢不被发现不伤筋动骨，"谈票、赎票还是离天窑子远点儿安全。"

"也是。"

"我们放走送信的红眼蒙，铆大劲儿（顶多）记住葫芦头坨子，不知道一马树。"

"对，没错。"大布衫子也认为防范有必要，兵警找不到老巢，绺子就安全。

四

正如胡子猜测的那样，陶奎元暗中积极营救舅舅，说暗中是没公开派骑警去寻找、剿杀，赎票等于是向土匪低头，与警察局长身份极不相称。于是他可能暗中想辙，如果他想救人的话。

绑票赎票有一套程序，票家违背后果严重——撕票。陶奎元深谙胡子绑票之道，人质在绑匪手上不能硬来。警察局长舅舅遭绑票，等于是有人打耳光羞辱，忍与不忍事情结果不一样。做警察局长几年，他跟日本主子学到本领是借刀杀人。过去都是日本人借中国人的刀杀中国人，这回倒个儿……他亲自到日本宪兵队，说："队长，我发现一绺胡子。"

"嗯？"宪兵队长角山荣问，"哪绺土匪？"

"天南星。"

计划清剿土匪的黑名单上有天南星，角山荣问："他们在哪里？"

"葫芦头坨子。"

角山荣展开一张军用地图，找到葫芦头坨子，疑惑道："高大的蒿草、树木这里没有，沟壑的也没有，土匪怎么藏身？"

"天南星可定在那儿……绝对没错，队长太君。"

"情报可靠？"

"绝对。"

角山荣不相信警察局长的绝对，细问道："提供情报的什么人？是不是陷阱？"

"不是，红眼蒙亲自来……"

"红眼蒙什么的干活？"

陶奎元疯狗咬傻子，利用日本宪兵要剿杀土匪的心里去打天南星，解救出舅舅，算盘如意到底还失算，宪兵队长刨根问底，他不得不说出实情："我舅舅被胡子绑票，人就押在葫芦头坨子，绑匪放红眼蒙来送信……他是我舅舅家的管家。"

角山荣彻底相信，他问："天南星有多少人马？"

"近百人。"

"他们都藏在葫芦头坨子？"

"不是，队长太君，葫芦头坨子那儿人不多，也就五六个人。"

角山荣皱下眉，问："大队人马呢？"

"从艾家窑出来，半路分开……"陶奎元分析道，"估计藏在附近。"

"估计？"

"是!"

宪兵队长拉长脸，不高兴道："情报怎么能模棱两可？是就是，不是就不是，要十分准确。"

"是，队长太君!"警察局长一脸恭顺，接受批评。

"情报不准确我怎么去追击？"角山荣训斥一顿警察局长，而后说，"你派人到葫芦头坨子一带侦察，确定土匪藏身地点，我再部署兵力去消灭他们。"

"是! 是!"陶奎元唯命是从道。

回到警察局憋着气儿一屁股坐到椅子上，冯八矬子问道："成了没有哇?"

"成个六! 挨一顿狗屁呲。"陶奎元一切抱怨只能回到警察局他的一亩三分地上撒，日本人面前他不敢，打碎牙也要往肚子里咽，"八矬子，角山荣要我们搞准情报。"

"什么情报?"

"天南星绺子藏身地点……"

冯八矬子说局长别上火，角山荣细问也有道理，红眼蒙讲的半拉磕儿，胡子有多少人，藏在哪里，这些不清楚如何去清剿？他说："我到过葫芦头坨子，那儿蒿草长得稀巴拉登藏得住胡子？他们肯定有老巢，必须弄清楚。"

"说得容易，胡子让你靠近?"

"这有什么难?"

陶奎元从来不怀疑冯八矬子的能力，他说能接近胡子就生出翅膀飞过去。相信久了变成依赖，遇到棘手的事让他去做，问："你说怎么整?"

冯八矬子不长个儿心眼多坠住，不用眨眼便有道道，他说："胡子不是等着你回话，派人跟他们谈条件。"

"噢，你是说假借谈票，顺便侦察?"

"对呀。"

陶奎元撇下嘴，说："红眼蒙指定不行。"

"见胡子腿都打战，哼，不是红眼蒙，绿眼蒙……"冯八矬子贬斥一

长篇小说
匪王传奇

番红眼蒙，说，"派他去只能坏事。"

"那派谁去?"

"我呀!"冯八矬子拍胸脯道。

陶奎元心里也是他最合适，假惺惺道："同胡子见面需提着脑袋，不行，太危险。"

"局长，我知道危险，可是为你……"冯八矬子极富表演天赋，他说，"为局长，我就算搭上小命，值!"

陶奎元显出满意和感动，几成真实在里边聪明的冯八矬子自然明白，大家都在演戏，多一出两出也无妨。他问："胡子派出说票的人叫什么?"

"花舌子。"

"对! 花舌子，你当一把（次）花舌子。一次能摸清胡子底细就不去第二次，尽量减少接触。"

"我争取一次成功。"

"好，你准备妥当再去。"陶奎元说。

五

"站住!"大柜门前，胡子拦住她。

小顶子说："我要见大当家的。"

站岗的胡子指下夜空，说："你瞅兔屋子（月）都到哪儿啦? 大爷拖条（睡觉）了，上空子（天）亮再来吧!"

"我真有急事……"

站岗的胡子死不开面，夜晚绝对不能放这个女人进大柜的屋子，他没接到让她进去的命令，说："回去吧，别磨叽。"

"小兄弟，要是事儿不急，我能半夜三更来惊动大当家的吗?"小顶子商量道，"麻烦你通报一声，看准不准许我进去。"

站岗的胡子不是经不住缠磨，而是怕真的有什么事耽误了，他进屋去她等在外边，出来后说："大爷让你进去，进去吧!"

迈入屋子，天南星摸索火柴，说："等一下，我上亮子（点灯）。"

"不用，我摸黑说。"

天南星是故意拖延，总之没划火，听见脚步走过来，她说："我找你！"

"干什么？"

"蘸钢！"

胡子大柜需要消化一下她的话，蘸钢是铁匠术语，淬火增加硬度。小顶子要增加什么？显然是勇气和胆量，能够给自己的恰恰是胡子大柜。方法浪漫，她爬上炕去，钻进他的被窝。他激动万分："你想？"

"你不想？"

回答的是一只手，黑暗中看不清动作，但清楚听到句黑话："你的球子（乳房）真大！"

"喜欢吗？"

"我采球子（摸乳房）！"

"吃一口！"

婴儿吮吸奶水——呱唧，呱唧，不是奶水丰沛而是香甜的声音。下面胡子大柜的话太隐私，不便叙述。他急迫地说："压裂子……"

门外站岗的胡子受到刺激，痉挛似的弓下腰去，对某一膨胀部位实行强制措施，效果是有了，但那个部位火山一样喷发了。好在一切都在狭小范围内发生，不被外界所知。

次日，天南星对大布衫子说："她昨晚睡在我被窝里，主动过来。"

"恭喜大哥！"

"张罗一个仪式，给她挂柱。"

"好！"

天南星问从艾家窑都带回来什么喘气的？大布衫子说："哼子（猪）、老粗（牛）和寿头子（鹅）。"

"收拾几只寿头子，炖大豆腐。"胡子大柜命水香安排酒席，问，"有跑土子（兔子）吗？"豆腐炖大鹅加上兔子一道美味。

"有几只。"

"打！"天南星说，三江当地对宰杀动物名称不同，例如，勒狗，杀猪，剁鹅……兔子则称打了，胡子忌讳说死字，不然叫打死兔子。宰杀方法的确是打，双手拽住兔子的两只大耳朵，兔子拼命朝后挣，将最软弱处暴露给屠夫，一棒子打下去，颈部骨头被打断立即毙命。

挂住仪式在空地上进行，众人席草地而坐。一个沙包堆起，它便是香炉，庄严的插香时刻开始前，小顶子独自跪在沙堆前，水香指导她怎么插香——总共十九根，十八根代表十八罗汉，其中一根代表大柜，顺序有讲究，前三后四左五右六，中间一根。

大布衫子说一句插香词，小顶子跟着说一句：

> 我今来入伙，
>
> 就和兄弟们一条心。
>
> 如我不一条心，
>
> 宁愿天打五雷轰，
>
> 叫大当家的插了我。
>
> 我今入了伙，
>
> 就和弟兄们一条心。
>
> 不走露风声不叛变，
>
> 不出卖朋友守规矩。
>
> 如违反了，千刀万剐，
>
> 叫大当家的插了我！

所有在绺的胡子都在庄严时刻念过这段誓词，因此在一个新人来入伙他们重温一次，热血沸腾一次，心里跟着诵一遍插香词。

小顶子成为绺子一员。从昨晚开始，胡子大柜给她蘸了钢，匪气病毒一样进入她的躯体，迅速蔓延骤然挺拔起来。天南星说："给她一匹高脚子，一支手筒子（枪）！"

粮台牵来一匹马，炮头递过一杆枪。小顶子向四梁八柱行礼，说那句固定的套话："大兄弟听你的！"

认完众哥们，天南星宣布开席！

绺子添丁进口大家吃喝一顿，从中午喝酒到傍晚。从酒桌上下来，小顶子没回原来的住处，径直走入大柜的屋子。

那一夜，她哭了。

"你怎么啦?"

"想我爹!"

第十一章　马背上爱情

一

　　冯八矬子穿着便衣走向西大荒，他骑一匹从大车店租来的骡子。亮子里大车店出租的交通工具主要是马、骡、驴，还有骆驼。警察局有马本可以骑，他之所以租骡子骑，大车店出租的牲口有明显的标记，缰绳、鞍子，脚镫上打着某某车店的印记。胡子规矩不打劫大车店的牲口，骑租来的骡子自然安全，还可以表明身份，冯八矬子不想在胡子面前暴露警察身份，谈赎票警察也不合适。胡子的天敌是兵警，谣谚曰：当一天胡子怕一辈子兵。

　　一头经常外出骑乘的骡子和拉车的骡子不一样，经过精心挑选，要走路平稳、有速度的，雇的人才满意，顾客满意才有生意。冯八矬子去大车店租交通工具，老板选最好的一匹骡子给他。

　　"用几天？"大车店老板问。

　　"两三天吧。"

　　"冯科长，我去准备草料。"大车店老板想得周到，一般租牲口都是租牲口的人向车店购买草料，路上牲口要吃，警务科长自然不用买草料，孝敬还找不到机会呢。

　　冯八矬子很牛的目光扫眼大车店老板，享受恭敬惯了，如何殷勤都视为很正常。不过，他不想带草料，见了胡子饿不着骡子，说："不用了，草料我自己解决。"

　　走出城门，骡子熟悉去西大荒的路，驮着剂码（块头儿）很小的冯八矬子不用驾驭朝前走。他堆在骡子背上像一个剂子很小的面团，如果抻一抻还可稍长一些，骑牲口赶路姿势绝对不挺拔。静伏在骡子背上，丝毫不影响警察科长的狡猾和凶残，警惕地望着四周，手枪藏在贴身的地方。遇到危险，面团就面包那样顿然膨大，上了顶门子（推入枪膛的子弹）的手枪随时抽出射击。

没有路直接通向葫芦头坨子，瞄着它的方向拉荒走过去。骡子走在荒草上不如路上稳当，冯八矬子直起腰，时刻小心掉下骡背去。吃一点儿苦他不在意，绷紧的那根神经是如何跟胡子周旋，佯装谈票赎票，真实目的弄清胡子窝在哪里，同日本宪兵联手消灭天南星绺子。

"你自己去是不是行啊，八矬子。"陶奎元有些不放心，说。

昨晚，警察局长和冯八矬子再次密谋。

"人多目标大，反倒不安全。"冯八矬子说。

"你保证没人认识你吗？"

"应该没人认识。"

"那要是不应该呢？"陶奎元说应该靠不住，意外的事情经常发生的，他说，"单枪匹马的，连个帮手都没有。"

道理如此，冯八矬子不能不想到自身的安全，设想警察身份被胡子识破时如何应对，寡不敌众与之对抗不行，束手就擒结局不堪设想。兵警落到土匪手里，死路一条。可是，去谈赎票人多会引起怀疑，多一个人都让人生疑。他说："没有办法，只能去一个人。"

"我派人埋伏附近，必要时刻接应你。"

"不行，局长。"冯八矬子反对，进入胡子的领地，躲在暗处望风的胡子会发现带着尾巴，那样更危险，"我随机应变吧。"

"嗯，也只好这样啦。"陶奎元说。

冯八矬子努力去想可能发生的意外，想出几套方案，究竟哪套能用上，还得见机行事，做好最坏的思想准备。

葫芦头坨子不是一个孤立的坨子，与之相连的还是沙坨子，它像女人的一只膨胀的奶子，乳根在胸脯板的草甸子上绵亘。他想到了抚摸，如果有一只巨掌一定抚摸洁白的乳头，它不是淡紫色。不知不觉口水流下来，女人吸引人的地方令人迷醉。

对手是什么样子的人？冯八矬子接近目的地——葫芦头坨子，开始想胡子，谈票一般情况下出面的是秧房当家的……葫芦头坨子近在眼前，草也渐渐深起来，鞍子以上部分露出草尖，想看得远就得抬起头。过了这片深深的青草，便到了坨子根儿。

突然，两个持枪的人挡住去路。他们用隐语盘问道："蘑菇、溜哪路（什么人）？什么价（哪里去）？"

冯八矬子急忙跳下来，也用隐语答道："想啥来啥，想吃奶就来了妈妈，想娘家人，小孩他舅舅来了（我来找同行来了）。"

"野鸡闷头钻，哪能上天王山（我看你不是正牌的）？"

平素剿匪、审问土匪，懂得一些隐语黑话此时帮了冯八矬子，他从容应对道："地上有的是米，唔呀有根底（老子是正牌的，老牌的）。"

"拜见过啊幺啦（你从小拜谁师）？"

"他房上没有瓦，非否非，否非否（不到正堂不能说，徒不言师讳）。"

"哂哒？哂哒？（谁引点你这里来）"①

一番盘问下来，胡子相信来人不是道上人也懂道上的规矩，冯八矬子讲明来意。

"哦，你是跑合的（中间人）？"胡子问，"为谁跑腿（办事）？"

"票家。"

"说哪个票？"

"艾金生。"

两个胡子低语一阵，其中一个说："跟我走吧！"

"谢谢爷们。"冯八矬子委屈称呼道。

冯八矬子牵着骡子跟在两个胡子后面朝坨子上走去。他的目光没离开胡子背部的一个位置，想象子弹穿过去，击碎的一定是心脏。

二

榆树钱老了身体悠然变轻，风中落雪般地飞舞。练了一个上午，两个人都累了，最先躺到地上的是胡子大柜天南星，她过来挨着他躺下，

---

① 见曲彦斌《中国民间秘密语》一书。

他伸出一只结实胳膊她枕着。

土炕上他们就是这样姿势，天南星说："你练得不错。"他夸奖她枪法进步。

此前，她恳求道："教我打枪。"

"你要学打枪?"

"是!"

"干什么?"

"报仇。"

天南星看到一棵仇恨的植物在一个胸膛内苗壮成长，他帮助它长大，答应他："我教你，从练打香头子开始。"

胡子基本训练方法，夜晚将香点燃插在墙头上，几十步开外射击，直到抬枪击中香头。她用了七天时间练合格。

"练打飞钱。"天南星说。

打飞钱为胡子娱乐项目，实质是赌博游戏。方法有两种，一是将古铜钱用线拴在树杈上，百步之外开枪射击，击中者赢；第二种是抛起铜钱，飞起时射击，击中者为胜。天南星训练小顶子打移动的目标，旨在提高她的枪法，不是娱乐和赌博。

今天他们来背静的榆树毛子里练的就是打飞钱，成绩令胡子大柜满意。他满意她炕上的表现，她的气息撩拨起他的欲望，手覆盖她胸前凸兀部分，喃喃道："球子真好!"

"睡觉你都拽着，还没喜欢够哇!"

"嗯……嗯!"他撒娇。撒娇显然不是女人的专利，男人在女人面前撒娇是另一番景象，如果是杀杀砍砍的胡子大柜呢?

"呦!"

"我的手太重了……"

"没事儿，摸吧!"

像是风力加大了，榆树钱花瓣一样纷纷飘落，差不多埋住他们。谁也不顾这些，沉浸在一种美妙的事件中……许久，疲惫的物体发出声音，他说："你不只盘儿尖（脸俊），托罩子（手），金刚子（脚），还有招子

（眼睛），樱桃（嘴）……瞧哪儿哪儿好看，没有缺彩的地方。"

"不是真话。"关系到这种程度，她已经敢跟他开深一点的玩笑，"我长得像一个人吧？"

"谁？"他一惊，道。

"柳叶儿。"

天南星愕然，问："你怎么知道？"

"你睡梦喊了几次柳叶儿。"

他无法否认，也不能否认了，说："她是叫柳叶儿。"

"讲讲。"

天南星毫不保留地讲了他跟柳叶儿的关系。她问："柳叶儿今年多大？"

"虚岁二十。"

小顶子掰手指头计算，奇怪道："不对呀，你儿子四岁，那她？"

"十六岁跟我……"

"哦！"

榆树钱将两个汗水尚未消尽的人掩埋，他们在枯死的残体中沉默。良久，她说："她们娘俩现在哪里？"

"纸房屯。"

"接她们来绺子上。"

"不妥。"

"咋不妥？"

"托儿带女的……"天南星说，过去大布衫子提出接她们过来他没同意，绺子里有女人和孩子坏了风气，"不行，我要是那样做，其他人也要带女人进来，那我们绺子成什么。"

"可是撇她们娘俩在一边儿，日子咋过？"

"这我知道，难，没办法。"天南星无可奈何道，他心里的话不能说来，那句话是：和你（激情）都过了大格。

小顶子在想未曾谋面的柳叶儿母子，相信天南星时刻惦记他们的安危，身为大柜他不好脱身去探望他们。于是她就想为他分忧，说："我去看看他们吧?"

胡子大柜半晌没吭声，自己想去看望他们母子，送一些钱给他们。绺子刚到一马树，绑艾金生的票还没结果，再过些日子，要去攻打县城亮子里的计划酝酿差不多有一年时间，去年春天就准备。攻县城不像去踢坷垃那么简单，城里有日本宪兵队、警察，轻举妄动不得。准备充分再充分，侦察清楚再清楚……一大堆事儿挤在一起，哪儿有精力去管柳叶儿母子? 没有!

"你没工夫去，我去。"小顶子说。

天南星活了心，准许她去看看也好免去一份挂念。顾虑的东西是她的身份，尽管她自己主动提出看他们，都是吊在自己一棵树上的两个女人，即使小顶子大度，柳叶儿未必理解，打起来倒是不可能，但是兴许惹怒柳叶儿，她的刚烈性格自己清楚，一怒之下带儿子离开三江不让自己找到他们，那个女人干得出来呀! 真的出现这种局面如何收拾?

"想得太多干啥呀，我就是看看嘛! 他们平安你也放心……"小顶子苦口婆心地劝。

"好吧，你去一趟吧。"天南星终于同意她去纸房屯。

三

"你受人之托?"秧房当家的，问。

冯八矬子昂扬身体使自己高大些，人高马大秧房当家的面前还是不闯堆儿(不威风、不气派)，声音倒是蛮高的，矬人高声嘛，他说："我一手托两家……"

"这还用你说!"秧房当家的打断他的话，问，"为谁办事儿啊?"

"票家……陶奎元局长。"

"哦，你是警察喽?"

"不，不是。"冯八矬子否认自己真实的警察身份，胡子面前不能是警察，苍蝇似的飞到他们面前引起反感。

"我知道你来说项。"

冯八矬子一时没懂说项这句黑话。土匪与被绑票者家属之间的斡旋人，通俗叫花舌子。想想说项的意思也就懂了，就是充当花舌子角色。他说："你们的信儿接到了，唔，你们要一千大洋。"

"嫌多是咋地？"秧房当家的不满意道。

"爷们，实在拿不出来……"

秧房当家的撇下嘴，说："到嘴的骨头不愿往外吐？"

这话骂人啦，狗叼骨头才不肯吐出来。冯八矬子忍受挨骂没恼没怒，同胡子讲价还价道："一千大洋。实在拿不出来，看能不能降一点儿。"

"能出多少？"

"二百。"

秧房当家的脸一沉，说："打发要饭花子？一千，就一千大洋，一块都不能少。"

"可是……"

秧房当家的极耐烦，说："少也行，一块大洋抵一斤肉。"

冯八矬子继续同胡子磨，他没忘来干什么，编个理由说："爷们，我尿一泡尿。"

秧房当家的从牙缝间挤出一个轻蔑的字：呲！这个字在三江方言中相当于"操"。他吩咐手下道："送他去甩条子（小便）！"

"哎！"

冯八矬子被一个胡子押着出了窝棚，朝一堆蒿草走去，为拖延时间，他说："我肚子疼，想蹲一会儿。"

"甩阳子（大便）走远点。"胡子嫌臭，说。

正中冯八矬子的下怀，他巴不得走远一点，解手是假侦察是真，他主动跟胡子搭话，问："你们说尿尿是甩条子，很有意思。"

"有啥呀？"

"嘻，甩条子。"

"也叫摧条。你要是娘们，尿尿还叫摆柳呢！"

警察科长惊奇胡子的隐语黑话，女人小便称摆柳，令人联想风摆柳，不是象棋术语①，细亮的水柱在风中摆动，酷似风吹拂柳树……冯八矬子说："有意思。"

"前边有片白蒿子，你去那儿吧。"胡子停住脚，指出解手地方——天然厕所，"我在这儿等你，不能搁二上（从中）溜走吧？"

"说啥呢，我来干啥？事儿还没办完呢。"冯八矬子说。

"别唠比（说）了，赶快去吧，别拉裤兜子里。"胡子说。

冯八矬子朝那片白蒿子丛走去，它们属于矮科植物，人蹲下恐怕要露出头来，达到了私处遮掩看不到的目的。据说以白蒿为主要成分的药物，拌上香甜食物，扎入蛇洞让蛇来吃，蛇吃了就会死去，这种风俗叫扎蛇眼。三江地区的白蒿子则是艾蒿了，端午节后它就老去了，整天在甸子上昏昏欲睡。他蹲在蒿子中，眼睛没闲着，视野内的葫芦头坨子只四个窝棚，不排除树毛子里隐蔽窝棚、地窖、马架，即使有也不会太多，天南星马队近百人，没有几十个窝棚住不下，还有那些马匹需要厩舍，可以肯定，胡子老巢不在这里。

"完事没有？"胡子追问。

"没哪！"

"你拉线屎啊？"

"我肚子疼。"冯八矬子编造拖延时间理由，当然时间不宜过长胡子生疑，他提裤子站起来，一边系裤腰带一边说，"闹肚子，肚子疼。"

"走吧！"胡子催促道。

冯八矬子回到窝棚。

秧房当家的说："我以为你掉茅楼里了呢！"他嫌他如厕时间过长，"想好没，什么时候来领人？"

"五百……"

"嗨，小孩鸡巴见长了。"秧房当家的挖苦道，"不行。"

"六百。"

---

① 红相向黑车的对侧高飞——相五进七，如黑再车六平四，红相七退五，黑将走闲着，则红相五进三，黑退车捉兵，则红相三退五，黑再走闲着，则红帅五退一，黑无法取胜。这种棋局称"风摆柳"。

长篇小说
匪王传奇

"得，不想赎人拉倒！"秧房当家的要封门，事情没有商量的余地，恐吓的话说得有些含蓄道，"反正人你们不要了，昨晚狼来了几次，它们急着垫肚子。"

"爷们，不是的，我们再商量商量。"冯八矬子积极争取道。

"我没工夫跟你绞嘴磨牙，要想领人，两天内带一千块大洋，多一天都不行。"秧房当家咬死赎票最后期限。

如果不争争讲讲还真不像，本来冯八矬子也不是谈赎金的，多与少没什么意义，做出花舌子的样子而已。他妥协地说："一千就一千，两天也行，我得见一眼艾金生。"

"这个？"秧房当家的打哏儿（迟疑）。

"我见了人回去好向委托人交代。"冯八矬子说。

四

纸房屯现在不是一个屯落，说它是一片废墟还准确。二十几户人家的屯子化为乌有，明显经过大火洗劫，过火的房舍只剩下黑黢黢的墙垛子和梁坨，这里到底发生了什么事情？

小顶子手牵马走进屯，在东数第三家处停下来，两间土房已经烧落架，一处灰土墙壁上贴着年画，人物相貌奇异，豹头环眼，铁面虬鬓，是钟馗镇宅。烧毁的一个炕柜和一些生活用品还能辨清是什么东西，一根烧断的烟袋斜插在破烂东西间，可见柳叶儿抽烟，而且用烟袋。符合三大怪歌谣唱的："窗户纸糊在外，姑娘叼个大烟袋，养个孩子吊起来。"柳叶儿不是大姑娘是小媳妇，抽烟使用烟袋，三江女烟民使用烟袋很普遍，炕上摆着两个笸箩——做针线活用的针线笸箩；装旱烟的烟笸箩。烟袋锅多是用黄铜、白铜制作，还有玉石、玛瑙、翡翠、琉璃等多种质料，烟袋杆则是铜、木两种，以乌木为好。女人习惯用细长的烟袋杆，烟锅也相对小，称作坤烟袋。

为证明是柳叶儿使用的烟袋，小顶子拔出一截烟袋，确定是根坤烟袋。她收起来想做遗物保留，当然没确定柳叶儿生死之前，当一件纪念物保存。死亡的村屯笼罩在死亡气氛之下，见不到生命迹象。她决定离开屯子，在周边寻找村落人烟，打听纸房屯的真相，她坚信这里发生了不同寻常的事件。

出了屯子朝哪个方向走，都是有目的没目标，希望遇到人。小顶子骑在马上，不时远眺，炎热的光线像水一样流动，绿色的大地上一片汪洋。终于在中午时分见到沙坨间有几只羊，其中一只黑白毛相间的山羊，站在一个土堆上，表明它是头羊。

坐骑在主人鞭策下朝羊群奔去，临近羊身边时青草中猛然站起一个人，他是羊的主人，身体残疾是个瘸子。

"爷们，向你打个事儿。"小顶子下马说话。

羊倌见是一个女子，悬吊起来的心慢慢放下来，他在等着问话。

"纸房屯怎么啦？"

"烧啦。"

"失火？"

"不是，放火。"羊倌有些愤怒道。

"谁放的火呀？"

羊倌扔掉手里的一截木棍，他是见有一个骑马人过来，怀疑阴谋他的羊，随手捡起来的作为战斗武器，现在看没必要再握着它，说："你说能有谁？眼目下谁无法无天？小鬼子。"

噢，小顶子翻然。日本鬼子烧了纸房屯，她问："因为什么呀？"

"小鬼子干事还用因由哇？他们杀人不当刀（不当回事）。"羊倌牢骚道，也算胆大，日本人的天下满洲国，陌生人面前敢说日本人坏话，肯定是不怕死的人，"我都是死了几回的人……"他不说纸房屯，倒说起自己，肯定一点他不是纸房屯的，知道纸房屯发生的事情，目击者也说不定。

"到底是怎么回事呀？"她问。

"我也只是听说，纸房屯六十多口人都被杀了，一个都没逃出去，然后小鬼子放一把火，那天风大，眨眼工夫烧光了。"

"爷们你不是那个屯子的？"

"不是，我一个侄儿在纸房屯，媳妇和一岁吃奶的孩子都没跑出来，好惨啊!"羊倌悲痛地说,"本来秋天将侄儿过继给我,中间出差头,我被抓去挖煤……"

挖煤这个字眼霹雳那样炸响,小顶子急忙问:"你在哪儿挖煤?"

"西安。"

西——安!小顶子惊大眼睛。任何一个地方都没有这个地方敏感,梦中多次出现过这个她没去过的地方,父亲身披麻袋片,在黑暗的巷道中挖煤……她深受一首《挖煤谣》歌谣影响:"枕的是砖头木头,披的是麻袋破布头,吃的是发霉的窝窝头,死了卷块破席头。"她顺嘴溜出:"我爹也在西安挖煤。"

羊倌仔细端详她,似乎通过他寻找一个人,问:"你爹叫啥名?"

小顶子讲了父亲被警察抓了劳工,送到西安煤矿。羊倌大呼一声:"你是祁铁匠闺女?"

"你认识我爹?"

"何止认识啊!"羊倌说以前他到祁家炉打过锄钩,他说,"我还在你家吃过饭,你娘的年糕撒得好,唔,那时你年纪很小。"

这是今天第二个意外。第一个意外是纸房屯成为一片废墟,见到认识父亲的人是第二个意外,更意外还在下面。羊倌说:"祁铁匠死得很惨。"

"啊!我爹死、死啦?"

"哦,你不知道?"

"嗯。"

羊倌想明白是怎么回事后,说:"我们俩不是一起抓去的,住一个工棚……"

矿上日本宪兵看得很严,他们几次逃跑没成,最后一次,祁铁匠已经逃出矿区,在西安县城遇到二鬼子①,结果被逮回来,吊在坑口活活饿死。

"我爹到死都没吃口饱饭……"

---

① 给外国人当奴才的中国人。歌谣:日本奴,大茶壶,生个小孩没屁股。

"是，谁说不是啊！"羊倌回想饿死的人恐怖面孔不寒而栗，冻死人笑，饿死人哭啊。

"爹！"小顶子爆发出一声哭喊。

五

谈票还在进行，一个提出要见眼票，一个没表态。冯八矬子说他的理由："他们的家人，一定要见到人，证明人还在，才出钱。"

秧房当家的经常跟票家打交道，票家提出看看票是否活着，避免人财两空自然的事情，是否允许权力在绑家手里，不同意他们就看不到，胡子正考虑让不让他看人。

"我只看一眼就行。"冯八矬子还坚持看票。

秧房当家的觉得看看也无妨，但是有条件，他说："看行，你离远看，走近不行。"

"爷们，我保证见面不跟他说话。"冯八矬子做近距离见到艾金生的努力，"保证按照你们的规矩……"

"别保证了，不行！你到底见是不见，要见就离远看一眼，不见拉屁倒。"胡子可没好耐性。

"见，离远见也行。"

秧房当家的起身安排，他把一个胡子叫到一边低声叮嘱，而后走回来，说："一会儿你站在门口就能见到他，出来吧！"

冯八矬子站在窝棚门口，眼朝胡子指的方向看。一两棵黄榆树间可见一个窝棚，胡子押出依然捆绑手脚的艾金生，银发凌乱几天没梳理，看不太清面容，他很憔悴。大概忽然见到冯八矬子，委屈地哭了。

"看见了吧？"秧房当家的问。

"再看几眼。"

"得了吧，能看出花来呀！"胡子讽刺道。

道理是看不出花来，艾金生还是艾金生，在此就是失去自由的票，生和死都握在别人手里。冯八矬子多看几眼的意义与拯救没关系，他是想知道胡子大队人马藏在哪里，艾金生知不知道？希望在匪窟内待了数日的艾金生提供一些线索。

管家红眼蒙走后，艾金生盼望好消息，外甥送钱来赎他。一天天过去，他忍不住问看押的胡子："我家里没来人？"

"豆大的人都没来。"胡子说。

"不对呀，他们该来。"

"来干什么？"

"赎我。"

嘿嘿！胡子讥笑他，说："谁赎你？一千块大洋比你这棺材瓢子值钱。"

遭到语言侮辱艾金生不敢回击，胡子翻脸不认人，跟他们掰扯结果危险。他只好等，其间胡子问过他："你外甥能不能出血？"

"肯定来赎我。"

"不像，瞧着吧！"

作为票的艾金生便是马蹄下一只弱小动物，处境岌岌可危，生命随时都可能终结。望眼欲穿的期盼中见到冯八辗子，不是见到稻草而是一棵大树，外甥手下的警务科长，他一定是来救自己的，首先跟胡子谈判，不成可能动武，需要了解胡子情况……艾金生分毫不差地洞察出警察心里所想，他觉得有一个情况必须告诉警察，抢夺自家大院的大队胡子不在这里，半路上分开，他们一定去了一马树，早就听说那里有胡子老巢。于是，艾金生高高举起了一根二拇指，并抬腿踹了身边的榆树一脚。

冯八辗子立刻领会，时间长了胡子要生疑。他转身走回窝棚里，说："人我见到了，谈谈赎人吧。"

赎票的细节需要商定，方式、时间、地点……胡子有绝对权力，秧房当家的说："你们打算哪天领人？"

"后天怎么样？"

"哪天都行，一手交钱一手交人。"秧房当家的说。

"那后天吧！在哪儿？"

秧房当家的条件讲得很死，说："在就这儿，你们只准来一个人，多一个我们都不交易。"

"我亲自来。"

"那更好了。"

胡子还要讲明白一些事情，仍属于条件范畴，秧房当家的要挟的口吻道："你看见窝棚了吧，你们耍啥心眼，那儿就是艾金生的狗头棚（棺材）。"

土匪有土匪的诙谐，他不直接说撕票，将关押艾金生的窝棚说成棺材，而不说坟墓。

"我能一定遵从爷们的安排。"冯八矬子说。

"你们照量（斟酌）办。"秧房当家的说。

冯八矬子走后，胡子灯笼子（姓赵）说："他是警察，我没敢朝面。"

"噢，你认识他?"

"县警察局的一个官儿，好像是个科长。"灯笼子说，"他跟艾金生使用暗语。"

"什么暗语?"

"艾金生伸出一根二拇指，还踢树一脚。"

"啥意思?"秧房当家的没想明白，觉得来人是警察应该引起重视，涉及全绺子的安全，他交代手下看好票，立刻骑马去一马树，向大柜报告情况。

"来人是警察?"天南星问。

"是，我怕这里有故故牛（秘密）。"秧房当家的说。

"嗯，备不住（兴许）。"胡子大柜说。

水香大布衫子问："来人长的什么样子?"

"球球蛋蛋的，矬巴子!"

"是他?"大布衫子想到警察中的那个矬子，说，"冯八矬子，肯定是他……亲自出马?"

"噢，莫非说这里头有什么故故懂（诡计）?"天南星疑窦顿生。

"如果是冯八矬子不是来谈票那样简单，"大布衫子深入分析道，"他可能来探路……大当家的，我们必须防备。"

第十二章　插香入绺子

一

警察到葫芦头坨子来，虽然离老巢一马树距离还远哩。兵警猜出胡子马队藏身的大致方向都是危险的。天南星问秧房当家的："还有什么可疑的迹象？"

"那个矬巴子坚持看一眼票，我安排看了，远远地看。"秧房当家的说。

"他们没说话？"

"没有。"秧房当家的说有一可疑举动，艾金生高举一根二拇指，还踹了身边的榆树一脚。

"唔？"大布衫子看出破绽，说，"手势，暗语……这是告诉来人什么。"

"什么？"

大布衫子琢磨艾金生的动作含意，终于破译出来，说："他告诉来人，我们在一马树。"

水香的分析吓人一跳。票猜到我们压在一马树，告诉警察探子，他们定会重兵来清剿。大柜天南星说："飞窑子！"

飞窑子是黑话搬家的意思，还可以说成革叠窑子，营挪窑子，挪窑子，等等。秧房当家的说："我们刚到这里，屁股还没坐热乎，又……"

"非走不可，西大荒一马平川，遮挡不严，"天南星说，"我们还回白狼山去。兄弟你看呢？"

"格鞑子（山）里安全。"大布衫子同意回去。

大柜并非胆小之人，怀疑来说票的人动机不纯就草木皆兵，仓皇逃走？不是！计划要做的大事——联合其他匪绺攻打县城，商埠古镇亮子里无疑是块肥肉，打下县城黄金万两，重要的震名头，声威大震名头响在绿林匪道很重要。回到山里离三江县城近，便于进出侦察。天南星说："大煞落（日落），回格鞑子！"

"那票？"秧房当家的问。

"兄弟你说，还弄吗？"天南星问水香。

"片儿（钱）眼看到手，弄！"大布衫子说，他不想轻易放弃这一票，"我们别让警察晃（迷惑）喽。"

"你们走，我留下。"秧房当家的说。

天南星最后同意，但觉得没十分把握，说："艾金生的外甥是警察局长，顶清窑子（官宦人家），恐怕没那么顺利出血（钱）。"

"一千块大洋也值。"秧房当家的意思说弄到一千块大洋冒些风险也值得，"大当家的放心，我看风（观形势）……"

"这一票灯不亮，你要小心。"天南星说处理完票后去白狼山，地点是神草沟，"你后撵我们。"

秧房当家的走后，大布衫子说："祁小姐去纸房屯没回来，不等等她？"

按绺子规矩，插香挂柱成为正式一员，没到四梁八柱位置还不能报号，总要有个称呼，一般根据姓氏叫什么蔓，双口子亦如此。她姓祁，就是大架子蔓，简称大架子。但是，大家仍然亲切地叫她祁小姐没改口。

"风紧（事急），海蹿（速逃）！"胡子大柜说，他安排双口子骑马去纸房屯找小顶子，然后直接去白狼山。

天南星马队连夜朝山里赶，双口子也在半黑到了纸房屯，月光下的死亡村落几分恐怖，一只食肉动物迅速逃走，轻得如云那样飘走没有声音。胡子习惯夜间活动，自然胆子比常人大，但如此萧疏、悲凉气氛中有些心虚胆寒。

哪里有人？祁小姐肯定不在这里。双口子站在茫茫黑夜里，他不知道到哪里去找她，但一定要找。纸房屯如此悲惨景象究竟发生了什么？到周围村屯打听。纸房屯他没来过，也不知周围有什么村屯，抱蒙寻找。

夜晚寻找人烟看灯火，有人居住的地方就有人点灯，还有皮条子炸了（狗咬），都是线索。

走出纸房屯如从一个大坑爬到沿上，屯基地势很低如同在坑里面，转圈（四周）是沙包子，他登上屯西面的一座，月暗星稀看不出去多远。这里地处西大荒，村屯稀少，找到一个并不容易。他继续往沙包上走，到了制高点，再眺望，有了发现，他见到远处的坨洼内有光亮，跳跳窜窜像幽幽鬼火。

夜间西大荒有几种发亮的东西，狼眼睛，萤火虫，鬼火……双口子确定不是这些东西，那是什么？好奇加胆大他走过去，夜晚骑在马背上比较安全，野兽出现马提早就能发现，用它的方式告诉主人，同时忠诚的原因极力保护主人，迅速逃离，或者尥蹶子及张开大嘴撕咬，食草动物一般嘴很大，进食青草不让人感到可怕，当它无比愤怒张开巨口，你会感到恐惧。狼畏惧马口超过它的蹄子，尽管蹄子钉着坚硬铁掌，撕咬是动物最致命的攻击手段。何况，胡子还有枪，因此双口子敢在夜晚穿越深草没棵，蛾子似的径直扑亮光而去。

光亮越来越近，它反倒稳定不再飘忽，只是摇曳。双口子见到茂密树毛子后面睡着一个人，确切说睡在马肚子下面。胡子经常这样做，露宿马肚子下面最安全。那是一盏马灯，它点着一般动物不敢靠近。双口子惊喜道："小姐！祁小姐！"

马向熟睡者报告信息，小顶子猛然坐起来，看清站在面前是熟人，说："是你呀，双口子。"

"祁小姐你咋睡在这儿？"

"没处睡……哦，这块儿背风。"

双口子说背风倒是背风，可甸子上有狼啊！小顶子望眼马灯，说："有它，我不怕。"

野兽是怕火怕光亮，但不是绝对保险。假如遇到一条老狼，它也许开始害怕，轻易不会放弃猎物，经观察定会发觉灯没什么危险，大胆扑向熟睡者，野外露宿遭狼袭击的事件经常发生。

二

　　小顶子拨灯芯使它更明亮些。这盏马灯对她来说已经不是夜间照亮的东西，天南星送给她，成为她的一座山，一座可依靠的山，无论走到哪里有它相伴心里踏实。

　　"找到人了吗？大爷说你出来找人。"双口子问。

　　"屯子都烧没了，还哪有人啊！"

　　"我路过纸房屯，没有一户人家，只剩下破房框子，那儿怎么啦？"

　　唉！小顶子叹息一声后，说："日本鬼子烧了纸房屯，一所房子都没留，全烧光。"

　　"人呢？"

　　"好像没有人逃出来。"

　　双口子不吭声了，日本鬼子灭掉的村屯何止纸房屯，一马树原先就是一百多口的大屯子，说是私藏了抗日游击队，杀光全村人……废弃多年天南星马队将它做了天窑子。

　　"你怎么来这里？"

　　"大当家的派我来找你，飞窑子啦。"双口子讲绺子去了白狼山，"我俩直接去山里找他们。"

　　"为什么离开一马树？"

　　"不知道，大当家的命令。"双口子说，他的确不清楚内幕，大柜的命令他执行，没权力问。

　　"周围我找了两天没有找到村屯，天亮再找找。"她说。

　　"大当家的嘱咐，见到你立刻就去白狼山。"双口子说。

　　天亮后，他们朝白狼山走去。

　　"我们不路过亮子里？"她问。

　　他们行走的路线从三江县城西郊过去不进城，城中军警宪特遍地危险。双口子问："小姐有事进城？"

　　"哦，想老根子（父亲）啦！"

　　小顶子鼻子发酸，刚获得爹死在西安煤矿不久的噩耗，尚未从悲痛中完全走出来。她说："我爹没（死）啦。挖煤，饿死在煤矿……"她讲了这件事，哽咽几次才讲完。

双口子不是同情是悲伤，勾起他对亲爹出劳工死在黄花甸子飞机场的沉痛记忆。事实是谁被抓了劳工谁摊上倒霉事情，累死累活不算，怕是丢命。三江地区流行一首五更调《劳工叹》：

> 一更里月牙出正东，
> 劳工们痛苦两眼泪盈盈，
> 一阵好伤情。
> 那天离开家，
> 来到工地中，
> 吃的棒子面，
> 住的是席棚，
> 肚子填不饱，
> 屋内冷清清，
> 真是把人坑……①

"累死也比饿死强啊！"她说。

"都够戗！我爹被灭口。"双口子说，他父亲修完机场，日本鬼子为机场安全杀人灭口，处理掉修飞机场的中国劳工，方法是竣工会餐，酒菜里下毒。黄花甸子飞机场开满黄色花朵，美丽的花朵下遮掩着无数冤魂，他们的尸骨铸成侵略者屠杀中国人的铁器跑道，这是刺刀下的自掘坟墓，为军事秘密不惜杀掉数以千计劳工，挖煤虽然没遭灭口，可是能活着出来的有几人呢？

"你爹干什么活？"

"修完飞机场，同去一个屯子的七个人没有一个回来。"双口子基本

---

① 此歌谣共五段。二更里月牙出正南，三更里月牙出正西，四更里月牙落山了，五更里东方发了白……伪满时期劳工歌谣很多。

说明自己当胡子的原因，杀日寇报仇。

"我想进城告诉娘一声……"小顶子想将父亲死讯告诉她，是对供奉在铁匠铺内的母亲李小脚灵位诉说，"我娘还不知道爹没了。"

"你月宫（母）？"

"走了（死）有几年。"

"那你要告诉……怎么告诉？"双口子不解道。

"对娘念叨、念叨。"她说。

"进园子（城）不行啊小姐，被警察、宪兵认出来咋整？出现啥闪失我没法向大当家的交代啊！"双口子劝阻道。

尽管她很想回家看看，双口子的话不能不听，城里还有警察局长陶奎元，他死没死心呢？爹是他害死的呀！虽不是直接害死，劳工是他抓的，还不是自己给爹惹的祸。

"别回去了小姐，以后有的是机会回来……"

小顶子听劝，将一种仇恨深埋心里，觉得自己翅膀还没硬，还没能力报仇。待有朝一日进城来亲手杀掉仇人陶奎元。再说心急见到天南星，向他报告柳叶儿的消息。她说：

"不进城了，进山！"

两匹马路过三江县城城郊，小顶子只远远望上一眼，而后打马疾驰进白狼山。

三

他们进白狼山就如鸟飞入林子，心情豁然开朗。山沟适于隐藏，胡子需要遮挡。

"我们去的……"小顶子觉得路陌生，不是上次离开时的匪巢，"那儿柞树多，还有年息花①。"

"绺子这次压在神草沟。"双口子说。

---

① 花名很多，如满山红、杜鹃花、靠山红、达子香或迎春花。汉族称映山红，朝鲜族称金达莱，满族称日吉纳花、年息花。

长篇小说 匪王传奇

"那儿有年息花？"

"没有，有棒槌（人参）花。"

小顶子对人参花没感觉，甚至都没亲眼看到过，年息花则不然。母亲在世时给她唱过采香歌：为敬祖先上山冈，手拿镰刀采香忙，不怕山高和路陡，采来好香献祖堂。还有一首民歌的歌词记不清了[①]。

"年息花开过了……"双口子说，腊七儿采，腊八儿栽，三十打骨朵儿，大年初一年息花开嘛，时值夏天看不到它的花姿，"要看它，年根儿底下。"

"窑子（房子）现成的？"她问。

"背大叶的（挖参）留下很多地窑子。"双口子说，神草沟有放山人——挖人参、打乌拉草——丢弃的地窑子，"我们住在里面。"

天南星马队到达神草沟，二十几个地窑子住得下胡子，大柜找到一个较大的地窑子，是一个参帮把头，也称领棍的宿处，那铺炕住得下几个人。胡子大柜的房间容得下两个人就行，祁小姐跟自己住。

"这个窝棚行吧？大哥。"水香大布衫子问，"两人挤吧点儿。"

"中，土台子（炕）够用。"天南星说，夜晚两人紧凑用不多大地方，他说，"兄弟抓紧跟北岗（读音 gàng）的人联系……"

回到山里马上进行攻打县城亮子里的准备。大布衫子说："我去北岗一趟，跟天狗绺子商量。"

"去吧，快去快回。"天南星说。

去年秋天同北岗天狗绺子初步商定，转年夏天攻打县城，还有山里的绿林队参加，三股土匪联手。大布衫子说："谁跟绿林队联系？"

"叫粮台去吧。"天南星说。

绺子的四梁八柱水香和粮台分头去联系外马子（他方土匪），天南星等在巢穴也没闲着，练习骑马跨越城墙壕沟，利用一个山崖模拟演练。胡子的坐骑训练有素，胡子更是绝技在身，跳跃高墙深沟如履平川。

[①] 年息花歌词：今儿个腊七儿，明个腊八儿，上山去撅年息花。年息花，生性乖，腊七儿采，腊八儿栽，三十打骨朵儿，大年初一开。红花开，粉花开，花香飘到敬神台。财神来，喜神来，又赐福，又送财，年息花儿道年喜，年息花儿年年开。

"大爷，祁小姐他们回来了。"传号的胡子（专司通信联络）来报。

"你们继续练！"天南星向总催（相当于部队的伍长）交代，"练到晌午再回去。"

"是！"总催道。

天南星走进自己的地窨子里，小顶子正洗脚，她招呼道："大当家的。"

"回来啦，咋样？"

小顶子神情黯然，说："纸房屯给日本鬼子烧了。"

"烧啦？"

"全部烧光，只剩下秃墙……"她说残垣断壁。

"没见到他们娘俩？"

小顶子摇摇头。

胡子大柜现出痛苦神情，屯子都烧没了，人还有好吗？这年头悲剧随时随地上演，转眼间就可能由观众变成演员，某件事刮连上你。躲避不了必须面对，他问："一点儿消息都没有？"

"我碰到一个人，他说，也是听说，纸房屯没人跑出来。"小顶子加重语气说"听说"二字，意在宽慰他，"当时的情形究竟啥样，不清楚，大概有人逃出去。"

"别给我宽心丸吃了。"胡子大柜头脑清醒，烧光和杀光是孪生兄弟，日本宪兵通常一并使用，惋惜道，"我儿子才几岁啊，什么都没享受到。唉，一朵花还没开呢！"

小顶子劝道："过些日子我再去找找。"

"不找啦，活着总有见面的时候。"天南星说，他发现她眼睛红肿，问，"你没睡好觉？"

小顶子脸转向一旁。

"怎么啦？"

她慢慢转过头来，说："我爹没了。"

"哦？"

"找柳叶儿时碰到跟我爹一起挖煤的……"她讲了那件事，最后说，

"爹活活饿死，日本监工的不给他饭吃。"

"下井挖煤就是进入了阴曹地府，到了阎王爷跟前。"天南星说。

"日本鬼子比阎王狠。"

"没错，阎王爷好见，小鬼难搪。"

日本人何止小鬼，是魔鬼！她说："都是陶奎元使的坏，抓了我爹送到西安煤矿，爹是他害死的。"

"记着这笔仇吧，有一天找他报。"他说。

"我一定杀了陶奎元！"

"好，我帮助你！"胡子大柜明确表态。

四

不顺当的事情约定好似的一起到来。大布衫子很快从北岗赶回来，一事无成回来。他说："天狗绺子不知去向。"

"走啦？"

"开码头很久了。"

"去了哪里？"

"不瞭（不知道）。"

天南星不理解了，当初大柜天狗赞成攻打三江县城计划，说是劲河子（仁义行为），他说："怎么变桃子（变卦）？"

"大哥，指不上天狗了。"大布衫子说。

天南星气愤道："不指他！"

粮台接着回来，骂咧咧道："鸡巴毛绿林队，那个队长连个好老娘们都不如，扒子（熊胆）！"

"到底怎么啦，你不住嘴骂。"水香问。

"别提了，绿林队毛队长抹套子（毁约）……"粮台讲了一遍，说，"他们不干，咋说也不干。"

天南星生气了，说："谁也不指望，我们自己干！"

两件不顺当的事闹得天南星心绪很坏，小顶子看在眼里，用她独特方式安慰他，有一点效果，但是效果不明显。偏偏一个倒霉蛋这个节骨眼上被胡子活捉，大柜要酷刑处置他，不顺的气要在这个人身上发出来，他对小顶子说："我让你班（看戏）！"

"天王子（戏）？"

"天王子！"

"二人转？"

"单出头。"天南星说。

演出的地点在山沟里的河边，表演者是一个五花大绑的男人，他是三江警察局的一名警察。

票绑炸了才抓住了垫背这名警察。胡子绑票不都是百分之百的成功，死票——家人不来赎；逃票——看管不慎逃走；撕票——杀掉人质，等等。还有一种情形，三江警察局长就要做出，冯八矬子从西大荒回来，说："局长，我见到胡子，也谈了。"

"交易的时间定了吗？"

"后天。"

"地点？"

"葫芦头坨子。"冯八矬子说，"他们只几个人，并没见大队人马，不在那个坨子上。"

"那在哪儿？"

冯八矬子说他看见艾金生，人好好的："老爷子向我做个动作。"他学了那个动作。

"什么意思？"

"他告诉我，胡子大队人马在一马树。"

警察局长可不是随便相信谁的推测结果的人，舅舅就那么竖起一根二拇指端树一脚，断定是说胡子在一马树，好像没多大说服力。

"局长，一马树那地方荒弃多年，周围几十里没人家，正适合胡子藏身，尤其到了夏天，青草没棵的……"冯八矬子分析道。

陶奎元对一马树很熟悉，某种程度上说比手下的冯八矬子熟悉，毁掉那个荒甸子上的村落原因，该村有人跟抗日游击队来往，为断绝他们的来往日本宪兵队决定毁掉那个村子，他被邀请研究清除掉一马树的行

长篇小说

匪王传奇

动。房子烧了，村民统统杀掉，一个也不留，荒废的村落可能被胡子利用。冯八矬子不是一点道理没有，他不满意道："说不准只是猜，我们不好请皇军参加剿匪。"

"局长，宁信其有也不信其无，请宪兵队……"冯八矬子出谋道，他的意思是向宪兵队报告，就说胡子压在一马树，"角山荣肯定信。"

"兴师动众去清剿，胡子万一不在一马树，咋个交代？"陶奎元慎重道，跟日本宪兵开不得玩笑。

"胡子长两条腿是活物……"冯八矬子善于狡辩，他说，"见不到胡子就说他们闻风跑掉了。"

陶奎元没被说动直摇头，说："不行，别找病。"

见说服不了局长，冯八矬子放弃联合日本宪兵参与的想法，说："我们自己干。"

"去打胡子？"

"局长，我和胡子约定后天交赎金领人，何不利用这个机会……"冯八矬子道眼多，眨巴眼便来个道儿，他说，"我们逮住胡子，跟天南星换票，不出一分钱又可解救出老爷子。"

"把握？"

"当然。"冯八矬子胸有成竹地说，"胡子经常这么干，换票是家常便饭。"

陶奎元寻思是否可行，胡子活动主要项目之一换票，前提是捉住他们的重要人物，一般胡子不行，需要是四梁八柱胡子才肯换票。他说："我们能抓住多大的胡子？"

"同我谈票的人估计是秧房当家的，"冯八矬子推测道，"抓住他天南星不能不同意换票。"

葫芦头坨子同冯八矬子谈票的人确定是秧房当家的还有价值，有换票的可能。陶奎元最后同意，说："你安排吧。"

"好。"

"详细计划好。"陶奎元强调说，"胡子不好弹弄。"

"局长放心。"

五

麻秆打狼两头害怕是句人人皆知的歇后语，此刻形容胡子和警察恰如其分。葫芦头坨子这头，秧房当家的说："灯笼子，掌上亮子！"

灯笼子惑然，天还没黑怎么就让点灯，平常可不是这样，秧房当家的总是说省浮水子（油），洋油（煤油）金贵节约着用，经常是摸瞎乎（摸黑），今天……秧房当家的又催了："麻溜点儿！"

"哎，就掌上亮子。"灯笼子点上油灯，放在灯窝里——专门放置油灯的，多在墙壁间抠成——说，"爷，押淋子（喝茶）？"

"嗯，多放黄莲子（茶）！"

灯笼子烧水、沏茶伺候爷级的秧房当家的，在绺子里等级森严，崽子（级别低的胡子）对四梁八柱孝敬、爹一样恭敬。按绺子组织排序，秧房当家的在第六位，也可称他六爷。胡子有时叫六爷，有时简称叫爷，怎么叫都可以。四梁八柱管崽子可以叫兄弟，也可直呼蔓子即姓。

"六爷，"灯笼子端来茶水，说明道，"青炊撇子（茶壶）漏水了，我使大老黑（锅）烧的，恐怕水有外味。"

"没事儿，将就喝。"秧房当家的不挑剔，茶壶是他碰掉地上摔出罂漏水，他说，"看好财神（票），最后一宿别出差儿。"

"哎！"灯笼子答应着。

不知是茶水太浓酽还是心里有事，秧房当家的老是睡不着，中间出去几次，在驻地踅达（转悠），老是放心不下，担心出现意外，警察夜里来偷袭……胡子担心不无道理，冯八矬子怕胡子突然改变主意，变换交易地点——离开葫芦头坨子，生擒秧房当家的计划就落空，抓不到他何谈换票。于是他说："局长，明天早晨行动晚啦，提前，今天后半夜就去葫芦头坨子！"

"黑灯瞎火的……"警察局长忧心天黑行动不便，胡子躲在暗处警察在明处，"这样对我们不利。"

"抽冷子扑上去，让他们还不了手！"冯八矬子主张偷袭，借夜色掩

长篇小说 匪王传奇

护突袭胡子驻地，他很自信地说，"他们往哪儿跑？没个跑！"

陶奎元同意，警察马队出发。

葫芦头坨子夜间一场激战，几十人的警察马队数倍于胡子，他们不堪一击，打了一阵，秧房当家的身负重伤，他对灯笼子说："你赶快跑吧，回去放龙（报信）。"

"爷，我带你走。"

"傻蛋，那样我俩都逃不掉。"秧房当家的说。

胡子必须面对残酷的现实，单讲义气不行。灯笼子最后听话，决定逃走，可是冲出警察铁桶一般的包围并非容易。他有了个机会，逮住一个瘦小的警察，拿他当挡箭牌冲出来，在杀掉这名警察和带他回山里的选择上，灯笼子选择后者，将警察掳劫回白狼山。

死掉四梁八柱之一的秧房当家的，如同剁掉大柜一根手指心痛不已，仇恨在心里岩浆一样奔腾，总要有一个出口喷发。倒霉的警察成为替罪羊，还不能让他痛快死，侮辱、作践、折磨……天南星要为秧房当家的报仇，在死法上花样才称为戏，邀请小顶子观看。

抡大锤打铁的场面小顶子熟悉，一锤子砸下去火花四溅甚是好看。胡子将如何处置警察，采用哪种刑罚？胡子有十种酷刑穿花——把人衣服脱光，置于夏季野外，让蚊子、小咬、瞎蠓吸干血而亡；耢高粱茬——将人双手系于马鞍，策马飞奔拖死；看天——将青杆柳一头削尖，插入犯人肛门，然后松手，挑向天空而毙命；背毛——用细绳套住犯人脖子，用擀面杖在脖子后绞紧勒死；挂甲——冬天剥光犯人衣服，绑在拴马桩上，朝身上泼凉水，一夜冻成了冰条；熬鹰——威逼"票"围绕火堆转或作其他活动，不准睡觉，否则鞭抽或推入火堆烧死、烧伤；活脱衣——活剥人皮，方法与活剥牛皮相同；炸鸡子——烧开油，将活人男阳置油锅中干炸；喷花——将活人站埋坑中，血液自下而上涌入头部，用利器直插头顶，血液直喷向天如花一般；坐火车——烧红铁板，扒光衣服，强按人坐在上面致死。

"这场戏主要请你看，演哪出由你来点。"天南星掏出两只骰子给小顶子，说，"你打色儿，出现几个点就按哪条处置他。"

决定使用哪种刑罚用骰子决定，小顶子觉得新奇、刺激，她还没做过这类事情，警察绑在一棵花曲柳树上，瘦小的身子在巨大树干前显得微不足道，漠视的生命就不是生命，就是对一棵草、一只蚂蚁那样的生命。

"开始吧！"胡子大柜天南星说。

两个作为行刑者的胡子，准备领刑——即使用哪种刑罚。数双目光落到小顶子白嫩的手上，这样细白的手也能做出一项杀人决定，她瞥眼树前的人，觉得他就是陶奎元，那身衣服像……骰子掷下去。

"几个点儿？"天南星问她。

"星！"小顶子说，她已经会说很多黑话，有些话张口就来，似乎胡子行道的事她悟性很高，是当胡子的料。星是数目的七，也称捏子。

"捏子是哪一种？"大柜问行刑者。

"活脱衣。"

小顶子不懂"活脱衣"，就是活剥人皮，方法与活剥牛皮相同。但是剥人皮不同于剥牛皮，具体方法日本宪兵在抗联战士身上使用过，刀将头皮剖开，灌进水银，然后人皮就剥下来。

天南星发出命令："活脱衣！"

行刑的胡子领了刑，瘦小的警察成为最恐怖的东西，肉身滴着鲜血，众匪哄声一片，杀戮仇人的快感如跟女人在被窝里压裂子。天南星悄悄地观察小顶子，满意她毫无惊恐的表情，心里暗暗高兴。女人过了这一关，日后不缺少胆量。

小顶子目睹胡子对警察实施酷刑，也许内心的惊惧被仇恨和冷漠淹没了。行刑她从头看到尾，晚饭同胡子大柜畅快喝酒，晚上照常同他一个被窝策马奔腾……那夜，他们有了一个古怪的话题，天南星问："我死了你想不想我？"

"你说呢？"她反问道。

"想我咋办？"

"留下你，永远和你在一起。"

"怎么留？我又不是肉身佛，千年不烂。"

长篇小说 匪王传奇

小顶子顺口说了句："剥下你的皮……"

绝对是玩笑的话，在后来变为现实，与被窝里的玩笑话有没有关系呢？或许就有！

第十三章　突然遭枪击

一

攻打县城的计划一直拖延下来，但是没有取消。两年后，胡子大柜说："撂了几年的事，我们还要捡起来。"

此时，天南星绺胡压在叫三道圈的地方，人马减少一些，大约剩下六七十个人。炮头病死，一致推举枪法最好的小顶子做炮头，她正式进入四梁八柱领导人序列，位置第四，人称四爷，只是她是女子叫四爷时多少有些拗口，叫习惯了也就自然啦。大柜称她老四，有时也叫四弟而不是四妹，符合匪道风俗。

"四弟，你看家。"天南星叮嘱道。

"好，我守天窑子。"小顶子说。

大柜亲自带领四个胡子化装进城瞭水（侦察）。建于清道光年间的古城亮子里，一丈多高城墙虽经战乱和风蚀雨剥，但随毁随修，仍然坚固如初。

大雾刚刚散去，聚集城门外等候进城的人排成长长队伍，守城的黑衣警察硬是等到太阳升得老高，才开城门放人。

胡子担筐背篓，一身庄稼汉打扮，大柜天南星甩上几盒红妹牌香烟，轻而易举地通过警察的检查，入城趸进醉仙居小酒馆，靠近窗子的条桌旁坐下。

窗户外，那条与古城一起诞生的商业街历史悠久，商贸繁华风貌可见，青砖鱼鳞瓦、梁柁头画着阴阳鱼庙似的房屋，街道弯弯曲曲幽巷很深，小贩叫卖的吆喝声灌满耳鼓。

"冰棍儿——糖葫芦！"

"山东的大地瓜——热乎！"

买卖店铺林立的老街两侧，店铺的幌子五花八门：铁壶底缀红布条的茶馆；柱子红一道白一道的剃头棚子；挂膏药串的药店；悬挂花圈的寿衣店；门前木桩上挑只破花篓专门供穷人歇宿的小客栈。

醉仙居酒馆掌柜的人很精明，见多识广。一眼便从来人言谈举止中看出是有钱人，亲自伺候到桌。很快，风味佳肴上齐一桌：炖山猫（野兔），手扒羊肉，白肉血肠……掌柜客套道："诸位屈尊俯就，辱临敝店，招待不周，恳请海涵。"他说番客套话后离开桌子，"失陪，失陪！"

深受酒馆掌柜欢迎的五位食客，以大柜天南星为首，水香大布衫子、及三个枪手。绺子大柜、水香亲自出马，可见此次望水的重要性。攻打县城无疑是大胆计划，说好联手行动的北岗天狗绺子、绿林队变卦与顾虑县城内军警宪特有关。

"大当家的，要不的我们也……"水香说。

"你也这么胆小？他们不干我们自己干，干响（成功）给他们瞧瞧！"天南星犟，要争这口气。

水香劝止不了，转过来支持大柜，说："要攻打我们不能急干，摸清路数再行动。"

"对劲儿，慢慢来。"胡子大柜说。

拖延下来与他们细致准备有关系，没二百分把握都不能贸然。关键是侦察敌情，天南星说："兄弟，咱俩去瞭水。"

"好！"

破天荒的一次行动，绺子大柜携军师水香一起出来侦察。许久以前，大布衫子曾是此地花子房二掌柜，十分熟悉城内情况，今天亲自探路摸底，无疑是把握加把握。

此次行动关系到全绺人马存亡，如果失败可能全绺灭亡。三江地区数绺胡子对亮子里馋涎欲滴，没人敢轻举妄动，倘此行动成功，可使绺子声名大震。攻城显示威风之外，次要的是解决越冬御寒问题，从这个意义上说天气逼出来的一次冒险行动。还有一个目的，替小顶子报仇，目标是警察局长陶奎元。

醉仙居酒馆只剩下天南星和大布衫子，横行子（姓谢）带两名胡子去陶府探路，约定三个时辰后在此聚齐。他俩一边浅斟慢饮，一边窥视街上动静。

窗外，不知什么时候出现了一老一少卖唱的。满脸皱纹的老者拉胡琴，大约十三四岁的小女孩唱《摔镜架》[①] ——

王二姐眼泪汪汪，

拔下金簪画粉墙。

二哥走一天我画一道，

二哥走两天我画一双。

不知二哥走了多少日，

横三竖四我画满墙。

要不是爹妈管得紧，

我一画画到苏州大街上。

"大哥，菜凉啦。"大布衫子见大柜凝神朝外望，半天未夹一口菜，提醒道。公众场合黑话不能随便说，黑话容易暴露身份。

"噢。"天南星转回身，喝了两盅酒，心仍然在那卖唱的一老一少身上，酒喝得很闷屈。

突然，窗外一阵纷乱，歌声戛然而止。几个斜挎短枪，穿戴阔气，神态蛮横的人围住卖唱的，领头的中年汉子梳着锃亮的大背头，脑门油光奶亮。他用二拇指托起小女孩的下巴颏，仔细端详，满意地说："小丫头蛋子挺俊，太君肯定喜欢这青茄包嫩豆角呀，带走！"

二

"行行好吧，大爷。"老者拉住那个中年人的衣襟哀求道，"妮儿她爹来关东修铁路，好多年没回家，去年一场大水淹了庄，一家九口人只剩我们爷俩儿。一路卖唱、讨饭出关来找她爹，东满、南满、北满……找

① 《摔镜架》：见王兆一、王肯著《二人转史论》，时代文艺出版社。

长篇小说 匪王传奇

遍了满洲，没见……"

"滚！"领头的汉子狠踹一脚，老人捂住胸口倒地，那枯枝一样的双手举向苍天，只挣扎一下就再也没举起来，压在身下的胡琴弦断了一根，响起最后一声永叹，悲哀地休止了。

"爷，爷爷！"小女孩哭天抢地地呼唤，被几个凶汉拖拽架走。

"欺负人嘛！"天南星手伸腰间，无疑是中年汉子那一脚得罪了他，胡子大柜容不得以强欺弱，嘟囔道，"是你爹做（读 zuò 音）的和爷爷比试比试！操！"

"大哥，"大布衫子手疾眼快，捺住莽撞的大柜手腕，劝阻的声音极低道，"不行啊，千万别露出家伙，城里到处都是眼线、耳目。"

"那个鳖犊子！"天南星恨骂，他冷静下来，抓起酒壶，空了，他喊道，"跑堂的，上酒！"

"来啦，来啦！"掌柜的亲自送坛好酒，他说，"鄙人家藏多年，陈箱老酒，请品尝！"

"那个梳背头的犊子①是?"

"真作孽啊，他是陶局长手下的便衣。"掌柜有戳鼓的意思说，"诸位仁兄，你们初到本镇有所不知，他们受命给日本兵搞慰劳品，谁家生养模样俊的姑娘可倒血霉喽。"

关东军从本土带来慰安妇——军妓，天南星早有所闻，强迫中国姑娘给日本鬼子……他愤愤然，脱口骂道："小日本，我操你祖奶奶！"

酒馆掌柜观察出两位食客恨日本鬼子，压低嗓音说："小鬼子横行霸道，陶局长又为虎作伥，搜刮民脂民膏，新近修起一座洋楼，你们往北边儿看。"

街尽头盖起一座黄色洋楼，在古朴低矮的房居中鹤立鸡群，铁旗杆上挂的那面烧饼旗，呼啦啦地飘出天南星一腔怒火，手又痒起来，直门儿（不断）想掏枪。

"洋楼里关着十多个女子，大姑娘小媳妇都有，凑够二十个，送到关

---

① 犊子：骂人话，即王八犊子或鳖犊子的简语。

东军军营里去。"酒馆掌柜突然咽回要说的话，指指窗外说，"骑洋马的人叫小野，那些姑娘的第一宿（夜）……"

戎装的小野腰佩军刀，金色肩章闪光耀眼，此人气宇轩昂，俨然赳赳武夫。他一出现如同困兽出笼，人们对这个日寇驻足而立，侧目而视。

"鳖犊子！"天南星又骂了一句。

"官府的耳目甚多，望仁兄少言为佳。"掌柜好心劝道，"亮子里是日本人、警察的天下啊。"说罢关上临街窗户，见店堂没有其他食客，捞（搬）把椅子坐在天南星身旁，说，"小日本把咱造祸（糟蹋）苦啦。"

掌柜讲述了他表弟惨死的经过，不过讲的是另一个日本人，他说："表弟买匹良种马，那天骑马在街上闲遛，宪兵队长角山荣骑马赶上来，两匹马并行，转过两条街。表弟想回家就加了一鞭子，角山荣的马被抛在后面，万万没想到激怒了他，一枪将表弟击落马下。"

酒馆掌柜讲的毋庸置疑。大布衫子早听说日本人杀中国人手法残忍，命令被杀者自己先掘好坟坑，跪在里边……亮子里镇的日本人，个个横行霸道。

横行子回来了，掌柜的又吩咐上菜烫酒，大柜天南星说："多谢了，我们还有事要办，告辞啦！"

"慢走，走好哇。"酒馆掌柜一直送到门外，望着消失人群里的背影，回身对跑堂的说，"麻溜把店幌摘了，这几天关门。"

"为啥呀？"跑堂的疑惑道。

"你懂个六（屁）哇？"酒馆掌柜已猜出今天这几位食客的真实身份，预料到镇上要出事，要出大事，吃亏的是哪些人他估摸到了。

走出酒馆他们再次分头去瞭水，傍晚时分在进山口的老爷庙聚齐。两组胡子侦察都很顺利，按时到达见面地点，然后一起回白狼山。

"好机会！"天南星召集四梁八柱开会，胡子称议事，他说，"我们等了好几年，终于啦！"

驻守在三江县城亮子里的日本宪兵队接到命令去柳条边剿匪，县警察队也参加，留下极少数兵警看守县城。

"他们还剩下多少人呢？"总催问。

"守城门几个警察，宪兵队部留有几个宪兵，"大布衫子说，"他们这次任务紧急，能够动员的力量都去了柳条边。"

"进城城门是关键了，夜晚大门关闭。"天南星说，胡子决定夜晚去攻城，夜色掩护安全，他望着小顶子说，"四兄弟这次看你的，你鞭子好（枪放得好）。"

"没问题。"小顶子保证说拿下城门没问题，她的作用不言而喻，总大行动炮头前大后别，跃跃欲试道，"看我的。"

胡子的计划——攻打县城首先打开城门扫清第一道障碍，马队可以长驱直入，城内兵力空虚，进了城，留下守城的兵警不堪一击。

"四兄弟你有把握就好。"天南星满意道。

经过一番商讨，决定明晚攻打县城亮子里。四梁八柱做了分工：炮头小顶子拿下城门楼，进城迅速封锁日本宪兵队部，一个宪兵不让出来；粮台抢衣帽铺弄服装，顶壳（帽子）、登空（裤子）、踢土子（鞋）甚至缠丝（腿带）也要，总催负责弄粮食，大沙子（米）、杀口（盐）、滑子（油），包括火山子（酒）；水香大布衫子的任务特殊，去小野所在的洋楼，解救被抓去的地牌（女人）们。

三

"鞴连子！"

大柜天南星孔武有力地喊道。

跃跃欲试的胡子终于盼来日落西山时刻，听到这声命令顿然精神亢奋，纷纷上马飞出神草沟老巢，跃下白狼山，直扑县城亮子里。

天气不太好，细雨飘洒着凉意，但丝毫未影响攻打县城行动。

炮头小顶子行进在队伍最前面，绺子中炮头的角色是冲锋陷阵、前打后别。同那年端午节前出城采野韭菜的铁匠女儿判若两人，装束差异明显，她当年穿着素花衣裳，此刻身披黑色斗篷，一头短发同男人无疑，最抢眼的是腰间的盒子炮——驳壳枪、匣枪，正式名称是毛瑟军用手枪——威风凛凛，枪是天南星送给她的。胡子称它大肚匣子，因为该枪配备二十发弹夹，也称大镜面。宽大的枪身，让她觉得挺拔，在当时确实是把好枪！她走近县城一步，心情复杂一分。本来打算借这次行动进城，亲手杀了警察局长陶奎元，他率警察随角山荣带的宪兵队去柳条边。他不在城里，这次便宜了他。

到达计划的位置，小顶子掏出枪，对准城门楼上的一个门岗，一枪击落城墙。砰！砰！接着几声枪响，双方打起来。大柜喊道：

"压！（冲）"

守城的几名警察抵挡不住，大门被胡子攻破，马队涌入城中。小顶子始终冲锋在前面，她的任务封锁宪兵队，路过陶奎元的宅院门前瞥了一眼，陶府挂着两盏纱灯，摇曳的灯光照得两尊石雕时明时暗时隐时现，象征权势的石狮青面獠牙，眸透凶光守卫铁门旁……如果陶奎元今晚在家，坚不可摧的青石垒筑的围墙，和看家护院的炮手，都将抵挡不住复仇的脚步。

亮子里浸在雨帘之中，靠近城门的居民只听到几声枪响，没几个人看到荷枪实弹、杀气腾腾的胡子攻进城来，连露宿街头的叫花子、流浪汉也未发觉胡子分几路，分别扑向既定目标——小野所在的日本小洋楼、窦记布衣店、广聚丰粮栈……

粮台带人轻而易举地砸开窦记布衣店，布匹棉衣裤子，凡是搬得动的都捆上马背。曾以财源茂盛而光大前业、荣宗耀祖的窦老板，苦心经营的店铺转眼间被洗劫一空，他不住地磕头哀求："爷爷啊，给我留点儿吧！"

"老钱秀（吝啬鬼），你的命不比叶子——衣裳值钱啊！"胡子说，并没住手劫掠。

窦老板喊了声："天老爷不让我发财呀！"一头撞墙而死。

与此同时，水香大布衫子这一路迅速接近小洋楼，只两名警察守卫在这里。

胡子打进洋楼前，小野身着睡衣，独斟自饮。灾难即将降临那位卖唱的小姑娘头上，她手脚被绑牢，衣服剥光，油灯照着赤条条发育不怎么丰满的身体。他边喝酒边用电筒往少女身上他感兴趣的地方照，像观赏件艺术品。

"鳖犊子!"一声断喝,几个彪形大汉从天而降,黑洞枪口对准他。

"你们是?"小野惊惶道。

"天皇!"

日本人更惊诧,谁敢拿至高无上的天皇开玩笑,竟然敢说自己是天皇。小野问:"你们到底是什么人?"

"阎王爷!"大布衫子觉得诙谐不好玩,冷冰冰地说,他挥刀割断卖唱小姑娘身上的绑绳,抓起一件衣服扔给她,"穿上,快影(跑)吧!"

小姑娘穿好衣服,不懂快影是啥意思,呆愣站在一旁。

"三爷叫你快跑。"一个胡子解释说。

"哎,哎。"小姑娘意外获救,连鞠三躬道,逃走。

小野眼盯来人,庄稼汉打扮,蓦然想起亮子里镇居民见他就仓皇逃遁,仗着胆子喊道:"我是日本太君!"

"X毛太君,小鼻子!"大布衫子将小野的那把左轮手枪插进腰间,打开匣子枪的保险机,说,"小日本,你阳寿到了。"

"我的不明白……"

"回你日本老家明白去吧!"大布衫子一枪射死小野。

关押女人的房间被打开,大布衫子一张脸一张脸看,他在找一个人,柳叶儿他认识。天南星让他看看柳叶儿在不在里边,纸房屯烧毁柳叶儿是不是被日本鬼子抓来,她模样俊……要找的人不在里边,大布衫子问一个女子:"你们见过一个叫柳叶儿的女人?"

"她被抓来,二鼻子(日本人)祸害(糟蹋)她死了。"女子说。

日本宪兵烧毁纸房屯的原因,是一个木头——日语:玛璐达,即活人实验品——从孟家屯活人试验场逃出跑到纸房屯,给小屯带来灭顶之灾,关东军司令部下达密令给三江宪兵队,将纸房屯人统统杀掉以防消息外泄。宪兵对纸房屯暴虐时,柳叶儿正带着孩子在村外挖野菜,日本鬼子作恶完村时发现她,因不能确定她是哪个村子的,模样又好,没杀她带回来准备做慰劳品——慰安妇,孩子命运悲惨了,当场刺刀挑死。弄到洋楼来,小野对她施暴时,被她咬伤。小野为震唬其他女人,剥光衣服组织日本兵强暴她,当着全体抓来的女人面……活活奸污致死。

返回白狼山路上，天南星急切打听："咋样？见到人没？"

"大哥，她过土方（死）……"大布衫子讲了听到的不幸消息，说，"一群牲口祸害她。"

"操他祖太奶的！"胡子大柜骂完，说，"可惜了我儿子，他才多大呀！"……

胡子劫掠了县城，小野被杀，放走做慰安妇的女人，多家店铺被抢，震惊伪满朝野，围剿尚未完全结束，关东军宪兵司令部即令角山荣率队速回亮子里，马上部署讨伐胡子。

宪兵队长见到洋楼千疮百孔，楼前那面烧饼旗依然呼啦啦地飘，铁旗杆下面吊着一丝不挂的小野僵尸，日本人的身体很白很洁净，他像一朵塑料花给人不真实感，往日那趺扈专横、趾高气扬的神色荡然无存……

四

天南星绺子在亮子里杀了小野，抢了布衣店、粮栈，达到了攻打下县城的目的，料到日伪必然报复，连夜就挪了窑，出山向东走。

"我们去柳条沟。"天南星说。

柳条沟也称柳条边——康熙年间，清廷为维护祖宗肇迹兴亡，防止满族汉化，保持族语骑射之风而修筑的标示禁区的绿色篱笆。全柳边长2600里，设边门20座、边台168座，数百水口，如巨龙盘踞东北大地，被称为关东绿色长城——三江进境内的一段，方向在县城东面。天南星马队打算去的地方是老边，即南起今辽宁凤城南，至山海关北接长城，名为老边也称盛京边墙或条子边，和自威远堡东北走向至今吉林市北法特的新边交汇处，历史上就荒芜，属于三不管的地方。

"我们没去过柳条边，那儿人生地不熟的，没活窑没蛐蛐，扑奔谁去呀？"水香大布衫子说，他同意绺子离县城远一点儿，走出白狼山，即使不去西大荒，可以去北岗。

"说错了不是？活窑有，蛐蛐也有。"胡子大柜狡黠一笑，他说，"不安排妥帖，我能主张去柳条沟吗？"

"这?"

天南星胸有成竹地说："放心吧，我安排好啦。"

胡子黑话活窑——在那个惧怕胡子，又暗中巴结胡子的畸形年代，大户人家为自身利益，想方设法成为某一匪绺的活窑以求庇护，于是胡子的活窑应运而生。蛐蛐，黑话亲戚的意思。

胡子大柜天南星说活窑有蛐蛐有，那样胸有成竹有其根据。他说："记得啃草子吧?"

"土垫了反圣（死）。"

天南星狡猾地笑，说："没有镚嘴儿（死)!"

"噢?"大布衫子惊讶，打下艾家窑的夜晚，啃草子尾随艾家一名佣人压花窑（强奸女人）犯了规矩，大柜亲自做行刑者，他说，"大当家的不是耪高粱茬子，他做了子孙官（执行死刑)?"

"我不能杀啃草子。"天南星说。

江湖义气有时跟绺子规矩冲突，如何处理好两者的关系是门学问。啃草子做了不该做的事，多次瞭水立功，绺子需要这样机智的人，杀了他可惜。不杀，坏了规矩影响绺子纪律严明。怎么办？于是就有了夜间大柜亲自处罚犯规矩的胡子。

马拖死人需要速度、时间，马背上的天南星掌握好鞭马速度，他不准备杀死他。驰出村外，天南星放慢速度，如此走上一百里脱在马后面的人也死不了。他回头在看不见村子的地方停住，跳下马，解掉绳子，说："兄弟，站起来吧!"

啃草子懵然，莫非大当家的想换个处死自己的方法？枪毙比较常见，少遭罪，一枪毙命。他没往死里逃生方向想，也不敢想，犯了绺规得到处理心服口服。

"啃草子，跟我几年了?"

"有年涎子（年头儿）了。"

"我最恨什么样的人?"

"不守规矩的人。"

"那你呢?"

"我犯了规矩……"

天南星训斥道："说话巴巴的，尿炕哗哗的！明知道湿鞋，还往河里走，找病嘛！"

"是，大爷。"

天南星掏出手枪，喝道："站直！眼睛瞅手筒子（枪口），像个爷们！"

啃草子在那一刻凛然了，屹立在夜色荒原上，迎接子弹飞来。再没什么留恋和不舍，死在大柜的枪口下倒是一种荣幸。

砰！一声枪响。

啃草子觉得左耳朵被热的东西烧烫一下，身体其他并未遭枪。胡子大柜讲究一枪将人打死，如枪卡壳，或者没击中就不打第二枪。天南星收起枪，说："老天爷不让你过土方，感谢老天爷吧！"

啃草子扑通跪地，他没给老天爷磕头给大柜磕，说："大当家的，是你给我留条命，不是老天爷呀！"

"唔，起来吧！"

重生的啃草子站起身，他没想错，大柜站在离自己几步远的地方没击中要害，是故意没击中，不然还能活命吗？耳朵掉了一块，就是一只耳朵都掉了也不影响活命。

"啃草子你活是活啦，可是回不到绺子去了。"天南星说。

"大爷，让我拔香头子（退伙），我不如过土方。"啃草子不愿离开绺子，几分钟前是求生，现在是求存，胡子离开绺子就如一条狼被赶出族群，将生存艰难，"大爷……给我个机会……"他要戴罪立功。

"你想让我违背五清六律？"

啃草子哑言。

绺规《五清六律》大柜必须带头遵守。五清——大当家的要得清；兄弟们打得清；号令传得清；稽查查得清；线路子带得清。六律——贪吞钱财者处死；奸淫妇女者处死；携带钱财枪弹外逃者处死；反叛和蛊惑局势者处死；欺贫弱者处死；临阵脱逃者处死。

"兄弟，你去做一件大事，成了我说服全绺子弟兄原谅你！"天南星说，等于给他指条明路，或者说帮他洗清罪过，也是戴罪立功。

"大爷叫我做什么？"

"你去柳树沟。"

"柳树沟？"

五

一道道壕沟，沿壕植柳，便是柳条边。柳树沟不是一个村屯的名子，指那一带地方，统称柳条边也可以。

"你到烽火台村，找东家孟老道。"天南星说。

"他是念四（道士）？"

"不，大名叫孟宪道，大家叫他孟老道。"胡子大柜说，"他是熟麦子，你把这个给他，"说着将一枚牙签给啃草子，"你把这个东西给他看，他就会好好待承你。"

"嗯！"

"你在他家找个事儿干，外人觉得你是他家的长工……"天南星交代具体任务，一项很重要的任务，只是胡子大柜和啃草子及孟老道知道的内容，此刻他告诉水香，"啃草子早就蹅摸（寻找）好地方，我们过去就行。"

大布衫子明白了，说："那样好，我们免得没处待。"

"孟老道家业很大，院子搁得下几百人。"天南星说。胡子大柜交得广，像孟老道这样的财主朋友还有很多，当胡子难免马高镫短，背累（遭难）经常事，没有蛐蛐庇护不成。

天南星决定向东走，还有一个原因水香能够猜到，与"柳"有关了。长满柳树的地方，人们称为柳条趟子或柳条通。大柜选择此地趴风（藏身），原因是柳树，确切地说是春天的柳树狗，也叫毛毛狗。

遥远的往事在攻打三江县城后频频出现，准确说是得知柳叶儿和儿子已经死去，他要带马队走回一条老路，去回首那段甜蜜的往事：

一次，马队昼夜兼程赶向柳条沟途中，一日在一个村子打间（短期休息），赶上本村富户张家办喜事。按胡子绺规，赶上红、白喜事，不管认识不认识，都要派人上礼。

"大哥，人生地不熟的，张家又不对迈子（相识），溜子海（风险大）。"大布衫子心存疑虑道。

"规矩不能破，"天南星固执己见，"滑一趟（走一趟），坐席去。"

天南星同大布衫子带上礼金，到张家参加婚礼。过去他们多次进陌生人家，吃喜酒，抬棺送葬，从来没出什么意外。然而，这是一次意外，张家的一个远房亲戚在陶奎元的警察局当差，便衣来参加婚礼。同桌喝酒，言谈中，满口黑话隐语的天南星引起警察的怀疑。

"来，我敬这两位先生一杯。"警察倒酒，端到天南星和大布衫子面前，扫眼他们的腰间，鼓鼓囊囊一定藏着家什。经他挑动，天南星来了劲道："这莲米（酒杯）太小啦，换大撇子（大碗），爷和新丁贵人（新兄弟），痛痛快快班火三子。"

大布衫子看明那人的歹意，示意天南星迅速离开张家。大柜从水香眼神看出风紧拉花（事急速逃），刚站起身，警察的枪响了，大柜觉得左胳膊一阵酥麻，热乎乎的血顺着袖管淌出。

这时候大布衫子枪响了，撂倒了警察。

天南星伤势很重，不得不中止向柳条沟行进，向南走，到望兴村的活窑家安顿大柜，大布衫子从近处的北沟镇请来治红伤的大夫，为大柜天南星治枪伤，酒喷药敷，大夫治得很认真，伤势大见好转。但是还需要卧床静养几个月，伤筋动骨一百天。

习惯马背生活厌烦床榻，胡子大柜渐渐感到冬天漫长而枯燥难熬。风餐露宿，趴冰卧雪竟比这热乎乎土炕、细米白面有滋味有意思，左臂木木地抬不起来，必须听大夫的忠告，要想保住胳膊就得卧床静养。

整日望着秫秸房棚，静养，够闹心的。后来他寻找排遣寂寞无聊的办法，又回味流贼草寇的生涯，攻下响窑，大海碗喝酒，枪决仇人祭祀死难弟兄，胜利时的光耀，诀别时的悲戚，狂饮时的豪放，落魄时的凄凉……甜酸苦辣荣辱悲欢，长夜难明黑幕重重，何时结束这种颠沛流离的生活？

有一束阳光突然照射进来，冬天骤然温暖了。活窑主将一个女孩送到胡子大柜身边儿，说："给大当家的解解闷儿。"

"她……"天南星要问清来路。

"她爹是我的佃户，亏了我几十担租子，将闺女抵租给我家干活，没多久她爹娘得暴病死了……你说她十六了，该找个婆家，还没找。大当家的……"活窑主殷勤加好心，献上抵租在他家的佣人，"今晚就让她过来。"

天南星没反对。

一个女孩走进来，从门槛子到土炕也就三两步远，她走了差不多一年似的。天南星那一刻动了恻隐之心，他说："你不愿意那个，就那什么。"

"带我走，我就愿意。"她说。

条件很特别。一个女孩要跟自己走，她不知道自己是干什么的吧，问："你知道我是干什么的?"

"东家对我说了。"

"你知道，还要跟我走?"

"知道才跟你们走。"

天南星一时为难。绺子规矩大柜不能成家不能有家，有家分散精力。家就是马背就是匪巢，带着一个女人不行!

移动的物体到了炕前，略显紧张一股芥菜味儿，再次煽起他的欲望。真的想……顾不得疼痛，抱她上炕，她没挣扎，顺从到底。

"你叫啥名?"

"柳叶儿。"

"那不就是柳毛子吗?"

"俺小名叫毛毛狗。"

有个问题天南星没去想，她是不是黄花闺女? 也没必要去想许多。

第十四章　报号大白梨

一

天南星的伤口比预想的好得快，活窑主家院门前柳树爬满金色毛毛狗时，水香来接他。

"兄弟，麻烦事儿啦。"大柜说。

水香大布衫子一时猜不到大柜遇到什么难事，活窑家应该说安全，谁敢慢待胡子，又是一个匪首。他说："大当家的，遇到啥淹心（难受）的事儿啦？"

"是这么回事……"天南星道出实情，在大布衫子面前没什么好瞒的，"昨晚我还同她商量，认准一条道就是跟我走，今早上她说……"他说讲了黎明时分被窝里两个人说的话——

"今个儿绺子来人接我。"

"你要走？"

"嗯。"

"那我呢？"

"你？还在这儿。"

柳叶儿那一时刻遭强风吹树叶那样剧烈抖动起来，说："不行，我跟你走，一开始就说好的，你不能反桃子（反悔）。"

胡子不愿背负反复无常的坏名声，胡子是爷们，哪个爷们吐口唾沫落地不是一个钉？她头一次来上炕前作为条件，答应带她走就该带走。天南星不是反悔是为难。绺规不允许女人留在绺子里，本绺子尚未有大柜娶压寨夫人——或者说从这一时刻起，天南星萌生了取消这条规矩，为后来小顶子留在绺子做了铺垫——的规矩。

"不带我走也行，给我一把枪。"

"干什么?"

"我一个人去当胡子!"柳叶儿铮铮道。

她的话令他惊讶,一个十六岁,看上去柔弱的女孩,身子骨软得如面条,骑得了马挎得了枪遭得了罪?他说:"柳叶儿你听说,当胡子可不是女人干的……"

"照你这么说女子当不了胡子?不对,旋风、一枝花……"她一口气举出三江地区著名的女胡子,而且还是大柜,"她们能当我就能当,我不比她们缺胳膊少腿。"

天南星进退两难,带走不带走都是难事儿。水香来了他对他说出:"兄弟,你出出主意。"

大布衫子听出来大柜还是喜欢这个女子,年纪小些一个被窝几个月她也算煮熟了,带走也在理。关键是绺子规矩他不想打破,犹豫、棘手能不淹心吗?如何处置,最后还得大柜拿主意,他说:"大当家的意思呢?"

唉!天南星叹口气。还是昨晚,她要跟着走他没答应,要一把枪当胡子他也没同意,爆炸性的消息她吐露出来,火焰熔化他原有石头一样的想法,真想带她走了。她说:"你一拍屁股走了,扔下我在这儿,你说他……"说到活窑主,"我早就是他的人,十二岁那年……"天南星觉得自己受了侮辱,如果不是同活窑主的来往多年,友谊加情分,他会抽出匣子枪……捡剩、刷锅、吃过水面①都是以前,今后这样不中,带走她是避免捡剩、刷锅、吃过水面的最好办法。他说:"不带走真不行,别人不能让她闲着……还有,她双身子(怀孕)。"

"尖椿子(小孩)是大当家的?"大布衫子问。

胡子大柜承认是自己的种。

"那就没啥可犹豫的,带走。"大布衫子说。

天南星觉得这事非上嘴唇同下嘴唇一碰,说带走就带走那样简单,一个双身子女人在绺子里那算什么?绺规不是虚设,要一丝不苟地执行,

---

① 三个词汇都是别人用过的女人自己再睡。也称重茬。

没规矩就毁掉一个绺子。

"这有什么难的，给她找个落脚的地方，离绺子不远就是。"大布衫子总有办法。

"也行。"天南星同意。

绺子回到西大荒，在一马树老巢附近找个屯子——纸房屯，安顿下柳叶儿，不久她生下一个男孩。

几年后，悲惨结局出现，柳叶儿他们母子死去，留给胡子大柜的悲伤很快变成仇恨，头号敌人是日本鬼子，还有警察，发展壮大队伍，伺机讨还血债，去柳条沟，那里人烟稀少，适合藏身、操练队伍，再就是重走与柳叶儿相识、相聚的旧路，当然那个活窑不去了，直接到柳条沟孟老道家找哨草子。

"动身的日子?"大布衫子问。

"占一卦再定。"天南星说。

胡子挪窑属于大的行动，这需要择吉、看日子。由绺子翻垛先生也推八门①，歌诀：

休门出入贵人留，
欲要潜身向杜游。
求索酒食景门上，
采猎茔埋死门投。
捕盗惊门十得九，
买卖经商生上酬。
远行嫁娶开门吉，
索债伤门十倍收。

长篇小说
匪王传奇

---

① 开门——宜远征讨，见吉求名，所向通达；休门——宜和进万事，治兵习业，百事吉；生门——宜见人营造，求财获宝；伤门——宜渔猎讨捕，行逢盗贼；杜门——宜邀遮隐伏，诛伐凶逆，凡云去迷闷；景门——宜上书遣使，突阵破围；死门——宜行刑诛戮，吊死送丧，行者遇病；惊门——宜掩捕斗讼，攻击惊恐。

入门若遇开休生，

诸事逢之总韬情。

伤宜捕获终顺获，

杜好邀遮及隐形，

景上投书并破阵，

惊能擒讼有声名。

若问死门何所主，

只宜吊死与行刑。

翻垛先生推开八门，确定了行走路线，天南星命令出发。

二

走出白狼山并没离开山，胡子马队仍然沿着山根走，方向向东，柳条沟在东面。天南星朝往事里走，纸房屯鸟一样藏身一片柳树林中，地势低洼生长的八柳，俗称王八柳，此树有龟一样的寿命而得名。挨近柳树并没有起个与树木接近的屯名，据说清末该屯子以造纸闻名，原料使用的是不是柳树呢？杨树可以造纸，柳树的纤维比杨树有韧性，不知道适不适合用来造纸？

胡子买下屯子中的两间土房给柳叶儿住，后来是娘俩住。房前有棵形异怪诞十几米高的柳树，婆婆娑娑，她经常跟儿子坐在浓荫下玩游戏说着歌谣，实际是不是这样子？总之他的梦境是这样。秋天黄了柳叶，浓了他的思念，他说："兄弟，你带绺子在白狼山里趴风，我出去一趟，明年回来。"

大布衫子知道大柜要到哪里去，两年没去西大荒，也就是说两年未见他们母子，儿子该有两岁了吧。他说："大哥该去看看他们。"

"大雪封山哪儿都别去，也不打白皮（冬天抢劫）了，消停猫一冬。"天南星叮嘱道。

"好，今晚打个全家福，为大哥送行。"大布衫子说，他张罗酒席，特意传下话，包漂洋子（饺子），风俗是上车饺子，下车面。

胡子老巢里摆酒设宴，热热闹闹像过年一样。

大柜天南星今天地道乡下人打扮，对襟青布夹袄，腰束蓝布带，脚蹬实纳底儿绣云字卷儿图案的青布鞋，打着绑腿，腰间垂吊一个猪皮烟口袋。

"弟兄们，"酒宴开始，天南星动情地说，"兄弟鞍前马后随我多年，风风雨雨，出生入死，我敬弟兄们一杯，也敬死去的弟兄们一杯，干！"

酒过三巡，大柜天南星说，我有事儿离开绺子，从今天起你们听三爷的，明确大布衫子暂时当家。

"大当家的有事要离开，让我照料绺子，实在是却之不恭，受之有愧。但群龙不能一日无首……"大布衫子传令下去，"上浆水（猪）。"

胡子抬进口肥猪。宰掉猪将血分斟到每个酒碗里，大布衫子首先举碗过顶，盟誓道："达摩老祖在上，我绝不辜负大当家的厚望，永远跟大哥走，生不更名死不换号，砸（打）响窑，哨（吃）大户，七不夺，八不抢……"

众胡子随之重复誓词，而后饮尽掺进猪血的酒。歃血为盟，古代会盟，把牲畜的血涂在嘴唇上，表示诚意。胡子改良为直接饮血酒，称为血誓。一般在重大行动前举行这样对天盟誓仪式，天南星暂时离开绺子，道理说用不着这样夸张，大布衫子这样做，意思是让大柜放心走，去和心爱的女人过一个冬天。

饭后，大布衫子站在院中央，大声地道："鞴连子，送大哥！"

归心似箭的天南星显得特别精神，飞身上马。众胡子齐刷刷跪在马前，频频磕头。院子里一片哀号，大布衫子珠泪盈眶，水香涕泗滂沱，炮头老泪横流。

"大哥，保重啊！"

"大爷，早点回窑堂（家）来。"

叭！天南星挥泪别弟兄，猛抽坐骑一鞭子，马箭射一样弹出，他头没回，背后骤然响起对空射击声，众弟兄开枪为他送行！

白狼山距离纸房屯一百多里，起早贪黑一天即可到达，他走背道抄小路，马不停蹄，半夜便赶到他梦牵魂萦的村子。

"一、二、三……"天南星边走边数，驻足一所土屋前，那棵熟稔的高大柳树，朦胧月光中模糊一片，不然可见柳树叶黄绿相间。灯光将一个孩子身影投到窗户纸上，母亲正哄孩子，姿势掐着腰练习站立，当地称"立立站"，歌谣：立立站，跌倒不算小好汉！

他推门进屋来，女人惊大眼睛，半天才对孩子说："你爹回来啦！快，叫爹。"

"他会说话吗？"天南星抱过孩子，问。

"唔，他哪里会呦！"

"那你？"

"乐颠馅儿啦！"她自嘲道，问，"吃饭了吗？"

"没有。"

"你哄儿子，我给你拾掇（做）。"

柳叶儿做活撒冷，很快端上碗面条，咸黄瓜卤他吃得很香。他吃饭时她悠孩子，是想让他快点睡去，至少在他撂下饭碗，美妙的事情让人心急。他一边吃一边看母子俩，说："儿子肚子挺大的。"

"孩子长食水啦。"

食水——因吃多而引起的消化不良。他说："吃奶，怎么会有食水？"

"哪儿有奶啊！"她怨怼地说，"没人给揉奶子，奶盒子没开，哪里来的奶水。"

民间生育风俗，妻子怀孕后期丈夫为其揉乳房，据说这样产后即有奶。天南星顺出胡子黑话："那什么还要采球子？"

她跟他睡觉时他不停地做一件事——采球子，而且她明白了他喃喃的一个词汇：采球子。她说："不是摸，是揉，人家都是当家的给揉，我谁给揉啊！"

"我揉！"

他从后面抱住她，要采球子。她说："等一下，我放下孩子。"

儿子睡去，她放下，他等不急了，拿她当一匹马，跃身上去……骑在马背上继续在白狼山脚下行走，转眼间一切都成烟云，不知不觉中飘散，柳叶儿、儿子梦中一样随着醒来渐然消失。

"大当家的，"总催拨马过来请示，"前边有条大沟子（河），饮饮高脚子（马）吧，不然，过沟后不知哪儿有水。"

"住，饮马。"天南星说。

炮头小顶子下马，女人的天性不时表现出来，她高兴地采下河边一朵野花插在马头，牵马饮水，目光寻找一个人，显然是大柜天南星。

三

一条长百里柳树墙的某一段中有个小村叫烽火台。用于军事目的的烽火台——又称烽燧，俗称烽堠、烟墩，古时用于点燃烟火传递重要消息的高台，系古代重要军事防御设施。为防止敌人入侵而建的，遇有敌情发生，则白天施烟，夜间点火，台台相连，传递讯息——有无关系呢？胡子啃草子两年前来到这里，几十户的村子行政归三江县管辖，鞭长莫及没人管，警察秋天来催出荷，平时很少光顾。

乡下的狗疯咬起来，有陌生人站在大户人家孟老道土围子前。惊出了孟家的管家，他问："你找谁？"

"你们当家的。"啃草子说。

"我不认识你，你没来过。"管家说。

"不光你不认识，当家的也不认识。"啃草子掏出那支牙签，递过去，说，"给当家的看看这个。"

"稍等。"管家没放生人进院，转身回去，进了正房的堂屋，不一会儿走出来，盘问道，"你们大爷叫什么名？"

"天南星。"

"你是他的什么人？"

"兄弟！他叫我来。"啃草子说。

"嗯，进屋说吧。"管家开门放人，同时吆喝住狗，看家护院的责任致使它狂吠不止。

孟老道在管家详细盘查确定来人没问题后才出面接待，牙签是最好的物证。说它的来历特殊，天南星提着一条黑狗鱼来拜访东家孟老道，说："没什么好拿的，给你弄条小批水子（鱼）。"

"呀还小鱼呢，快成鱼精啦！"孟老道几年未见狗鱼，尤其是足有半人高的黑狗鱼，"炖上，我们喝几盅。"

狗鱼是害鱼，它的食物就是鱼，吃鱼的鱼肉能不香吗？孟老道炖了豆腐，将两根刺留下，做了牙签，他说："这玩意儿是好东西，用它剔牙不伤牙根不闹发（感染）。"

"是吗。"天南星头次听人讲，他注意牙签与老闹牙疾有关，说，"给我一根。"

一条黑狗鱼只长两根这样的骨头，孟老道给胡子大柜一根，突发奇想用鱼骨头做信物，说："一条鱼的骨头一个样，绝对跟这两根配不上……"

孟老道将两根牙签对比，一模一样，才相信了啃草子，并以友好眼光看他，问："大当家的有什么事儿，说吧？"

"噢，"啃草子讲明他来打前站，或者说先过来，"将来大当家的想拉绺子到柳条边来，请你帮助选个地方。"

"没问题，柳条边在我心里，哪场背静能猫住人，我知道。"孟老道说，天南星的忙必须帮。

"还有一件事儿，我先在你家找个事儿做……"

孟老道说在我家还让你干什么活儿，待着你的。啃草子说大当家的吩咐，干活避免外人生疑。孟老道想想，说："我家新修一个炮台，你做炮手吧。"

"太好了，正对我撇子。"啃草子满意这个活儿，发挥了胡子枪法准的特长，"我守炮台。"

孟家的炮台上啃草子守了两年，其间他同孟老道沿着柳条边走，在一个十分荒凉的地方，啃草子说："这疙瘩（地方）不错，地名叫什么？"

"簸箕崴子。"

崴子是山、水弯曲的地方，簸箕是指该崴子的形状。

"中，有水有草。"孟老道清楚胡子选驻地必要的条件，要有草和水，马要吃要喝，人的安全此处更理想，几十里地没人家，簸箕崴子内避风冬天不冷，疏松的沙土挖坑修地窖子、马架不困难，"秋天我往这儿运些木料，苇子……备足料，他们一到动手盖窝棚。"

"嗯，中!"啃草子满意。

"门窗我安排木匠提前做预备下……"

"只做门，我们不留窗户。"啃草子说。

马队在两年后出现，炮台上的啃草子眺望到，他对孟老道说："来了，半袋烟工夫准到。"

"我安排家人迎接他们。"孟老道说，迎接胡子马队，人嚼马喂都要考虑周全，缺东少西张罗齐全免得抓瞎，手忙脚乱的不行。

午后，天南星率领九十多人的马队到来，挤满了大院。孟家人忙乎开了，烧水、喂马、准备晌午饭。

"天天盼你来哟。"孟老道装上一袋烟递给胡子大柜，让烟袋道："抽一袋。"

"熏着。"天南星接过烟袋，抽了一口，呛得直咳嗽，说，"啥烟? 这么冲啊?"

"蛤蟆腿。"

蛤蟆腿烟也称蛤蟆癞和蛤蟆头，旱烟中劲儿大的那种，一般人享受不了。天南星连抽几口才顺过架来（适应），很是过瘾。他说："柳条沟消停吧?"

"那当然。"孟老道说官府小半年没人来烽火台，春起（初春）警察来抓劳工，强壮男劳力又被他们抓走几个，"后半年消停，没人来。"

"屯子里没有警察的底眼（内线)?"

"没有。"孟老道肯定地说，烽火台村远离官府，政权设了屯的建制，屯长是孟老道的侄子，他不会出卖亲叔叔，"你们放心猫着，啥事儿也没有。"

"那就好。"天南星说，安全第一位，每到一地，要弄清周围的环境，暴露马队行踪等于是自取灭亡，"今晚在你家委（原地不动）一宿，明天人马去簸箕崴子……"

"大当家的还是先去看看，相不中再重选址。"孟老道说。

"啃草子对我说了那地方，再说由你帮助着选的还能差吗。"天南星相信地头蛇，孟老道土生土长柳条边，几百里内地理环境他熟悉，哪儿有坑哪儿有包，哪儿能藏身他一清二楚。

"顺簸箕崴子再向东走又可以进山了。"孟老道讲如果遇到特殊情况，马队可以向东逃，直接躲进白狼山，"那年日本宪兵追一队抗联，就没追上。"

"有这样一条路更好。"天南星说。

"大当家的，明个儿还是到实地看看。"孟老道继续建议道，"兄弟们住在我家个月期程（一段时期）没问题。"他说的两层意思，胡子在他家安全，另一层意思吃用他家没问题，大柜不用多心不用客气。

"嗯，明天我去。"

四

簸箕崴子真是藏身理想的地方，一条河在此处潇洒转身，女人身条似的柔软向前流去。蒲棒连成片表明大面积低洼，有水的湿地青草茂盛，胡子扎营首先考虑饲草长势，人吃粮马食草。最重要的没人深的蒿草一直长到遥远的山根，一旦遇到意外情况，逃跑很方便，直接钻山，到了高山密林中，谁还抓得到。

"做天窖子地方不错，盖吧！"天南星对水香大布衫子，"抓紧弄，尽快住进去。"

"好！"

全绺子人齐上阵，加之孟老道的鼎力相助，很快盖起二十几个地窖子、窝棚，还盖了几个马棚子，就是说人和马都安置妥当，之前攻下三江县城，抢足了衣物、粮食和一些日用品，即使不打劫，干吃干嚼一年也足以够用。当然，胡子闲不住，瞧准机会还是要去踢坷垃。

秋天虽然没有大吵大叫地到来，脚步声还是被胡子听到。大部分蒿草枯黄了，到处是蒲棒白色飞絮，人在野外走一趟，蒲花如雪挂满全身。

"一晃进九月门啦。"天南星说。

"是啊，今年冷得早。"大布衫子根据今年春天一场风接一场风刮，一场雨接一场雨下，推测天气道，"棉花团（雪）要大呀！"

"棉花团大好呀，省得官兵过来惊动（骚扰）。"天南星说。

大雪后大概不会有人到荒凉的簸箕崴子来，假如来了胡子也能及早发现，烽火台村必经之路，有底眼孟老道，兵警进村他会派人给胡子信儿，逃跑来得及。

"我和孟老道商量过，他家雇用的炮手全辞掉，换上我们的人，既给他看家护院，又能为绺子在外围放哨。"大布衫子看好村子这道屏障，给孟家护院，一箭双雕为绺子设了远处的岗哨，"他同意了，我们多了一层保险。"

"中，拔几个字码（挑选人）过去。"天南星说起一件酝酿许久的事情，"兄弟，你做二当家的事该办了吧？别再推迟了。"

几年里，大布衫子多次推辞做二柜，行使二当家的权力职务仍然是三爷——水香，他觉得自己年龄大了，这个位置留给年轻人干，有利绺子长久发展。他看中一个人，说："大哥，我看一个人行，让她当吧。"

"谁？"

"四弟！"

天南星惊异大布衫子会有这样提议。四弟是小顶子，绺子的小胡子称她四爷，他说："老四怎么行？没立什么功。"

"咋不行，行！"大布衫子评功摆好地讲做了炮头后的小顶子，冲锋陷阵不含糊，攻打县城她打头阵，他说，"没她那次三江县城没那么顺利拿下来，立了功了嘛！"

天南星承认炮头确实立了大功，提升必须立功，那样才服众。他坚持道："论功劳谁能跟你比呢？兄弟，还是你做二当家的吧。"

"大哥，绺子也不是今个儿有明个儿黄了，拉巴（扶助）起来个岁数小的很必要。"

"你想得很长远。"天南星佩服大布衫子的胸怀和眼光还有无私，一切从绺子生存出发，不考虑自身得失，"兄弟，这么些年，绺子全靠你支呼着，能有今天有功人是你，不当二当家的我心里亏欠……"

"大哥，绺子一天比一天强大，得有人率领下去。"大布衫子站在培育接班人的高度讲话，"我搁眼睛观察她，胆量、枪法、马架（驾驭技术）都不错，弟兄们对她信任，她胜任。"

天南星不再往下劝了，歉意道："兄弟，你不做二当家的，我心里总是不得劲儿。"

"大哥，一切为了绺子啊！"他说。

一个正规绺子四梁八柱要配备齐全。大布衫子不肯当力荐小顶子，天南星看透水香的心思，有意朝一起捏合自己和祁小姐……天南星同意了，增补二当家的是绺子的大事情是喜事，仅次于典鞭①，说："选个日子，举行个仪式……要不是差安全，我们请鼓乐班，大家好好乐呵乐呵。"

"大哥，弟兄们还没喝着你俩的喜酒，一就手（顺便一起）把你们的事儿也办了。"

祁小姐整天跟大柜睡在一起，虽然没明确她是压寨夫人，众弟兄心里她是。天南星究竟是怎么想的？小顶子又是怎么想的，他们两个人之外没人知道。

"我俩煮熟饭这么长时间了，就是那么回事了，还办什么。"天南星觉得没必要再办了，是不是压寨夫人名分而已，她已经是自己的一匹马，终日使用着。

"一定补办，喜事就是喜事，大家的喜事，人人都乐呵。"大布衫子认为喜事还是要办，宣布她是压寨夫人和既成事实的是不一样，名正言顺必要的，"应该给她名分，才公平。"

"唔，你那样以为？"

"大哥，这不止是你们俩的私事，"大布衫子想得周全，大柜的女人属于自己的东西，压寨夫人是公众的，关键在压寨，山寨需要压，"是绺子的大事啊！"

天南星明白这个理，同意补办一次娶压寨夫人的喜事，他问："做二柜的事情怎么办？"

---

① 土匪召集局绺同人，共同处理大事的独特行动，如处理绿林败类等。典得起鞭的都是局子大，绺子壮，大当家的人缘好。

"双喜临门！"大布衫子主张一起宣布，既是二当家的，又是压寨夫人，"一起庆贺！"

簸箕崴子胡子办喜事，没请鼓乐班子。绺子中有大布衫子带过来的花子，水香让他们唱喜歌。

一个昔日的乞丐今日的胡子敲着一块板子全当哈拉巴——满语，猪、牛、羊等动物的肩胛骨，拴上铜钱，摇动哗哗作响，或直接用硬物击打——抑扬顿挫唱道：

> 登贵府，
>
> 喜气先，
>
> 斗大的金字粘两边，
>
> 大抬轿，
>
> 大换班，
>
> 旗罗伞扇列两边。
>
> 掐喜顶，
>
> 贺喜杆，
>
> 新人下轿贵人挽……

从此，小顶子成为绺子二当家的，压寨夫人，还报了号：大白梨。

五

大白梨这个报号有些来历，做了二当家的应该有名号。她对天南星说："我整个浪儿（全部）是你的，名子你起。"

"别介（的），名号还是自己起。"天南星说，起名号涵盖志向、纪念意义什么的，"按自己愿望起。"

小顶子有很多愿望，一时觉得自己没什么愿望。二柜、压寨夫人，囫囵个儿一个人都是天南星的，名号也应该属于他的，想想被窝里他爱采球子，总也采不够。球子——奶子、砸砸……也称梨，他不离嘴吃她的大白梨，于是灵机一动，说："大白梨怎么样？"

长篇小说

匪王传奇

"大白梨？报号？"天南星惊讶道。

"对呀，你喜欢大白梨。"

天南星顿然激动起来，说："吃梨，吃大白梨！"

"不，你爱吃哑！"她说。

被窝内他们说了上面的话，一个胡子二柜的报号在被窝里诞生！怎么理解大白梨都行，可以是一种水果，可以是女人乳房，也可是一个男欢女爱的故事！

雪花怕自己失宠，总是飞舞飘来，簸箕崴子一夜间被大雪覆盖，找到一处空地都很难。从地窨子的瞭望口朝外望，白茫茫一片。胡子大柜的住处炕很热乎，小顶子趴在炕上凝望破碎的那盏马灯。

"眼盯它一头晌喽，玻璃你盯就能长在一起呀？"天南星在磨刀石上磨一把短刀，黑红色的石浆不住朝下滴，如同干涸的血，他说，"歇歇吧，看坏眼睛。"

马灯昨晚没放牢掉落地上，摔碎了玻璃罩，她心疼不已，说："白瞎了，玻璃碎啦。"

"哪天到城里修理……"他哄劝她。

"不好修。"她说不好修有根据，这盏马灯本来是一座德国钟改制的，钟蒙子成为灯罩，它碎了挡不住风，马灯也就不能用了，"我拿它可是当谁？当你！"

天南星赠给她这盏马灯，或者说因它才渐渐对大柜产生好感，始终把它当成信物。他看出来了，说："我大活人在你面前，不比一盏灯……"

"两码事，"小顶子说，"一天看不到你行，看不到它不行。"

"邪门嘛！"

小顶子自己也说不清楚，马灯充其量是一样东西，而他是有血有肉的活物。离开他行，离开它不行，特别到了夜晚，在它跟前心就敞亮、愉快。它神奇不止这些，攻打县城时她并非毫发未损，大腿一侧被子弹擦伤，疼痛时见到灯光如同吞了大烟症状减轻，甚至最后不疼。

黑暗中她忍不住伤口疼痛呻吟。

"抽口老乌（鸦片）吧。"天南星说，胡子经常用吸食罂粟、鸦片类止疼，很好用很见效，"我柴条子叫（牙疼）用老乌。"

"掌上亮子。"她说。

"掌上亮子管打哀声？"天南星奇怪点灯管疼痛，说，"纯粹解心疑吗！"他按她的要求点上马灯，然后她脸贴近它看，神奇不再打哀声，"哦，真顶事儿？"

"顶事儿！"

胡子大柜从那刻起发现马灯对她无比重要，神仙一样供奉着，睡觉放在枕头旁……掉地摔坏外罩玻璃，他说："亮子里有几家钟表铺，他们准能修好它。"

"你打算什么时候让我去亮子里？"她问。

几天前，绺子总催向两个当家的报告，二十多马掌需要钉了，还缺数副马镫。

"咋整？"她问。

天南星没想出怎么解决，柳条沟远离城镇，铁匠炉才能干了这活儿。他说："附近没有铁匠铺。"

"绺子里不是有会钉马掌的弟兄吗，安排他钉。"

"会钉是会钉，可是没有马掌、马掌钉，需要打呀！"

小顶子想了想，说："我家开烘炉啊！"

"可你家在哪儿？你都好几年没回家了吧？"天南星说，其实说完这句话他就后悔了不该说，触痛她心里的伤疤，"马掌不急，以后再说。"

"我爹没了，烘炉还开着……我回去一趟，打些马掌带回来。"小顶子说，"顺便给娘送些钱（烧纸）。"

三江县城内情况不明，她回去天南星不放心，劝阻道："听说亮子里最近进驻花鹞子（兵），别回去了，不安全。"

"我会小心的。"她说。

天南星没劝住，对她不能来横的，压寨夫人、二当家的双重身份，绺子当一半家。他说："你实在坚持要去也行，我和水香合计一下。"

四梁八柱召集到一起，商讨绺子的活动，议题两个：打白皮（冬天抢劫）；还有二当家进城。

打劫按季节分，春天——打扬沙子；夏天——打青帐子；秋天——打高粱花子；冬天——打白皮。凡是在冬季里打劫统称打白皮。今冬打什么目前尚无明确目标。他们重点商议二当家的进城，大布衫子建议让孟老道出台大马车，以他家进城买东西为名，载二当家的去，马镫、马掌、马掌钉打好后用车拉回来。

"最好能打几把青子（短刀）。"粮台说。

"可以。"小顶子说。

"你家烘炉打青子行吧？"天南星问，他两层意思，会不会打刀？能不能打刀？

"没问题。"小顶子说，如此胸有成竹，郝大碗掌钳，为她家经营着铁匠炉，打刀技术没问题，给她打刀照样没问题。

"孟家出个老板子，我们跟去两个人，"大布衫子说，"啃草子去，负责保护二当家的。"

第十五章　小铁人示爱

一

从柳条沟到县城亮子里八十多里路程，平素大马车也就用大半天，冬天大雪封路没有道眼，得需要一整天时间。为了赶在落日关城门前到达，他们起了大早，黑咕隆咚出发，为节省时间小顶子头一天晚上住在孟家大院，车从烽火台村走。

小顶子进城回生活多年的亮子里，用不着费更大操持，坐上车回去就行。然而，胡子做了精心准备和周密行程安排，原因她不是祁铁匠的平民女儿，是胡子二当家的，尽管她所生活的那个镇上没人知道她当胡子的底细，熟悉她的人记忆停留在她被胡子绑架，杳无音信没人再看见她。尽管没人知道她现在身份，还是防范的好。

"你去吧，跟孟老道好好嗑咕（计划）。"天南星事先派水香去村子里，同孟老道计划好此事，"进城大意不得啊！"

"哎，我这就去。"大布衫子说。

水香亲自安排小顶子此次出行重要自不必说，他从簸箕崴子来到柳条沟，如同一只兔子艰难从野外进村屯觅食，积雪厚厚地压埋枯草它找不到食物，期望到人类居住地寻找到充饥的东西，这要冒丧命的危险，动物为食亡嘛！自然法则无比残酷。

走出地窖子，积雪没腰深。为不暴露老巢所在位置，必须考虑不留下脚印、痕迹什么的，做到这一点唯一办法绕道，不直接到烽火台村，迷惑的方法东拐西拐。最后水香从不该是簸箕崴子方向来的路进村，的确做到了南辕北辙。

"赶快脱下靰鞡，暖暖脚。"孟老道见到水香穿的靰鞡和裤子冻在一起，大腿成了冰坨，明显在雪窠里跋涉许久。

大布衫子先是脱掉暖墙子（皮袄），再脱掉踹壳（鞋），去掉寒冷快速暖和过来的方法就是脱，衣物在冰天雪地里冻透冻硬，无限寒气侵略，抓紧清除。

"回腿上里！"孟老道往火炕上让客，这是东北农家最热情待客，享受此礼遇的多是重要客人，"炕头热乎。"

大布衫子没客气上炕，坐在烙屁股的炕头。不仅如此，炕上还摆着火盆，皇帝热手炉起源民间使用的火盆吧？烽火台村土财主孟老道家的火盆黄泥做的，周正、光溜做工精细没什么瑕疵。

"三爷顶大雪呛（奔）上来，有事儿吧？"孟老道主动问。

"是啊，有点事儿。"大布衫子在火盆上烤软了手指，撅了撅发出嘎巴嘎巴脆响，说，"借你家大车用一趟，上街。"

"大雪封路……"孟老道觉得没有实不可解（实在不行）的事情还是不出门的好，"道眼儿没人踩出来。"

"事儿急，非去不可哟。"

孟老道说用车没问题，家里三挂大车——最好的胶轮大车，和两台花轱辘车，前者是马拉的，后者是牛拉的。当时能拴起三挂大车的人家，可见家境富裕，尤其是胶轮大车一般人家拴不起。胡子来求车，他满口答应，派最高级的车，说："你们使胶轮大车吧。"

"那太好啦。"

"孙大板①没在。"孟老道说，赶车的老板子姓孙，那时赶车也是一门技术，牲口也不是谁都能摆弄好，孟家雇佣一个成手车把势，"他回家了，你们自己能赶车吗？"

"最好是你家的人赶车，进出城门警察盘查。"大布衫子说。

"哦，我明白了，这么的，我连夜打发人找孙大板回来，明早不耽误给你们出车。"孟老道说。

"那可麻烦你啦。"

---

① 称车伙子、车老板子。赶车的行当需要学徒，从跟车（装卸货物）学起，套车、装车、赶车、修车，一两年下来能够独立掌鞭，积累应付各种道路、气候情况的经验，久而久之，练就成手，受雇于养车之家。

"一家人不说两家话，咱们谁跟谁呀！"孟老道说，他的话听上去没毛病，可是被官府听到麻烦就大了，跟谁一家？打家劫舍的胡子一家你还要不要命了？满洲国条文规定，资匪、通匪，严厉到知匪不报都要枪毙。他跟胡子来往不敢公开，至少隐蔽些。

大布衫子承认孟家跟绺子的关系，视他家为蛐蛐和活窑。现在大院土炮台上守卫着的就是胡子。水香说："我们需要一个弟兄跟着进城……"他要求啃草子跟着去。

"中。"孟老道了解胡子，用大车不只是送人进城，准保去弄什么东西，说，"你们要往回拉啥，不方便带的话，我买几个柜子拉回来。"

大布衫子明白孟老道的意思，马车载柜子出城门应付检查，要带的东西藏在柜子里，他说："那太好啦。"

叭！赶大车的驭手孙大板，年龄三十多岁，得到东家信任还有跟孟老道远房亲戚关系的原因。出车前孟老道单独叮咛一番，讲明此次去亮子里的目的，如何配合胡子，包括多加哪些方面的小心都讲清楚，车把势走南闯北经历多见识广，记住东家的嘱咐就更没问题。凌空甩响大鞭子，有两个意义，拉车的马受到鞭策，二是震威风。孟家的大马车象征主人孟老道的身份地位，连驾辕带拉套四匹马牲口，叫齐笼套奔腾情形颇壮观。孙大板嗓子很好，自己高兴要表达，为乘车的人解闷，不请自唱：

日头出东山来，
照亮西大川哪，
鞭儿嘎嘎响来，
回声震耳边哪，
天老大呀我老二呀，
牛驴骡马听我管。①

①　见满族牧歌《溜响鞭》。

长篇小说

匪王传奇

小顶子坐在车箅箩里，一改素常胡子二当家的装束，孟老道儿媳妇把衣服借给她，一身乡下小媳妇打扮，扤在胳膊弯处的花布包袱，更像是回娘串门。她就是以小媳妇回娘家名义进三江县城。胡子啃草子庄稼人打扮，最明显的衣着，腰扎腰带子，秘密全在腰带子后面，贴身藏着手枪，腿上有故事，腿带子缠裹的裤脚里别着匕首。他们跟小顶子扮叔嫂，称当家的嫂子，样子做给所有人看，包括现在祁家铁匠炉的人看，叔嫂关系掩盖不少东西，重要的是避免外人怀疑。

二

"小姐回来啦！"不知谁喊了一嗓子。

啃草子搀扶小顶子下车，不需要这个动作演戏需要，她上下马车还有人扶吗？

郝大碗扎着围裙戴着套袖，左手拿着锤子，右手拿着钳子，夸张在右手上，钳子夹着通红的铁块儿，说明此前他们正在打铁，听见喊声跑出来。他挤到最前面，说："小姐！"

"大碗！"

一股青烟袅袅升腾，惊怔的郝大碗不知道什么时候手松开，烧红的铁块落到地上，燃着他的袜忽达——鞋罩，小顶子提醒道："大碗你脚上冒烟，看是啥着了。"

"唔，唔！"郝大碗缓过神来，跺几下脚，他的一个徒弟手快，捧起沙子扬在袜忽达上，火立刻灭掉，补丁味儿（旧棉花、破布烧焦了的气味）仍然刺鼻子，他说，"先到上屋歇着，我叫人收拾房间。"

"我在家住不了几天，有地方上宿（睡觉）就行。"小顶子说。

上屋指的铺子掌柜洽谈业务和接人待物的地方，老掌柜的祁二秧子活着时也称上屋，大家都跟着叫，几年没改。桌子、椅子摆设还是父亲当年那个样子，掌柜椅子上坐的是郝大碗。

"小姐，我叫人沏水。"郝大碗说着走出去，他不光让人沏茶，同时安排一行人住下，院内有两间房子平常给来远道来办铁活业务的人预备的，铺盖齐全。铁匠铺院内经常来车马，不缺放置大车和喂马的地方，草料准备充足。一切安排妥当回到上屋，只小顶子一个人在，她问："红杏在吗？"

"她嫁给了山炮儿，一起回到她的老家四平街，山炮儿在一家铁匠铺打铁。"郝大碗介绍情况，眼睛没离开她。

"大碗，你成家了吗？"她问。

郝大碗苦笑内容很多，需要往复杂理解。倾心小姐多年，师傅家的突然变故倾心没碎，却活生生地揪断，几年里努力接上断了的线头，一直在努力。掌柜的走时将铺子交给他，全身心地经营铁匠炉，有守摊、看家的意思，包含等待小姐回来……没有白盼，她真的回来了，比原来胖了，皮肤黑了许多，他问："小姐还走吗？"

"唔，走。"小顶子进城后，往家里走如同蜕皮节肢动物过程。昆虫幼体经过一定时间的生长，重新形成新表皮而将旧表皮脱去，她去掉的流贼草寇的外皮，还原铁匠铺掌柜女儿，见到郝大碗怎么说她想好了，她说，"我得回婆家去，这次来给我娘上上香。"

郝大碗吃惊，小姐被胡子绑走后再没消息，他做了几种推测：男票，家里赎不出可能遭撕票；女票，一般不会杀掉，留着干什么不用说；她逃出魔掌后嫁到外乡……果真如此，她嫁人了，等到一场空，他还是说："小姐出嫁了？"

"跟我来的是婆家小叔。"她接着说明来意，"大碗，给我打十八副马镫，马掌、马掌钉越多越好，还有短刀，我在家待五天，能打多少把打多少把。"

郝大碗心里画魂儿，十八副马镫，马掌、马掌钉越多越好啥意思？小姐婆家做什么的？倒腾牲口（畜贩）的？不然需要大量的马马掌……他翻然，噢，还要很多把短刀，除非……他的思路被打断，小顶子问："铺子现在怎么样？"

"活儿还行，很多回头客还是奔'祁记'来订打（做），铁活儿大的小的都有。"郝大碗说铁匠铺几年经营情况，"开始冷清一段，我不在家……小姐，我多次外出找过你们。"

郝大碗无数次去白狼山找人，胡子行踪诡秘不可让外人找到。他还去了西安煤矿，同样空手而归，祁家父女一起销声匿迹。能做到的不是

长篇小说
匪王传奇

漫无边际徒劳地找人，他们活着终有一天要回来。信念血液似的在烧红的铁块上流淌，从来没干涸过。

"你去了西安煤矿？"

"嗯。"

"见到我爹没有？"

"没见到师傅，连他的消息都没打听到。"他在煤矿停留数日，郝大碗说，"没人知道。"

"我爹死啦。"

"啊？师傅怎么死的？"

"饿死。"

"吃橡子面①，还不让吃饱。"他说。橡子面可以充饥，但是味道苦涩，难以下咽，食后胀肚拉不下来屎，人可被胀死。

"他逃跑被抓回来，活活饿死……"

"唉，好惨。"

他们都不愿意触碰心酸往事，死去的人毕竟死去，活着的人毕竟还要活着。她问："铺子里有几个人手？"

"六个人，我带两个徒弟。"

小顶子感慨当年父亲的徒弟现今都做了师傅带徒弟，她问："生意还行吧？"

"有你家烘炉的牌子在，总有人来订活儿。"郝大碗许久未见到祁家人，有很多话要说，最重要的一件事必须说，心里搁不住了，她说："小姐，你看这铺子，是……"

"大碗，你经营着吧。"

"那小姐什么时候回来呀？"

回来？她早不知自己身置何处，会到哪里从没想过，或是根本不存在回来。她说："大碗，铁匠铺就是你的。"

---

①　唐代皮日休诗《橡媪叹》：秋深橡子熟，散落榛芜冈，伛伛黄发媪，拾之践晨霜。移时始盈掬，尽日方满筐，几曝复几蒸，用作三冬粮。

"不，我代师傅经营，等你回来就交给你。"郝大碗说。

小顶子凄然一笑。

三

"娘，爹早没了。"小顶子点上香，跪在母亲灵位牌前流泪说道，"过几年接爹回来，我知道你们都舍不得铁匠铺不愿离开……"

此刻，女人柔软的一面充分展现出来。她的背景如果是山林和草原，再有一匹烈马，一个铁匠的女儿和胡子二当家的，落差相当巨大。两者面团那样糅合在一起，大概才有骨头有肉，才是真实完整的一个人。

前院，铁匠炉临街的大门关着，风匣拉着，打铁声音"丁当，丁当，丁丁当，丁丁当"，郝大碗执锤掌钳，几个徒弟抡大锤，烧红的铁块软如面团，走锤后变成马掌雏形，到成品尚需两次锻打。

"我去卖呆儿（看热闹）。"孙大板下炕，对躺着的啃草子说，"打铁挺有意思。"

"你去吧，我直直腰（放松休息）。"啃草子说。

车老板走后，啃草子立刻起身，他到院子里，二当家的进了祠堂，祁家的家祠没有大户人家那样宏伟，不起眼的一家屋子而已，用途是家祠。被祁二秧子布置得不伦不类，说别开生面也可以。供奉非祁家非李家前辈，一尊铁匠祖师爷，还有李小脚的牌位。一般来说，一姓一祠，族规甚严，有的祠堂外姓、族内妇女或未成年人不准擅自人内，不然要受到重罚。

小顶子却进入家祠内。啃草子选择一个位置暗中保护二当家的，他时刻不忘自己的责任。虽然是祁家大院，但毕竟几年未回来，变化无常不是天气倒是人心，提高警惕没错。

丁当，丁当……打铁声不时传来，后院的寂静被打破，老屋房檐子回音丁当丁当，一只麻雀被惊出窝，盲眼（夜盲）满院乱飞惊叫。亮子里夜晚阳痿男人似的装模作样，几盏鬼火似的灯光在毫无内容的城市躯体内摇曳，寒冷将欲出门的推回屋去，街道人影稀少。

祠堂门开了，小顶子走出来。啃草子迎过去，她说："我们出去。"

"去哪儿？"

"钟表铺。"她说。

坐大马车来时二当家的抆着一个布包，鼓耳囊腮（鼓鼓囊囊）不知道是什么，肯定不是武器，匣子枪别在裤腰沿上。他绝对猜不到她带来那个摔碎玻璃罩的马灯。

小顶子抱着它想了一路，到了县城去哪里修理它？灯笼铺和钟表店选择都有道理，马灯是一座德国铜钟改制的，属于灯损坏到灯笼铺修理合适，属于表到钟表店修理合适，镶嵌玻璃罩也不知该到哪里合适。先到钟表店去，修不上再到灯笼铺去。

哨草子不熟悉亮子里夜晚街道，警惕的眼睛不够用，要是蜻蜓——它生复眼，每个复眼是由三万到十万小眼组成——就好了，可看清楚每一个可疑角落，叉腰姿势手离武器最近。

钟表店已打烊，栅板缝隙透出灯光屋内有人。小顶子嘭嘭敲门，喊道："师傅，修表！"

"关板儿（闭店）啦，明天来吧。"里边的人不耐烦地说。

"师傅，麻烦你给修理一下。"她说。

钟表店的人不太情愿，还是给开了门，嘴里不住地絮叨："都什么时候啦还来修表，表怎么啦？"

小顶子把马灯放到修理台上，接活的人见到诧异道："这哪百国（哪里是）的表？"

"玻璃坏啦，能……"

钟表店老板兼修表师傅看着面前不伦不类的玩意儿，一座铜钟的外壳，内瓤根本没有钟表的零件，加装了灯碗、灯捻，煤油味很浓。他说："这玩意儿修理不了，我只会修表。"

"师傅……"小顶子央求道。

"修理不了就是修理不了，别磨叽！"钟表店老板朝外撵人，口气依然生硬，看来平日生意不错，挣两个图鄙钱儿（土气、拿不出大面的钱）都这德性。

钟表店老板态度不怎么样，戗毛戗刺的话小顶子听来不舒服，手滑向腰间，匪气上来了，啃草子看明白，急忙插话道："师傅你修理不了，谁还能修理，请你告诉我们。"

"亮子里我家不能修，谁家也修理不了。"钟表店老板不仅脾气大，还牛皮哄哄的，"修理外国钟表只我们一家，不信你就试试。"

"走！"小顶子拎起马灯说。

啃草子快步跟她出门，到街上小顶子说："你说他会说人话吗？"

"将来收拾他。"啃草子说，胡子说的是气话，变成现实也说不定，得罪胡子埋下隐患，将齐（最终）不好办，他问，"我们去哪儿？"

"灯笼铺。"

三江照明使用油灯、蜡烛时代，规模的城镇都有灯笼铺，百姓节日需要灯笼，买卖店铺做招幌、烟馆、妓院、婚礼喜庆、新娘灯（宫灯）、丧葬场合的竹篾灯……夜间营业的店铺门前挂着灯笼。经营灯笼的铺子打烊很晚，很多是通宵营业。

"二位，请！"伙计热情道。

走进铺子豁然明亮起来，多盏灯笼点着，彩绘的图案人物、八仙、花鸟、仕女……抢眼悦目。

"能修理吗？"小顶子问。

灯笼铺伙计惑然，问："这是什么？我家只卖灯笼，不修钟表。"

"看仔细喽，是钟表吗？"啃草子说。

"唔，唔，原来是盏灯。"伙计说。

"玻璃罩坏了，能重新装个罩吗？"小顶子问。

伙计摇头。

"到底能不能整啊？"她问。

伙计还是摇头，这次摇恼了啃草子，糙话道："能整不能整，跐溜一声！"跐溜当地话意为放屁。

灯笼铺掌柜紧忙过来，他不想得罪顾客，说："你们要修理灯？"

四

"摔坏啦，蒙个玻璃罩。"小顶子说。

长篇小说

匪王传奇

"玻璃罩我们做不了，别的还行。"灯笼铺掌柜说。

别的材质是什么？灯笼用料纸、纱、凌绢……灯笼的骨架竹、秫秆、藤……蒙罩很少采用玻璃。小顶子说："纸的纱的都不行，马灯我在野外用。"经受不住风雨的东西不行。

"那只好用皮子，"灯笼铺掌柜积极想办法，说，"美中不足是皮子蒙，光亮差一些。"

"用什么皮？"

灯笼铺掌柜微笑，他想说什么皮，人皮最好。可是这样说容易产生误解，顶撞人吗！看谁用人皮做灯罩。没看见不等于没有，灯笼铺掌柜就知道，并且在一个日本人家里见过。他说："鱼皮，驴皮也可，但不如鱼皮。"

鱼皮衣小顶子只是听说过，亮子里有人收藏一块鞣制鱼皮布，说是从北山里赫哲族人手里买下的。三江境内河中没有大马哈、鲟鱼、哲罗……即使有怀头、黑狗鱼、鳇鱼，鞣制鱼皮需要很高的技术，没人做得了。她说："鱼皮哪儿弄去？"

"远在天边，近在眼前。"灯笼铺掌柜幽默道。

"你有鱼皮？"小顶子惊喜道。

灯笼铺掌柜没说他如何得到的鱼皮，什么用途也没说，肯定不是做鱼皮衣、鱼皮裤、鱼皮靰鞡，能说出来就肯舍出来，买卖人要算经济账，他说："鱼皮有，贵了点儿。"

"蒙这盏灯，你要多少钱？"小顶子问价。

灯笼铺掌柜看透修理马灯照明以外，还有其他意义，乘人之危、货卖用家……发财的机会不能错过，他说："蒙鱼皮费事，嗯，十块大洋最少的。"

"中，给你十块。"她没打奔，说。

一旁啃草子觉得贵了，说："啥鱼啊？鳌花皮？"

东北著名淡水鱼三花：鳊花、鳌花、吉花。鳌花——又叫桂花鱼、鳜鱼，属于分类学中的脂科鱼类。西塞山前白鹭飞，桃花流水鳜鱼肥——为清代贡品。

"虽然……"灯笼铺掌柜想解释什么，被小顶子问话打断："你几天能弄完？"

"两天。"

"咱们讲定，后天我来取马灯。"小顶子齐喀咔嚓道。

回到祁家炉，啃草子嘟囔道："灯笼铺掌柜太黑了，一块破鱼皮，要那么多钱。"

"算啦，给他。"小顶子说，"你早点歇着吧。"

"二爷，"啃草子声音极低道，"掩好扇子（关严门）……"

"这儿不是来往窑子（旅馆），是我甲子（家）啊。"她说，"放心吧，去睡吧！"

他们在院子内分手，回到各自房间。啃草子进到屋停住，顺着门缝望出去，等二柜进屋后自己才进里屋，孙大板没回来，进院时烘炉还开着，打铁继续。他在炕梢处躺下，一时睡不着，几次坐起来，怎么也是寻思二柜的安全，就是不能把她当小姐，当了省事多啦，这里是祁家铁匠铺后院，是她的家啊！

三爷水香叮嘱再三，二爷的生命安全最重要，即便睡在她的家里也要百倍警惕，亮子里遍地军警宪特，时时都有突发意外的可能。他做了危机关头的如何逃生的计划，院子大门敌人堵着，翻越围墙逃走……他住的是耳房，能望到二柜屋子的后窗户，正亮着灯她没睡下吧？过了一阵，见灯熄灭，他才躺下身，炕热乎，疲乏劲儿水一样漫过全身，四肢给谁卸走再也不听他指挥，眼皮落井下石似的踹上一脚，他睡过去。

吹灭灯的小顶子并没躺下，连衣服都没脱。她坐在炕上，面向窗外，炕很热不得不在屁股下垫一个枕头。院内黑糊糊的，孟家的大车张辕子像一门大炮，再远点是前院烘炉的后门，半开半掩有淡红色的光和声音透出来，郝大碗领人打铁。

她忽然想起一件事来，娘活着时曾说过："郝大碗体格好，手艺也不错，挺好的小伙子。"当时她没细想娘的话，也许想就想明白了，娘到死也没说明白这件事，是不想说还是没来得及说，假如说了会是怎么样？发生了胡子绑票，警察局长提亲的意外事情，娘活着也不得不改变想法。

　　郝大碗为什么不成家？小顶子现在想到这个问题。论年龄他该娶妻生子，论状态铁匠铺掌钳，有了一门不错的手艺，打铁匠有人愿意嫁给。他不是因为我吧？真的那样的话，你不是傻吗大碗！

　　院子里有了脚步和说话声，是打铁的人散了，他们到伙房吃夜宵，然后各自回到房间去睡觉。有一个熟悉的身影隐约在院内，他最后坐到那辆大马车上，低头抽烟。眼下是啥季节？滴水成冰的夜晚，他不冷吗？怜悯之心油然而生。

　　郝大碗壮得如头牛，打一天铁像是什么事儿都没有。她看见他冬天里用冷水浇头……去和他唠唠吗？告诉他自己的确嫁人了，当然不能说出做了压寨夫人的实情。想想又不妥，他没娶女人跟自己毫无关系呢？岂不是尴尬！对天南星，用爱这张纸包裹住他，那还用什么她没想出来。总之离不开他，不敢想象有一天离开胡子大柜会是什么样子。

　　郝大碗离开大马车，最后一个动作用脚碾灭地上的烟蒂，朝她这边望一眼，而后走开。思维有时是棵树，一根疯长枝成为树的制高点，被剪除或是受到意外的限制，还会有一个枝杈生长出来。郝大碗完全走出大脑，随之进入脑海的是往昔生活一个场景，夜晚在院子里观星星，一年四季都看过，星辰在不同季节颜色差异，冬天最美丽淡蓝色，天幕也干净，像一块没用过的新布，只是距离太遥远闻不到植物味道。控制不到院子里的冲动，在绺子里露宿是常事，有很多观看夜空美景的机会，但是和站在自家院子里心情不同。

　　走进冬夜的户外便走入冰块里，一个人就如玛瑙中的标本，所不同的是她还是一个活物，能够自由活动。每一堵墙、每一扇窗户都熟悉，难以忘却镶嵌在某个物体中。

　　一个透出灯光的窗口吸引她，便走过去……

五

　　郝大碗半个身子依靠箱子上，左掌托着脸颊，看着摆在箱盖上的东西，是一个七八寸身高的小铁人。说起这个铁人的来历，他亲手打制的，根据心中偶像模样打的，如何逼真谈不上，铁匠的锤子不是雕刀，线条粗犷无法细腻，但丝毫不影响她在他心中的形象，不用说谁都能知道铁人是谁了，哦，不错，祁小姐。

"你在山里没回来是吧?"深陷痴迷的郝大碗回到往昔的时光中，小姐音容笑貌定格在几年前的某一瞬间，皮肤还是白皙细腻像瓷儿，满族女孩的发式——梳辫子，额头留"刘海儿"①，戴顶"坤秋儿"②的帽子，他呓语，睁着眼睛呓语，"你一定回家来，一定。"

思念，因人而异，铁匠有铁匠的思念方式，同是铁匠方式也不尽相同。郝大碗的思念凝聚到手中的锤子上，将铁块赋予情丝再也抖不断。几乎是在夜深人静的时刻拿出来，摆在箱子上，长久地凝望，向她倾诉。如果他能拉马头琴，孤独地坐在黄昏时刻的高岗上，如泣如诉琴声悠扬踏着草尖滚向苍茫天边……什么叫希望，永远得不到的东西吗? 什么叫爱，根本不存在的东西吗? 奔腾的江河永远流不到头才亘古流淌! 一个铁匠的爱不要期望多么诗意，因为这个铁人的存在他拒绝婚姻，在无尽期的等待中等待。

"你什么时候回来呀?"他不止一次这样问，没有回答的声音，锲而不舍地问下去。

走入白狼山寻找，他坚信她在绿色之中，一片茂密树林间，被青藤缠绕住，等待他去救援……他希望她给自己机会，相信有这样的机会。即使没有了也没什么关系，自己知道自己多么爱她足够了。

视线模糊起来，如大水一般淹没，日复一日不知多少次淹没，几乎是都在淹没后清醒，缺憾慢慢走过来……她突然来到面前，从大马车上下来那一刻，他再次被淹没……收起铁人包在绸子里，放回箱子中，吹灭油灯，和衣躺下。小顶子走向灯光速度缓慢得几百年似的，她猜想接近灯光即可看到什么，那时自己如何做没想好，边走边想。那次迎着灯光走向胡子大柜地窖子可没犹豫，清楚自己在做什么，去做什么。人体

---

① "刘海儿"亦作"刘海儿发"，指垂在前额的整齐的短发，分为等齐大刘海、斜刘海、超短刘海三种。

② 与清代官员秋冬所戴官帽式样相仿，用青绒或貂皮等为檐，四周上卷。深帽盔，帽顶有用彩线绣的图案，帽后还要挂两条缎制绣花的飘带，十分美观。

长篇小说 匪王传奇

验一下做驱光昆虫，神奇的光有着巨大诱惑力，开始她是扑光而去，后来就是珍藏了，那盏马灯聚集的光不仅明亮，还温暖。

蓦然，灯熄灭掉，小顶子戛然停住，漆黑一片无法再向前。她呆然地望着曾经光亮的地方迅然被黑暗吞噬，无法再找寻到。整个院子再也见不到一丝光亮，声音也黯然睡去，苍穹骤然寒冷起来，洒落下蓝色星光有些凉意，她从心里向外打个哆嗦。

没在院子待太久，冬夜很不友好地驱赶她。回到屋子，重新点亮一盏老式油灯。过去点灯、添油、挑灯芯都由红杏来做。很多时候主仆唠些私嗑儿，红杏问："日后小姐要嫁什么样的郎君？"

"你说呢？"

"知书达理……"

"啥样人叫知书达理？"

红杏知道知书达理却说不出来，有文化，懂礼貌，她说："有教养呗。"

"山炮儿没教养？"她问。

"一个抡大锤的，大字不识半口袋，知书说不上，还达什么理呀！"红杏说的不是真心话，她已经跟山炮儿好上。

"这可是你说的，我告诉山炮儿。"她吓唬她说。

"告诉呗，谁怕咋地。"红杏嘴硬道。

"那我可真对他说了，你说他一个抡大锤的大字不识半口袋……"

说说笑笑，打打闹闹，主仆的界限不很明确。红杏说："郝大碗瞅你的眼神，恨不得吃了你！"

"是吗！"

"癞蛤蟆想吃天鹅肉吗！"

注意郝大碗还真是红杏的提醒，父亲收的打铁徒弟，看上师傅的女儿也属自然，剃头挑子一头热不成。小顶子对郝大碗没感觉，也不是红杏说的吃天鹅肉什么，她的眼里郝大碗不是癞蛤蟆。

"五月节挂在房檐子上还差不多。"红杏挖苦得有些过分，她还是说郝大碗癞蛤蟆，联系上端午节蛤蟆吞墨——端午晨，捕蛙，口内塞墨，晒干，治小疮疖——的风俗，"多粗的线能吊起他来呀，那么大砣儿（块头）。"

"不说他啦！"她对郝大碗没特别好感但也没厌恶，没看作癞蛤蟆照旧是父亲的徒弟。

几次回避提郝大碗，后来红杏不再拿他说事儿，仆人不提她倒是想起几次，尤其是到烘炉看打铁场面，晶莹的汗珠从郝大碗古铜色的脊背流淌下来，令她想起雨后湿润的树干，黄蚂蚁爬上去多有意思……他总是朝小姐笑笑，从他憨厚的笑里她看到人的善良。只是与那个主题——爱情——不搭界，对方爱不爱自己也没去认真想……经历这样多的变故，更不能去想这些了，郝大碗大概一如既往，可那样子又多傻啊！

啪！灯芯爆了一下，炸开一个顽固结子顿然明亮了。她的思维也给炸断，不能制止的思绪飞腾到另一个地方——灯笼铺，有人正往马灯上蒙鱼皮，是一条什么鱼？细鳞的大鱼，花纹好看吗？

第十六章　打大轮失手

一

"明天去打大轮（抢劫车辆）！"几盏煤油灯下，天南星召集四梁八柱宣布他的决定。

酝酿打劫时刻有了机会，目标出现。三江到新京（长春）有一条公路，当地人称线道，冬天跑着各种车辆，运输的、拉脚的，其中也有军用车辆。派出瞭水的胡子发现，每天都有三辆摩托、一辆带篷卡车护卫一辆大卡车，弄清是给驻守公主岭关东军一支炮兵部队运送给养，由警察帮凶从各个村屯搜刮来的。大约有一个班的日本宪兵和一队警察，总共不到二十人。

胡子决定对他们下手。由于是打劫日军军车，从兵警的虎口夺食，风险陡增几倍。因此，四梁八柱间产生分歧，反对者说："溜子海，溜了缰（不成功）怎么办？"

主张打劫的信心十足，看到猎物心比手还痒，同兵警交一次锋振作一次士气。大柜天南星倾向打，绺子他当家，最后才做出决定。四梁八柱就一些行动细节做番密谋，然后分头准备。大柜的屋子只剩下水香，大布衫子说："二爷在家就好了，她枪法准。"

此次打大轮是打白皮——冬季打劫的重要行动，还不是一般民用大轮，而是风险极大的日军运给养的军车。因而动议之初出现意见分歧，最后由大柜拍板。如果二柜在家，他们俩来商议，小顶子不在，天南星自己考虑后定夺。

"她去了三天，快回来了。"天南星说，"但是肯定赶不上这次行动。兄弟，你带几个人看家。"

"大当家的，我还是去……"

"我当然希望你去，随时出谋划策啥的。"天南星离不开军师，但是老巢不搁人守着不行，他说，"家总得有人看吧，别人看家我不放心？"

"哎。"

天南星尽管对此次打大轮信心十足，天有不测风云，必须做出交代，说："我要是有个三长两短，二爷年轻，你扶助她，绺子大旗不倒，局红管亮……"出征前做交代成为惯例，自然而平常。

"放心吧。"大布衫子祝福道，"一定旗开得胜，我在家准备宴席，迎接大当家的凯旋。"

"天象看过，挺吉利。"天南星说，"时辰也推算出来了。"他指翻垛先生推八卦。

每次行动前，绺子的翻垛先生要看以后的行踪是否吉利可靠，如果发现不吉利停止或改变行动计划、时间、路线。通常用掌中八卦推算——歌诀：丑不远行西不东，求财望喜一场空。寅辰往西主大凶，病人遇鬼害邪伤。亥子北方大失散，鸡犬作怪事难成。己未东北必不通，三山挡路有灾星。午申休往西南走，文生下马一场空。逢戌不上巽中去，口舌是非有灾星。癸上西北必不通，隔山隔水不相逢——行动时辰。

昨晚大柜天南星吩咐翻垛先生道："推算一下，看看明天……"

"是。"翻垛先生去办。

各个绺子的翻垛先生功夫不一样，使用的方法也不尽相同。譬如，用纸牌摆八门——乾、坎、艮、震、巽、离、坤、兑——八方门，推开哪个门走哪个门；抛帽、点香堆、飘手巾、看星象……本绺翻垛先生拿手看天象，不巧，那夜阴天看不清天象，怎么办？自有一套办法，用找河水的流向，簸箕崴子面临一条河，但是它已经冻绝底，翻垛先生只好沿着河冰走，看它流去的方向。当然不能仅凭天象，还要确定时辰，这就涉及星象了，它决定行动在哪一时刻，也有一首歌诀：

一七艮上不可移，

口舌是非步步逼。

三九兑上有横事，

祸伤人亡要当心。

五十一坤必要死，

毕星查辰有救星。

六十二坎准得伤，

钱财不旺不有灾。①

翻垛先生看完天象和星象，确定明天吉利时辰在晨两点至四点之间，他向胡子大柜报告推算结果。天南星决定这个时辰出发，他对大布衫子说："现在卯时辰时天还没亮，不能让弟兄们摸黑上马，你准备些柴草笼火照亮。"

"哎，我准备好。"大布衫子说。

冬夜天倒是长，由于睡得晚眯登一觉就到了出发时刻。全绺子留下十几个人，其余七八十人大柜带走，除了水香，粮台、总催、上线员、红账先生……四梁八柱都去参战。路程差不多有近百里，冬天雪原行走艰难，胡子马队又不能大摇大摆走大路，基本上拉荒（抄近道走），倒也节省了时间。线道上白天车很多，有平民百姓的车，也有官府的车，兵警的车辆时而出现。一马平川的地方不好下手，胡子寻找好袭击地点，一个叫坨子嘴的地方，确实有沙坨像某种动物的嘴，牙齿抵到的雪被碾压实，道路异常光滑如镜子面。此处地形有利胡子攻击和逃脱，采用的战术是伏击。

二

无法计算军车出现准确时间，马队还不能进入线道两侧的壕沟，先藏身在稍远一点的柳树毛子，冬天的柳树落尽叶子，遮挡不住人马，很容易被发现。只好藏匿离线道再远些，派出胡子在线道附近盯着，目标

---

① 具体时间：一七艮上（10 点～12 点）；三九兑上（6 点～8 点）；五十一坤（2 点～4 点）；六十二坎（夜 12 点～2 点）。人马埋伏在线道两侧深深的壕沟内，待目标出现一跃而起。

出现马队就扑过来。

"你们瞭高（观望），遇到袍子（兔子）海嘴子（狼）啥的真打。"天南星让他们装作打围的，在线道旁活动，碰到猎物真开枪，那样才像，不会引起怀疑，冬天雪地三两个人打小围的很多。围绕线道多是打兔子，它们顺着线道寻找人类运粮落下的粮食粒儿，野鸡也这么做，"滚子（车）露头及早放龙（报信）。"

"哎，大当家的。"总催说，他带人两个瞭高，胡子扮猎人很像，平常他们闲时也打猎，改善了伙食还练习了枪法。

"别靠线道太近，土地孙（乡下人）的车马经常走，万一给谁认出来麻烦了。"

"哎！"

"去吧！"

三个胡子骑马去了线道附近，骑马打猎没人太注意他们，稍稍有漏洞的是骑马打猎应该带着猎犬，或是鹰。看上去是细小的东西，不过问题就出在这上面。

天气不太好有风，人们尽量在恶劣天里减少出行，冬天线道本来人车就少，天气原因现在就更少。

一辆大车店拉脚的胶轮大马车驶过，挂在车辕子下面的铜铃特别响。铜铃主要作用，鞭策拉车的马奋蹄向前，丁当声不啻优美的音乐。夜间铃声还有吓唬猛兽作用，主要是狼。声音和火光狼最怕，金属的声音尤其令它们不敢放肆。

赶车的老板子眼睛在雪野间巡视，看到三个打猎的人像是遛野鸡（猎人在检查所下的套子、拍、夹等）……尚未发现动物，为他们惋惜，见到开枪打住猎物谁都兴奋。大车走远，胡子还在野地上踅，他们的目的是巡风而不是打猎。

晌午，日军出现。还是素日那么个规模：三辆摩托、一辆带篷卡车护卫一辆大卡车。所不同的是行驶最前面开道的摩托车上今天坐着猪骨左右卫门，这个宪兵狡猾出名，他见三个骑马的人出现线道旁，一搭眼疑窦顿生，三个人打猎遛围——猎人遛着走，碰上猎物则打——并不多见，骑马打猎该是带着狗，起码不需要赶仗①也需要轰起藏着的动物。他联想坨子嘴这个地方偏僻经常出事，因而怀疑他们不是打猎。于是举起一只手后面的车子慢下来，然后停住，曹长从汽车驾驶室下来，用日语问怎么回事："どうしましたか？"

"危ない！"猪骨左右卫门说，他说出那三个猎人值得怀疑，曹长顺着手望去，见到两个人，说，"两个人啊，第三个人在哪里？"

"唔，"猪骨左右卫门明明见到三个人，忽然少了一个，更加重他的怀疑，远望曲折的沙坨子，嗅到危险，命令架起机枪，快速通过坨子嘴。

接到报告的天南星迟疑一下，车队突然停下来，还朝马队藏匿的方向比画说些什么。

"大当家的，他们是不是觉警啊？"粮台问。

"不像。"天南星不相信日军发现什么。

"可是他们停下来，不能平白无故吧。"

猎物近在咫尺，天南星手痒痒，冲动铸成大错，他做出错误决定，举起枪："弟兄们，压！"

胡子马队从雪窠里蹿出扑向汽车，结果可想而知，迎接他们的是机枪。对马队来说单子抠、手榴弹都不可怕，但是最怕致命的机枪，子弹连发马躲闪困难。

"大当家的，他们有快上快（机枪）……"总催话未说完，被子弹射中，落下马去。

"开花（分散），海蜻！"天南星下令撤退，死伤数名弟兄，打下去将吃大亏。

日军和警察没追赶他们，马队得已逃离现场。可是没走多远，前面探路的胡子惊恐地喊："响马壳（被包围）啦！"

倒霉事情连续发生，没跑离坨子嘴多远，突然与一队换防的日军遭遇，因有骑兵，天南星一口气被追出去几十里，一路可见胡子流血的尸体。剩下十几人时日本骑兵不再追击了，身负重伤的大柜天南星在胡子

---

① 猎帮在进行狩猎活动，用响声来吓唬动物，使其奔向有伏击的地方。

拼死保护下撤回老巢。

从打起局拉绺以来这是一次毁灭性的打击，今晨出发时七八十人，回来不足二十人，缺胳膊少腿的，囫囵个儿没几个。天南星身中三处枪伤，连马鞍子都坐不稳，一个胡子抱着他，两个人骑一匹马速度很慢。

丢盔卸甲的胡子往下的路程还算顺利，再没遇到兵警，如果遭遇敌手他们一击即溃，已经没有反手之力。天南星痛苦不堪，头脑还清醒，身边没有一个四梁八柱，他们都死去。再也没人可商量事，一切决定还是由他来做出，说话声音很小，抱着他的胡子把他的命令传达出去。胡子喊道："回天窑子，拉荒！"

还是不敢走大路，挑选背静的荒道走，速度不是很快，太阳卡山时见到烽火台村，不能直接进村绕过去回老巢簸箕崴子。

在远处放哨的胡子发现他们，跑过来迎接，见到的景象应该是极其惨烈，有的人当场就落了泪。

"咋整的啊？"

"遭难啦！"

生死不怕的人哭泣震撼心灵。天南星见到大布衫子时放声大哭，此前谁也没见到大柜哭过。

三

兵败如山倒，转瞬间局红管亮的天南星绺子一败涂地。昨夜兴盛景象不在，大部分地窨子空着，空荡而悲凉。负伤不止大柜一个人，需要救治的七八个人，遭枪伤最重的是天南星，枪口仍然淌血。

"掮（吃）吧。"水香拿来一块大烟膏，搁的时间挺长颜色黑黢黢，但不影响药效。绺子用大烟膏止痛疗伤是传统，哪个绺子都自备一些，大绺子储备量则更大。

"几个人受伤？"大柜问。

"撤子（六个）。"大布衫子说，"算上轻伤的，总共全伸子（十个）。"

"唉，我们彻底掉脚（失败）了，"天南星一时难以走出丧绺之痛，深深自责道，"都怨我啊！脑瓜皮一热（一时冲动），酿成大祸。"

"大哥，怎么能怨你呢？"大布衫子劝解道。

"决定是我做的，怎么能不怨我呀！"石头一样坚强的大柜天南星，此次打击后变成一团棉花软囊囊，眼泪窝子（泪囊）浅起来，再次落泪，"他们过土方很惨。"

日本骑兵追杀过程中，中枪落马的弟兄没立刻毙命的，敌人补上一枪，等于是躺在地上挨枪的，陪同主人的还有坐骑，负伤的马遭到同样命运。

"跟回来两匹高脚子。"大布衫子说，随天南星他们溃逃回来两匹马，它们空鞍，以为主人跟大队人马归来，于是紧紧跟在后面，其中一匹就是你粮台的坐骑，"五弟的马自己回来。"粮台职务序列被称为五弟。

"它还不知道五弟已经……"天南星无限哀伤地说，"我的高脚子身中数弹，成了筛子眼。"

"灰狗子（兵）有麻蜂窝（机关枪）？"

"是啊，没想到哇！最后连大喷子（炮）也用上。"

运送给养的日军车队配备机关枪也就顶天了，还有炮？胡子大柜误认为迫击炮，实际是掷弹筒，但杀伤力不小。

大烟神奇地很快止痛，天南星说："打墓子……"他吩咐水香办丧事，死在外边的弟兄尸首运不回来，到他们的住处找遗物，修衣冠冢、马鞍冢、鞭子冢、烟袋冢……一切能代表的物品，实在找不到，写牌位，"我们要好好送送他们。"

大布衫子同意，也应该这样做。可是大柜现在受伤这样重，需要马上治疗。簸箕崴子老巢的条件太差，缺医少药不说，地窖子内寒冷，身体虚弱的人受得了？他说："大哥，听我一句劝吧，你立马到孟老道家去养伤，那儿比这儿强。"

"我没事儿。"

"必须请先生扎瘊了，伤口……"大布衫子苦口说服，"我知道你不放心绺子，还有我吗。"

"不是不放心，绺子没几个弟兄了。"天南星几分绝望道。

"留得青山在，何愁没柴烧哇。"大布衫子说，"你先养好伤，身体复原了，我们再拉人上山。"过去绺子的发展循着这样的轨迹，不断扩充人马逐渐壮大起来。

"恐怕不是一年两年啊！"

"那倒是，慢慢来。"

水香的说劝终于使大柜吐口去活窑养伤，但还是有条件的，为死去的弟兄举行完葬礼再去孟家。

"好吧，我立刻安排。"大布衫子说。

这种遭难时候天南星很想一个人，问："大白梨该回来了吧？"自从小顶子当上二柜，报了号，天南星就称她的号。

"是，一半天肯定回来。"大布衫子说，计划五天，今天是第四天，"明天差不多。"

"她要是赶上最好了。"天南星希望她参加葬礼，当然赶不上葬礼照常举行，他说，"明天早点儿办。"

"哎！"

隆冬里掘墓坑不容易，靠一镐一镐刨下去，好在利用了一个现成的土坑，数十名死难弟兄葬在一起，体现了不能同生但能同死。寻找到故去弟兄的遗物很顺利，每个人找到一件，总共六十二件，这座坟叫衣冠冢、马鞍冢、鞭子冢……什么冢都不能概括，统称空冢，没有一具尸骨。

次日，天南星对水香说："我去送他们！"

大布衫子劝阻道："大哥身体这样，别参加了。"

"活着我不能带他们回来，去了我一定送送他们。"天南星毅然决然道，"抬我过去！"

大布衫子无奈只好安排人抬大柜到坟地，天南星连坐都坐不起来，根据他的要求抬他到坟坑前，让人递给他香，亲自点燃，口中念道：

> 江湖奔班，
>
> 人老归天。
>
> 兄弟走了，

大哥来送你们！

众胡子烧纸。

一座特大坟茔在雪地上凸起，六十多个弟兄将长眠于此。天南星被人抬回老巢，人已经昏迷过去。大布衫子立刻决定："马上送到孟老道家，一刻也不能腾（故意拖延)!"

当晚，胡子大柜被送到活窑孟家。

四

今天是最忙碌的一天，做明天回去的准备。铁活基本做完，马镫、马掌和马掌钉按数打完，剩下的只是匕首的蘸钢。郝大碗说："小姐，只打出二十八把，你再待两天，还能打出一些。"

"出来几天了该回去，不等啦，明早走。"小顶子说，"今晚能完吧？"

"能。"郝大碗说，眼神流露内心不舍她走。

小顶子比在家做小姐时心细了，也懂了男女感情方面的事情，对男人眼里的东西看得更多。可是，还能做什么？最多的同情和怜悯，这类安慰的话不知咋说，索性不说，望着他如同猫见到强烈日光忽然眯下眼睛，她说："辛苦你啦，大碗。"

郝大碗的心被搓成一根绳子，压迫感很强，破劲儿的力量还没有，只好忍受，他怅然离开。

小顶子感觉到郝大碗在注意自己打匕首的用途，分析他想通过它猜出自己的身份。他肯定想知道自己的身份，现在还不能告诉他，以后对他说不说实情那是以后的事情，他婉转地试探地问："小姐打刀，防身用？"

"是。"

"当然宰猪杀羊也可以用，"他没直接说做武器杀人，"不只是防身的话，刃口再长些，刀尖再尖……"

小顶子听出郝大碗拿刀用途试探什么，铁匠打刀是一门技艺，更是一种乐趣，至于打出的刀你用来做什么不是铁匠关心的。短刀的用途十分广泛，削木、剥兽皮、杀人……她含糊道："反正是用，短刀能干什么。"

郝大碗也聪明，再问下去小姐会觉警，他说："我的意思用什么料，钢口好些的有炮弹皮子。"

铁匠的女儿多少懂得一点打铁用料的知识，父亲曾用炮弹皮夹钢的方法给饭馆厨师打过菜刀，锋利无比。不过，夹钢需要技术，郝大碗从师傅那里学来打刀手艺。她说："用炮弹皮子，夹钢。"

谁都需要钢口好的刀它锋利。郝大碗本来还有许多的试探用途的方法，比如，需不需要配刀鞘，这就涉及公开佩戴和暗藏身上，作为锐器时它的佩戴方法显露一个人的身份，军警人员、猎户……职业允许佩刀，公开佩戴，漂亮的刀鞘还能助威、提高身份，暗藏则偷偷携带，很多短刀携带它的人未必合法，藏在身上找不到。各种职业的人藏刀也有讲究，胡子骑马方便多藏在裤腿内，也称腿别子，黑话为青子。小姐佩刀做什么？很少见富家的小姐佩刀，刀枪不是她们喜欢的东西也不实用。郝大碗生疑，小姐要这么多刀总不是开刀具铺吧？因此他大体猜到了用途。生怕小姐不高兴他嘴不问，心一直问下去。

小顶子觉得还有一件事情没办，也可以说是一个心愿未了，那就是对警察局长陶奎元的惩罚。两天来她时不时地想到这件事，家破人亡都是他一手造成的，父亲是他直接害死的，一直等待机会报仇。她派啃草子去打探陶奎元的消息，也就打听而已，此次不打算采取什么具体行动，对一个警察局长下手，计划要周密，没有天南星参与自己报不了仇。

"不用再寻思陶奎元了。"啃草子打探回来说。

"哦？"

"陶奎元……"啃草子带来重大消息，陶奎元死了，"街上的人都议论这件事。"

"怎么回事？"

"不清楚，"啃草子只听到警察局长死掉的消息，他说，"宪兵队长角山荣一块死啦。"

三江日本宪兵队长、警察局长一起死掉，消息始终封锁，人们只是纷纷议论和猜测，但不知道内情。半个世纪后这个使日本皇军大跌面子的事件——关东军批准三江日本宪兵队长角山荣策划以毒攻毒计划，即收编了天狗绺子，用胡子去打胡子，结果是天狗暗中和另绺胡子商议好，联手消灭了三江日本宪兵队大部分、几乎全部三江警察——才逐渐披露出来。

"三江的警察差不多连窝端。"啃草子兴奋地说着大快人心的事情，"报应啊！"

"陶奎元肯定完蛋啦？"

"彻底完蛋！"啃草子现几分幸灾乐祸，他说，"从新京调来宪兵到了亮子里……明天我们走吗？"

"走，今晚能蘸完钢。"小顶子说，出这样大的事件，日伪必然对三江地区采取什么行动，还是抓紧离开的好。

啃草子说孙大板问走的准确时间，他好去给东家买箱子，说东家孟老道用不如说是胡子用，打制这批短刀、马镫、马掌……都是些敏感玩意儿，短刀数量不算小，公开带不出城门，警察检查会生疑，藏在箱子内方能蒙混过关。啃草子说："孙大板要上街买箱子。"

"买吧！抓紧。"

"今天出去吗？"啃草子问二柜是否出院，不出去他打算去跟孙大板购箱子。

"我去灯笼铺。"小顶子准备去取马灯，约定今天取。

"可是街上乱马营花（人马纷乱流动）的……"啃草子担心二柜出什么危险，尽量不出门，"我去取马灯吧。"

小顶子坚持亲自去取，主要是担心灯笼铺蒙不好马灯罩，发现问题好让工匠当场修补、改正。

"我陪你去！"啃草子说。

小顶子没反对，他们一起走出铁匠炉院子。

不知是冬天寒冷还是发生日本宪兵队长、警察局长被打死事件，人们躲在屋子不出来，街上行人骤然稀少。小贩扛着一只刺猬似的——用稻草编成的圆筒样的架子，上面插满了晶莹剔透的冰糖葫芦儿，并不断地喊：糖葫芦！又脆又甜的冰糖葫芦！

"来两串！"小顶子买了两串，递给哨草子一串，边吃边走，更显从容，自然不会使人对他俩生疑。

五

去灯笼铺经过钟表店门前，小顶子向屋内扫一眼，遇到一双很阴的目光，钟表店老板正向外张望，她走开了，觉得一双不善的眼睛盯着自己很不舒服。

"我来取马灯。"小顶子迈进灯笼铺说。

灯笼铺掌柜鼻子眼睛一起笑，说："给您蒙好啦，我亲自蒙的。"他喊伙计，"拿过来！"

伙计将马灯放在顾客面前。小顶子看灯，鱼皮蒙的，看上去不错挑不出什么毛病，问："亮吗？"

"点上试试。"灯笼铺掌柜说。

哧啦，伙计划火柴点上灯，鱼皮的花纹清晰可见，它虽然不及玻璃透光好，但射出的光淡黄色，别有一番情趣。小顶子满意道："行，可以。"

"活儿我特意给您加细……"灯笼铺掌柜表白一番他的努力，然后说，"我敢说三江没人摆弄得了鱼皮。"

不愿听他吹嘘下去，小顶子同哨草子走出灯笼铺，哨草子说："王婆卖瓜！"

"嗯，手艺不错。"

动物皮子灯罩需要一定技术才能蒙得上，不像纸啊纱的好糊。皮子又是不多见的鱼皮，颇显奇特。本来这盏马灯够特别的，一座铜钟还是德国产的改制的马灯，再配上鱼皮，奇上加奇。

"孙大板没说到哪家铺子买箱子？"小顶子问。

"没说。"

"那我们回去等他。"她说。

祁家炉正开着火，郝大碗领着徒弟打铁。短刀不能白天明晃晃地打，蘸钢安排在晚间进行。

"孙大板回来你叫我。"小顶子回自己屋去前，说。

"是。"

她回到屋子内还是看马灯，样子爱不释手。不满足看外形，也点着欣赏它。很细的鱼皮，大概是狗鱼，绝对不是鲤鱼。穿这样细鳞鱼皮衣服一定特漂亮！

吁！院子有人吆喝牲口，孙大板拉回箱子。小顶子下地出门，不用啃草子来叫，她走向大车。一对崭新的朱红的箱子，油漆好像未干透，牡丹花鲜艳夺目①。

"挺好看的箱子。"小顶子说。

啃草子也走过来，他说："孙大板，箱子应包裹上免得刮掉漆喽。"

"等装完东西。"买箱子主要为运回东西——马镫、马掌、短刀，孙大板问，"啥时装箱子？"

"明天早晨，"小顶子想得细致，说，"准备些草，垫在箱子里。"如此做减少铁器碰撞箱子声音，又防止碰坏箱子。

次日，一辆拉着两只箱子的大马车来到城门前，警察过来检查。一般出城检查比进城松，平日简单看看放行。但发生了宪兵、警察被胡子消灭事件，盘查格外严。

大嘴叉警察问："去哪儿？"

孙大板上前搭话，他指指车辕子，显眼位置烙着个"孟"字，说："烽火台孟家的大车，我们进城买箱子。"

"箱子里装的什么？"大嘴叉警察问。

"新买的箱子，能装啥呀。"孙大板说，"啥也没装，怕磕碰喽。"

大嘴叉警察是做事认真还是有意刁难？他执意要打开箱子，啃草子和小顶子一旁默不做声，观其事态发展，开箱子就麻烦，里边藏着的东西警察不会轻易放过。发生意外，人可闯出去，大车走不了，有木头栏

---

① 满族箱柜上图案多是牡丹和莲花。

杆挡着。

"箱子包裹一次费事儿……"孙大板磨蹭着，说不打开箱子的理由，能否对付过去心里没底。

"你省事，我就有事啦。不行，打开箱子检查。"大嘴叉警察死不开面，坚持打开箱子检查。

"这……"孙大板想法拖延。

人不死终有救，从城楼走下一名警察，对孙大板来说是救星。他认识孙大板，看样子故意出面解围，他老远就说："噢，孙大板！"

"张警官！"孙大板为难之际遇到熟人，而且还是解恰的警察，"你的班呀！"

"多暂（何时）来的？"

"有两天了，给东家买箱子。"孙大板说。

两个人唠得热乎，大嘴叉警察看出棱缝，说："原来你俩熟悉呀！"

"我下乡坐他的大车，"张姓警察真心帮忙，说，"他是孟老道家的老板子，赶了几年大车，十里八村的谁不认识他呦！"

"唔，这位警官不认识我。"孙大板说。

"坐一回你的大车就认识了，是吧？"张姓警察想尽快了事儿，说，"孙大板，下趟啥时候进城啊？"

"那还不说来就来，东家总有事进城。"孙大板说。

张姓警察对大嘴叉警察低声说些什么，大嘴叉警察说："走吧，走吧！"

孙大板一边将大车赶出城门，嘴里连说感谢的话，相信后几句警察肯定没听见，大嘴叉警察忙检查下一辆出城的马车。

一路上不寂寞，在小顶子的要求下，孙大板唱了一段歌谣：

> 眼看过了秋，
>
> 穷人百姓犯了愁，
>
> 为何种地不打粮？
>
> 日本鬼子把税收。

他们把咱当牛马，
拿着户口把兵抽。
一时不动棍棒揍，
打得浑身血水流……

第十七章　临终前托付

一

　　孟家大院有趟后房，实际是三进院最里边的一趟房，环境比较肃静，一般外人到不了里边来，天南星就在这里养伤。一溜十几间房子，大都住着孟家人，胡子大柜混杂在其中不抢眼，刻意伪装生活环境，例如在窗户上贴上妈妈人儿——剪纸作品，或称"媳妇人儿"，媳妇人顾名思义，小媳妇图案，梳着"大拉翅"头，穿旗袍、马蹄底鞋的女人，多是单人，也有两个、三个及多个人连在一起。窗户上贴剪纸——寻常过日子人家才贴媳妇人，谁能想到屋子住着胡子大柜。

　　伺候天南星的有两个人，一个照料起居兼熬药，另一个主要警卫和对外联络，同压在簸箕崴子的绺子和孟家人联系。安排妥当大布衫子也没立刻走，留在大柜身边几天，因为天南星的伤口闹发（感染）发高烧，大布衫子摸大柜的额头烫手，吃惊道："大哥，我叫人去亮子里抓药！"

　　"没事儿，我能挺住。"天南星阻拦道，他等二柜回来再说，她不啻一剂镇痛良药，过去生病她撩起衣襟，他躺在她怀里两天，脸深埋在如雪梨的奶子下面，它既柔软又温暖，病慢慢好起来，"她今个儿该回来了吧？"

　　"差不多。"

　　谁也代替不了二柜小顶子，此刻女人的关怀很重要，男人最脆弱的部分，只能女人蘸钢他才坚强。大布衫子深知这一点，二柜还没回来，他也不能眼睁睁地望着他伤口溃烂，整个人在燃烧不救。他到前院东家堂屋，孟老道问："大当家的咋样？"

　　"不太好。"

　　"噢？"

"腿肿得像过梁粗,看样是化脓啦。"大布衫子说,"现在有大烟顶着,疼差以(有所减轻)。"

"大烟只是顶痛药不治病,脓血得放出来,不然腿悬保得住。"孟老道讲的不是耸人听闻是实情,感染面积大需要截肢,"干挺不中,得治,烽火台村没人会治红伤。"

"我提出到县城接大夫,他不同意。"大布衫子无可奈何地说。

"要想保住命保住腿,必须放出脓血,"孟老道也表示没其他办法,他说,"安排人去接大夫吧,腾不了了。"

大布衫子为难,大柜不同意接人还真不能接,腾个一天半天等二柜回来,她是压寨夫人啊,做得了主。

"那年我爹种地摔倒,大嗑儿(葵花)茬子扎进小腿肚子,整条腿肿得像棒槌,后来我小娘用嘴吸出血水消肿,他才捡回条命。"孟老道说,"大当家的真的不能再腾啦,夏天就好了,能抓到蚂蟥(水蛭)。"

三江地区民间还有一个土法——水蛭吸血,身上长疔疮,或被蜈蚣咬伤化脓,捉来水蛭用它吸毒血。此刻是三九隆冬,哪里找得到水蛭?

"好,我立马派人去接大夫。"大布衫子说。

孟老道替胡子着想,在他家养伤还是他家人去接,谎说他家的亲属谁谁病了,免得引起外人怀疑。帮助土匪偷偷摸摸地帮,伪满洲国法律有一条,勾结、资助、隐藏土匪不报一律按通匪处置,杀头。天南星在家养伤要保密,为稳妥起见,他说:"我让管家去接大夫。"

"那太麻烦东家啦。"

"说远喽,我们是啥关系?"孟老道说,"亮子里的同泰和药店坐堂程先生,我们素有往来,他扎瘤红伤拿手,争取把他接来。"

"同泰和?"

"徐德富开的。"

大布衫子熟悉亮子里的买卖店铺,熟悉同泰和药店,也知道富甲一方的徐德富,他问:"好像他家有人当警察。"

"徐德富的孙子,叫……"孟老道想起那个警察的名字,"徐梦天,警务科的警察。"

大布衫子心不太实沉，到徐家药店接坐堂先生，他家有人当警察，是不是把握啊？孟老道看出水香的担心，说："这你放心，我了解徐家，对程先生更是知根知底。"他没说，还有一层关系，孙大板是程先生介绍来的，即使他发现受伤的是胡子，考虑受牵连孟家他守口如瓶，不用担心他说出去。

"把握的话，就接他吧。"

"把握，程先生绝对把握。"孟老道说，"放心，我再嘱咐管家几句。"

"管家半路八成能碰上孙大板他们。"大布衫子算算日子该是二柜他们回来的日子，说。

"要是碰上了，跟不跟他们说？"

"唔，最好先不说。"

"好，不说。"孟老道说。

管家骑马去县城，积雪齐腰深没，速度到了线道上才加快。路上只见到寥寥几辆匆匆赶路的车马，不认识擦肩而过。走了几十里，远远见一辆大马车迎面赶过，听见有人唱，声音耳熟，近了便看清，是自家的大车孙大板在唱，他听见两句，家中有妻又有儿，别在外逗留①。

吁！孙大板停住跳下车，走过来："管家。"

"你们回来啦！"管家打招呼道。

"嗯，"二柜大白梨搭话，问，"管家这是去哪里？"

"上趟街！"管家说，东家叮嘱见到孙大板他们也不说接大夫，更不能提天南星受伤的事情，"紧加几鞭子，你们快点回走到家能赶上晌午饭。"

管家同孙大板他们分道扬镳。

二

孟家大车在家门前打一站（停一停）不准备进院，向东家打声招呼

---

① 《劝夫歌》：我劝你呀快回头，别入局和绺。家中有妻又有儿，别在外逗留。杀人要偿命，害人要报仇。谁家没有姊和妹，谁家没有马和牛。快拿人心比自心，别让家人犯忧愁，妻子想夫泪双流……

就走，因此进院去，二柜大白梨和啃草子待在车上未下来。

这时，孟老道走出来，孙大板跟在后面，他说："二当家的，进院吧。"

"哦，我们回簸箕崴子送东西。"她说。

"不用回簸箕崴子了，大当家的在这里。"孟老道说。

"怎么回事？"她惊讶道。

"进院你就知道了。"孟老道对孙大板说，"麻溜赶车进院。"

二柜大白梨还想问什么，见水香大布衫子走过来，他说："二当家的，跟我到后院。"

"到底咋回事？"

"大当家的受伤啦。"

受伤？她惊讶，问："重不重？"

"很重。"

大白梨快步闯入天南星的屋子，来到大柜跟前："伤哪儿啦？咋回事啊！"

天南星面色苍白，说话的气力都没有了，他扬扬手示意水香说，大布衫子说："二当家的，是这样……"

她听完眼睛发潮，上炕掀起被子，吃惊他的伤势，说："赶快找大夫啊，肿成这样啊？"

"管家去县城接……"

大白梨无比心疼，天南星负伤她受不了，说："用大烟没有？"

"一直在用。"大布衫子说。

"抽不行直接吃。"大白梨说。

天南星眼里充满渴望，艰难地伸出手来，她知道他要什么，望水香一眼，大布衫子明白了，借因由躲出去，他说："我去卸车，东西先搁在孟家吧。"

"中。"她说。

大布衫子走出去，她撩起衣襟，他的头靠过去，回到一种温情之中，动作是以前的动作，只是嘴唇过于干涩，触碰她身体一个高点时她觉得粗糙。

"好点儿吗?"她问。

"嗯。"

难得一见匪首的温情,情形让人感到不真实。他们确实在没有第三双眼睛注视下极人情味儿,别去联想什么杀杀砍砍,那一时刻,他们是七情六欲男女。

"绺子没啦。"他哀伤道。

"怎么没有?在簸箕崴子!"

"没剩下几个人啊!"

她安慰他,先用肢体后用语言,说:"我们东山再起……眼下你养好伤,有人在什么都会有的。"

"受这么重的伤,身体还能复原吗?"

"能,咋不能。"她说,"孟家管家去亮子里接大夫,同泰和药店的坐堂先生很快赶来给你治伤。"

天南星还是惦心簸箕崴子老巢里受伤的弟兄,他说:"这次负伤的好几个,大夫来了带他去簸箕崴子……"

"天窑子不能暴露给外人,"她的反对有道理,让外人知道绺子藏身处很危险,"程先生是治红伤的高手,让他多配些药,送给受伤的弟兄们吃,人不能往那儿领。"

天南星想想她说得对,绺子里没有一个四梁八柱,群龙无首不成,他说:"你回来了照顾我,让大布衫子回天窑子。"

"好。"她同意。

"大布衫子临走前,让他来见我。"他说。

水香大布衫子回簸箕崴子前,大柜单独召见他,二柜大白梨都没在场,可见此次密谈重要性。听听他们下面的对话:

"兄弟,我看是不行啦,撑不了几天。"

"大哥,大夫马上请来……"

"我不是两岁三岁的孩子,身体啥样我清楚。绺子拉起来有几年了,没想出现这事……兄弟,有那么一天你看谁接我?"

"大哥……"

"趁我还能说话把这个事定下来，不然我闭不上眼睛。"

"你非得这么说，二当家的……"

"我心还是不托底，毕竟是利市（女人）啊！"

"她不是一般女人。行！大哥，不是还有我吗？"

"兄弟，我就等听你这句话，有你这句我放心走啦……"

他们俩谈话没第三个人知道，结束时很少落泪的两个男人抱头而泣，都怀着一种难以言表的心情，其中一个心情是生离死别。大布衫子说："保重大哥，我经常过来看你！"

"走吧！"胡子大柜转过头，脸朝墙。

大布衫子揩干眼角，走到院子里，对等着他的大白梨说："我回簸箕崴子，大当家的你费心照顾……"

"放心。"

"孟家是咱的蛐蛐儿，安全没问题。"大布衫子望眼炮台，说，"炮手都是我们的人……大当家的腿伤挺重啊！"

"我知道。"

"注意他的腿，别再大发（加重）。"

"哎！"她说，"大夫来了就好啦。"

三

不巧，同泰和药店坐堂程先生回老家奉天走亲戚，最快也得三天回来，管家只好滞留城里等他。

孟家的管家在城里急得团团转，烽火台村孟家大院后院胡子大柜养伤的屋子急得火上房。眼看着天南星一阵不如一阵，大白梨的安慰已经不起作用，伤情恶化，没几天挺头。

"怎么还没回来？"大白梨问。

孟老道也搓手道："准是遇到坎儿啦。"

"什么坎儿？坐堂先生不肯来？"

"坐堂先生不能。"孟老道相信自己跟程先生的交情，没有极特殊的情况肯定来，他说，"兴许别的原因。"

"啥？"

"不好说。"

大白梨看不了天南星受罪和日益严重下去，心急救治她有些不管不顾，匪气顿然上来，说："我派几个弟兄去苦水窑子（药铺）绑他来！"

"别的，夫人。"孟老道急忙说，只是他有时朝大白梨叫夫人，因为她是压寨夫人，"再等等，说不准已经来家的路上啦。"

"我叫人迎迎他们！"大白梨说。

孟老道不便阻挡，任胡子安排。

大白梨指派哨草子道："你赶紧去亮子里，找到管家接程先生过来，如果半路遇到他们，把你的马给程先生……"胡子的马自然比平民马快，"让他赶快回来。"

"嗯哪！"哨草子遵命去办。

大白梨蹑手蹑脚进屋，她怕惊动天南星，难得他有这样平稳的时候，一直在折腾，疼得无法入睡。或许大烟膏起到作用，临出屋时给他吃下，见他闭眼睡着才走出去。此刻他真的睡了，嘴角流出涎水，说明睡得很香，她心里些许安慰。这种安慰闪电一样过去，忧虑淹没它。那条伤腿放在被子外面，像只透明的红萝卜，几乎能看到血液在里边流动。如果不想办法弄出里边的积液，鼓胀下去将会鼓破啊！

天南星仰面躺着睁开眼睛最先看到窝纸裱糊的棚顶，乡下称为彩棚，图案是牡丹和开屏孔雀。一只孔雀显得真实，一排一模一样的孔雀虚假了。他侧过脸，她说："醒啦，好点吗？"

"好点！"他答道，完全是安慰她才说好点，疼痛似乎比以前减轻，伤腿渐渐脱离，它独自旅行。不是去掉累赘的轻松，而是麻木觉不出它的存在。

"我去问孟老道，管家快回来啦。"她说，仍然是安慰话。

天南星清楚自己的伤情，两天前就落到绝望的谷底，即使爷说能活自己都相信，只是不愿给面前女人增加痛苦，往宽敞明亮处说而已。他把自己看成死人已经不再想生死，忧患的是绺子，他说："这次栽坑儿

（栽跟头、现眼），没剩下几个弟兄，绺子需要壮大……"

"瞧你说话气脉不够用，少说两句，别操心绺子，好好养伤。"她坐到他的身边，将他的头枕到自己腿上，姿势还是以往的姿势，撩起衣襟，慢慢弯下身躯，他离他喜欢的东西近了，首先闻到馨香的气味儿，然后是柔软的温暖，她说："从前你总嚷着吃梨，喜欢咽……"

他嗡动干裂的嘴唇，现在连咽的力气都没有了，说："没劲儿……咽不了啦。"

她说了他经常在梨面前说的歌谣，不知是撩拨还是勾起回忆：一棵树，结两梨，小孩看见干着急！

果真到了望梨干着急的境地，过去他不信，喜欢梨就去摘吗！够不到登梯子，他不止一次触摸到它……梨咯咯地笑，也喜欢触摸。欢乐的东西都很短暂，永久的欢乐还是欢乐吗？欢乐可致死！

"柳条边几百里长，人烟稀少，绺子压在这里安全……"

"你还是说绺子，咱不说绺子好不好。"

"唔，"天南星觉得没有多少时间说了，不顾她的劝阻还是说，"有一件事恐怕我没能力给你办了，我答应过你的。"

"能给我的你都给了，我很满足很幸福，还有什么事情啊！"

"有，有哇。"天南星说话如爬高山那样吃力，不住地喘息需要停歇，气喘匀后说，"警察局长的仇还没帮你报。"

"陶奎元死啦。"胡子忌讳一般不说死字，说到死用黑话，她直说警察局长死掉，太恨他了不假思索。

"过土方？"胡子大柜不能说死字，问陶奎元的死因，"怎么过土方的？"

"自己找病……"她说，意思自己害自己，糙话也可说成倒泚尿、倒老屎，总之是搬起石头砸自己脚的意思，讲了事件始末，"有人替我报了仇，不用咱们费事啦。"

天南星了却一件心事，答应谁的事情他始终记着，诺言必须兑现。爷们说话算话，嘴是说话的地方，不可吐鲁反账（反复无常）。还有一件遗憾的藏在心里很深的事情，说不说他犹豫，到底还是说出来了："我原想你生个骑马打枪的，唉，现在看不能够啦。"

"你真想要个儿子？"

"是啊！"

大白梨说你身体快些好起来，我们就要一个骑马打枪的……她把制造人说得吐口唾沫那样容易。其实制造人比家庭妇女剪一个媳妇人简单，不用什么技术含量，人人都会兔子拜花灯（交尾），制造出来的东西优劣又不像工匠有技艺因素。胡子制造出来的未必是胡子，骑马打枪是制造者希望罢了。

四

昨天他们还能谈制造人的问题，今早天南星已经不能说话，嗓子眼儿像堵了棉花，声音沙哑而含混不清，他丧失了表达能力。借助手势大白梨破译出一些他要说的话，问："你要回簸箕崴子？"

天南星用力眨下眼，表示对。

"回簸箕崴子干什么？"

天南星嘴唇抖动，手很不协调地配合，表述的结果等于没表述，她无法听懂他说什么，说："大夫马上就到。"

天南星痛苦地闭上眼睛，泪水滚落下来，她给他擦，自己跟着落泪，场面令人心酸，到了诀别的时刻了吗？

程先生赶到，他大吃一惊，这还是活人吗？这种状态即使是铁人也烂掉啦。他摸了脉，检查一番走到外屋，大白梨跟上去，问："大夫，怎么样？"

"准备后事吧！"程先生说救不了，人已经没救。

"大夫……"她恳求道。

"他过不去今晚。"程先生宣布胡子大柜死期，即使毫无医学知识的人也看到一个生命枯萎，天南星眼睛睁不开，口噗噗朝外吐气不是呼吸，也就是民间说的倒气状态。

"截下伤腿……"大白梨积极争取道。

"没有必要，留下吧。"程先生没说留下个全尸吧，再者说锯掉一条腿遭罪不说，也没意义，"人确实不行啦。"

孟老道一旁说："程先生，一点招儿没有？"

"除非谁有起死回生术。"程先生说。

生死天注定，谁都想活，不是你想活就活得成。必须面对严酷的现实。大白梨差人快马去簸箕崴子，叫大布衫子快过来处理大柜的后事。

一匹快马扬起雪尘疾驰而来，大布衫子心里咯噔一下，说："大当家的不行啦！"

果然，报信的胡子人没下马，惊慌道："三爷，大爷不中了，二爷让你马上过去。"

"我就去。"

大布衫子飞身上马，朝烽火台村孟家大院飞去，直接到后院，大白梨站在院子里，眼睛哭红，她说："大哥走啦！"

大布衫子走进屋，天南星直挺挺炕上，他扑通跪在天南星头指（顶）前，也没哭也没说什么，磕了三个头，然后站起身，问大白梨："大当家最后没有信示（遗嘱）？"

"他……"大白梨说天南星咽气前已经说不出话来，"我能猜到，他想回簸箕崴子。"

"只这么一个要求。"

"我明白了，大当家的要求跟弟兄们在一起。"某种程度上说大布衫子比大白梨了解天南星，愿望跟死难的弟兄们同穴，"送大当家的走吧！二当家的，装老衣服准备没？"

"没有啊！"二柜大白梨说。

孟老道说："我家有一套。"

今人听起来迷惑，寿衣这类东西有预备的吗？还真有。满族人丧葬风俗，人到了一定年纪，要在活的时候看好自己的墓地，生时最后一次权利吧！棺木也选好，可以是木板，也可做好棺材统称料子，放在仓房内用炕席盖着备用，寿装类的东西也可一并备下。孟家准备的东西为孟老道的傻叔叔，他的父亲有个傻弟弟，一辈子未娶无子嗣，老了养在孟家，侄儿为他养老送终是孟家的规矩。去年秋天傻叔叔突然不见了，四处找也没找到。为他备下的装老物品放着未动，将来无论他死在外边或者家里都用得上这些东西。

"你家谁?"水香问为谁预备的寿衣。

"我老叔。"孟老道讲是怎么回事，"不嫌的话，用吧。"

胡子通常哪里死哪里埋，不穿装老衣裳也不用棺材，东家是好心，大白梨也不忍心天南星那样寒酸卷着炕席走，派人去亮子里买寿装已经不赶趟，她和水香商量一下，同意用东家傻叔叔的装老衣裳。其实也没什么说道，都是那套千篇一律的东西，高低贵贱质地材料有所区别，东西都是一样。

"可以。"水香说。

拿来装老衣服，一个重要人物没到场。

"出黑的人不好找。"孟老道说，出黑，也称阴阳先生。在一个村屯总有人专门干这职业，烽火台有个叫王半仙的人，谁家死了人要请他。孟老道为什么说不好找呢? 葬的是胡子，而且是大柜，让不让外人知道，必须由胡子决定，"他是外人。"

"外人不行。"大白梨考虑绺子安全，说，"我们自己……"

孟老道推测胡子肯定不用外人——阴阳先生，自己来做。首先是穿装老衣裳，道理说在人临咽气前，最好是那时穿上，不然僵尸不好穿衣服。天南星咽气有一些时辰了，装老衣服总要穿上，能靠上去前的，在场的只水香、孟老道、大白梨，穿寿衣的活儿他们三人做。

"净一下身吧!"水香说，丧葬风俗他比大白梨见得多懂得多，人去世走时不能带着尘土——脏东西、罪恶等——走，要清洗干干净净走。

孟老道端来一盆清水。

"我来吧!"大白梨主动上前，擦洗亡者的身子，包括私处，她是他的女人擦洗没什么不妥。她抬天南星伤腿时，惊人一幕出现，一张人皮掉下来——右腿的皮，它像蛇脱的皮一样被她揪下来……

啊! 三双惊惧目光三张愕然面孔，相信谁也没见过这样场面，一张人皮，准确说膝盖以下部分，她拿在手里是纸样的东西，融化了的血肉流了一炕……场面血腥省略不描述。

刚刚筑起的新坟刨开，空冢有了实质内容——大柜的尸体。大布衫子主持了葬礼，仍然是那几句套话，词汇做了相应的改动，变成这样：江湖奔班，人老归天。大哥走了，兄弟来送你！

五

一个冬天大白梨带胡子压在簸箕崴子没受到任何干扰，一来那个冬天雪又大又勤，三天两头落一场。烽火台村子几乎被大雪掩埋，去簸箕崴子的路全被积雪封住，本来也没什么路。

悲伤的冬天黑熊蹲仓似的在开春爬出树洞，结束一个季节，也让结束一段历史。天南星绺子现在应该说是大白梨绺子，按照天南星生前遗愿，大白梨晋升大柜，报号做二柜时就有了。大布衫子坚持做水香，二柜位置照旧空闲，增补了几名四梁八柱，啃草子进入绺子领导序列做炮头，双口子做粮台，甜头子（姓唐）做翻垛先生……总之班子备齐，人员显得少。

"拉人入伙。"大布衫子建议招兵买马。

"好，"大白梨思想开化大胆，说，"不管天牌（男人）地牌（女人），愿意吃走食的就要。"她还是加补一句：铁心抗日的。

胡子扩充队伍，采取多条腿走路，招人、投奔、靠窑……来者不拒。不出半年，绺子已有了四十多人，尤为特色的是吸收十二个女子入绺，称为十二枝花。每个人都以一种花名为名字，根据是十二月花名歌谣[①]：茶花、杏花、桃花、蔷薇花、石榴花、荷花、凤仙花、桂花、菊花、芙蓉花、荔枝花、腊梅花。这十二枝花有来历，与大布衫子有关。

听说一个绺子压在离簸箕崴子路程不很远的三道圈，大布衫子决定去说降，有多大把握不清楚。只听说该绺子不大，并放鹞子（放空气）寻找一个大绺子靠窑，拉杆子之际，这个机会不能放过。

"我们不清楚三道圈野毛子（他方土匪）情况，抱蒙（瞎闯）去行

---

① 见《十二月花名》：正月茶花。二月杏花。三月桃花。四月蔷薇花。五月石榴花。六月荷花。七月凤仙花。八月桂花。九月菊花。十月芙蓉花。十一月荔枝花。十二月腊梅花。

吗?"大白梨担忧道,"他们别是玩什么心眼子。"

"我踹一趟(走一趟),齐这把草(弄个明白)。"

水香坚持去,大柜同意,大白梨仍不放心地说:"万分小心。"

大布衫子只身前往三道圈,如果去的人多对方未见得愿意见面,会怀疑来者的诚意。他骑着一匹青毛色的马,到达目的地时太阳卡山,三道圈存在几十年现在不复存在,日本人搞集村并屯烧毁了这个屯子,此时剩下的一片废墟,水香要找的绺子大概藏在这里。

废弃的屯落七高八低的土房框子,胡子利用原有的土墙临时搭起窝棚、马架什么的栖身,盖房子肯定不行,烧毁房子赶走居民,这里成为不准停留的无人区,连到这里种地都不准许,大片土地撂荒——熟地不种,故意使它荒芜、闲放。这样说冤屈了三道圈屯子庄稼人,他们可不是不愿种地,是日本人不准种,进入无人区、禁作区格杀勿论。藏身这种地方又是最安全的,轻易无人光顾。水香出现,暗处有人盯着他,确定是一个人,下马的姿势看出是里马码(同行)不是兵警、暗探。

水香站在空地上的红色落日余晖中,尽量把自己暴露给观察自己的人,他推测有多双眼睛注视自己,决定是否跟自己见面,不肯现身绝对找不到他们。夕阳颜色在他身上渐渐淡下去,天色苍茫。

忽然,从四周围过几个人,大布衫子没吃惊枪口,倒是持枪人令他想不到,脱口道:"草儿!"

一群女胡子,大约十几个,实际是十二个。

"啊,是你?!"一个亮果——美女认出大布衫子。

大布衫子懵住(一时想不起来发愣),眼前这位或说这几位面晃的(恍恍惚惚见过面似的),却想不起什么地方见过面。

"那年在亮子里你救了我们这些姐妹,你忘啦?"她提口道。

噢!大布衫子想起那次攻打县城,他带人去洋楼,消灭小野解救出准备送到关东军军营里去的女子,他说:"是你们? 唔,你们没回家?"

她们异口同声没回家。实际情况是,回家几个人,大部分没回家,原因千奇百怪,有的怕回到村子重新被抓回来;有的要报仇不回家了;

还有家里不容她因为给小鬼子奸淫，身体不干净受到歧视……走上当胡子这条道被逼无奈。

"你们起局了？"大布衫子问。

"算是吧，我们十二姐妹。"

大布衫子不反感女人当胡子，生在乱世做流贼草寇起码不受欺侮，不然在日本人统治下的伪满洲国，姿色女人命运多舛。枪弹致死总比奸淫致死强，他这么看她们，直截了当问："你们为什么要靠窑？"

"我们只十二人……"她们说身单力薄，同日本鬼子斗也没打死几个，基本没什么作为，"遇到老掌局（爷）真是太好啦。"

"不是遇到，是我来找你们。"他说。

"找？我们？"

"是，接你们马里（回家）。"

女胡子们齐声："谢大当家的！"

大布衫子纠正道："我不是大当家的。"申明自己是大白梨绺子的水香。

三江地面上胡子绺子无数，大白梨绺子还是有所耳闻。一个女胡子问："你们大当家的是草儿，而且还是亮果？"

"没错。"

"骑匹白色高脚子？"

"也对。"

他们就靠窑一事做了商谈，有了大布衫子此前救过她们这一节，怀疑、障碍什么的早消除，那个年月最深的陷阱还是宪兵、警察设下的，诱捕……大布衫子肯定不是宪兵警察的人，大家亲眼见他打死日本军官小野，帮助姐妹们逃跑。她们急迫问："什么时候开码头？"

"立马。"

十二个女胡子被拉来，这只是那段招兵买马的一个故事。绺子滚雪球似的扩大。

"簸箕崴子待的日子不短了，"大白梨建议离开，说，"我们往柳条边里边走！"

大布衫子赞同，簸箕崴子毕竟离烽火台村近，沿柳条边往深入走就更安全，绺子处于恢复元气时期，没人干扰养精蓄锐，翅膀硬了再飞出柳条边。他说："我看好一个地方，叫叫儿岭。"

第十八章　人皮马灯罩

一

叫叫儿——用植物叶或皮做的小口哨，供孩子们玩。三江地区叶子做叫叫儿首选植物是马莲，抽出嫩黄部分直接吹即可，树皮首选节子少易拧动的柳树，杨树也可以，吹起来不如柳树优美动听。绺子拉到叫叫儿岭，胡子可不是嗜好吹叫叫儿，是看中遍地柳树，相邻一个水泡子，低洼的地方是草地，丰盛的饲草解决马的口粮，生存环境适于生存才能生存。

三江地区的柳树还称为鬼树，有聚集阴魂的迷信之说。此时藏于其中的胡子马队，应是柳树的另一种说法——阳性树种，胡子哪一个不阳刚，包括女胡子。这个意义上说，胡子个个是棵柳树，动物柳树和植物柳树盘根错节丛生在一起，春天返青、夏天结果、秋天落叶、冬天冻僵枝条，阴柔和阳刚之美水乳交融，和谐度过四年。

柳条边同一个胡子大柜联系到一起，一首歌谣树芽一样诞生，至今还在三江流传：

　　　　旋风女扮男装，
　　　　大白梨占东边，
　　　　一枝花单枪干。

歌谣中的三个土匪女大柜旋风、大白梨、一枝花，三江志书对她们有记载，一个作家写三本书分别记述她们的故事。在此还是说大白梨，她的绺子在柳条边一带活动多年，胡子按照胡子的方式生存和活动——砸窑、绑票、猫冬、报复……伪满洲国轰然倒台子，不是说与大白梨有多大关系，至少她的马队杀杀砍砍影响局部政权稳定，客观地说她没有远大的抱负，率领马队搅乱社会生活秩序而已。因而日本天皇宣读诏书的事情她不知道，藏身叫叫儿岭无法知道。

一个蒙着眼睛的人被胡子推搡到大柜大白梨面前："大当家的，他指名道姓要见你。"

"摘掉蒙眼！"

胡子摘掉蒙眼布，大白梨惊讶道："孙大板！"

"大当家的，是我。"

胡子大柜立刻让座，坐到炕上是最高礼遇。大白梨待孟家车老板坐下，问："你还在孟家赶车？"

"我离开孟家两年了。"

"现在还赶车？"

"不赶了。"孙大板叙旧，说，"记得我们去亮子里用箱子拉短刀、马镫吧？回来的路上我唱《劝夫歌》。"

"记得，咋不记得。"

"你当时说过一句话，说我不像赶车的，倒像抗日游击队。"

"嗯，说过吗？我忘啦。"

"大当家的你说过，而且没说错，我就游击队的人。"孙大板铺垫完了，进入正题，说，"我今天来找大当家的，有要事相商。"

"噢，说吧！"

"是这样……"他说。

几年后，孙大板亮出真实身份，他用孟家长工赶大车身份作掩护，为白狼山里一支抗日游击队工作，身份是交通员。歌谣这样描述车老板子：车老板两耳毛，大鞭一甩四下蹽……两耳毛指穿戴不说，四下蹽就是走南闯北，什么人都接触有利情报搜集。日本鬼子宣布投降未彻底投降，孙大板放下手中大鞭子，随那支抗日游击队进入三江县城，准备建立新政权，权力不能真空，包括清算日伪汉奸保卫重要设施和人民生命财产安全，日本宪兵爆炸、投毒垂死挣扎，只有一百多人的抗联队伍显然不够用，上级尚未派部队来三江。这时，很坏的消息传来，国民党派

长篇小说
匪王传奇

正规军一个营和一些官吏来亮子里建立三江县政府。游击队在没有接到上级明确指令前，要坚守县城，他们动员一切可以动员的力量守城。孙大板向游击队领导建议联合一些抗日的山林队、胡子来加入守城行列。领导问："三江境内这样的队伍不好找吧？"

"我知道一支。"

"哪支？"

"大白梨。"

"叫叫儿岭的女土匪？"

"我过去跟她有接触，我去试试说服……"

孙大板的建议获得批准。

大白梨听到她有点不大相信的消息，问："日本鬼子滚蛋，是真的？"

"是，我们的队伍已在县城。"

"你说谁打你们？"

"国民党。"

"喔，刮（国）民党。"大白梨对国民党没有日本鬼子概念明确，过去几年中跟日本鬼子和他们的帮凶伪满军、警察干，还真没跟国民党交过手，她问，"你们两家有仇？"

"势不两立。"

大白梨理解为冰块和火炭，帮助孙大板基础是对他熟悉及印象不坏显然太脆弱。孙大板对她讲了一番形势和国民党与共产党的关系，她终于活了心，答应帮他们守城。

"大当家的，火烧眉毛，你们马上进城。"孙大板请求道。

"容我呐摸（琢磨）一下，很快赶过去。"大白梨说。

人有意识无意识就迈入一个故事中，如何发展并没想到。大白梨决定带马队进入亮子里帮助守卫县城，历史将用另一种眼光看待这绺胡子。

二

国民党部队逼近，游击队布置守城，大白梨派去守南门，部分城墙留有马道，骑马可以直接上去，墙顶大部分狭窄马上不去，大白梨命令将马集中在一起，专人看管，胡子带人登上城墙，有的地方只是深深壕沟。

"孙大板，"大白梨仍然沿用旧称呼，昔日车老板在游击队中肯定有职务，游击队的人叫他老孙、孙同志，她不习惯这样叫，"花鹞子（兵）啥时候进攻？"

"不好说，"孙大板说，国民党的军队尚在四平街，什么时候出动难说，进攻三江县城的情报很准确，时间不确定，"不过，会很快。"

"今晚？"

"他们一出城我们就能得到消息，现在还没动静。"孙大板说。

"孙大板，我回去送点东西，"大白梨说，带马队入城直接到南城门阵地来，尚未抽出身回祁家炉看看。

"去吧，我不动地方。"他说。

游击队派孙大板到大白梨绺子来，协助大柜指挥胡子守南城门，他对大白梨放心，她临走还是同大布衫子打声招呼："我回家一趟，马上回来。"

"去吧，大当家的，今晚好像没事儿。"大布衫子劝她在家睡一觉，有事派人叫她，"你家离这儿也不远，打通关（通知）也方便。"

"不，晚上我回来。"她说。

笼罩临战前的紧张气氛中，居民几经战火，躲避子弹闭门不出，买卖店铺早早打烊，街上行人稀少。大白梨一个胡子都没带，独自骑马回来，祁家铁匠炉关门闭炉，他叫开门，来开门的是陌生面孔。大白梨问："你是谁呀？"

"那你是谁呀？"陌生面孔的人反问。

"我？哦，大碗呢？"

"师傅不在。"

"他去哪儿啦？"

郝大碗晚上出去，没对徒弟说干什么，只叮嘱关好门，听说亮子里要打仗。郝大碗的徒弟摇头道："师傅他没说。"

"我姓祁，这儿就是我的家。"大白梨只好露出身份，不然真的是大水冲倒龙王庙一家人不认一家人啦，她说，"你八成没听说过我。"

"是小姐吧？师傅说过。"郝大碗的徒弟自我介绍道，"我叫四虎子，在这儿学徒。"

"哦，四虎子，我把它放家里，带在身上不方便。"她带回一盏鱼皮马灯和一个布包袱，大白梨说，"交给你吧，大碗回来交给他，让他给我保管好。"

"哎、哎，小姐。"

"一定保管好。"她向院子内扫几眼，而后说，"我走啦！"

"小姐不在家住？去哪儿啊！"四虎子问。

"让大碗给我经管好。"她上马，再次叮咛道。

县城仍然很静，一只皮子条（狗）没炸（叫），默不做声地在空荡街巷中走，躲开了胡子大柜的马。狗咬花子却不咬胡子是什么道理呢？说不出道理便是道理。夜晚胡子马队经过村屯，狗却不咬不叫，怪吗？怪！土匪有句黑话：皮子条炸了，意思是狗咬，实际经历中它们没炸。大白梨那一时刻思维鲜花一样绽放，她竟然联想到伪警察，具体的形象是局长陶奎元，他见日本人绝对不炸……胡思乱想之际，有人远远地望她，面容模糊，猜不出那个人是有目的还是随便闲瞅。已经顾不了这些，弟兄们都在阵地上赶紧回到他们中间去。

前半夜相安无事。一个营的国民党兵后半夜进攻三江县城，采取的是偷袭，可想而知没成功。游击队做了充分守城准备，交火两三个小时，天麻麻亮时撤走。

"他们还要再来进攻。"城墙顶上，孙大板说，"下次兵力将要增加，必须做好血拼准备。"

"我的弟兄没问题。"大白梨信心十足道，战斗胜利鼓舞了士气，头一次与兵阵地战，战死几个弟兄，四梁八柱中只粮台负轻伤，"别说第二次来，八次来都不怕他们。"

"游击队让我转达对你们的嘉奖……"孙大板说的全绺嘉奖，战斗尚未结束，等结束后开庆功会，要嘉奖有功人员。

大白梨说不用嘉奖，跟国民党打仗很好玩。他们敢来进犯奉陪到底。孙大板说："肯定再来。"

"来了好啊，米子（枪弹）充足呢！"大白梨说。

孙大板今天同胡子大柜可不是闲唠，身肩重任，试探虚实，看情况还要吹风。游击队对这绺胡子了解、观察及这一仗的表现，有收编他们的意向，如果他们接受改编，成立一支队伍来长期保卫县城。游击队首长将这个任务交给孙大板。他说："满洲国倒台子啦，日本鬼子投降……大当家的，绺子有啥打算？"

"啥意思？"

"唔，我知道大当家的带绺子打日本，他们完蛋你还打谁？"

"是啊，打谁？"

"大当家的不如跟我们……"孙大板说。

"向你们靠窑？"她茫然。

"不是靠窑，是改编。"

大白梨是胡子的思想意识，说胡子话办胡子事，向游击队招安？她一时难以接受。她说："我不想向谁靠窑。"

孙大板对她做细致的说服工作，但不急于求成，慢慢来。此时并肩战斗吗，了解、信任逐渐加深，最后水到渠成。

三

正常逻辑水流到的地方自然形成一条水道即水到渠成。改编工作戛然停止，原因是国民党果真卷土重来不是一个营而是一个团，带着辽北省①公文，成立三江县政府。

游击队接到命令撤出县城，非常紧迫的情况下，孙大板来不及多讲，直接问："大当家的，你们跟我们走吗？"

"去哪儿？"

"西满……通辽一带。"

大白梨摇头，说："不去！"

①　1946年国民党接收大员刘翰生率近百名官员到达四平，成立国民党辽北省政府。四平曾为国民党、中共两个辽北省府驻地。

"那你们去哪里？"

"白狼山。"大白梨说。

一个故事新讲法的机会给大柜大白梨错过，她和她的绺子命运向一条河流入另一个故事中，孙大板则进入又一个故事，他们再没在一个故事中重逢。

计划进入白狼山，回神草沟、鬼脸碴子、黑瞎子沟……老巢，继续当绿林响马。意想不到的厄运降临，马队进山路径老爷庙前，探出庙门的机枪突然开口说话：我要消灭你们！

白狼山的进山口是道鬼门关，谚云："鬼门关，十人去，九不还。"当然成为阴谋一部分时如此。大白梨丝毫没有嗅到阴谋的味道，甚至毫无防备，以为二次反扑的国民党军队还在半路上，没想到他们的一个突击队抢先到达，隐藏在老爷庙里。按风俗，进山的人——挖人参、放木排、淘金、猎貂……都要上香请老爷保佑。胡子也不例外，大白梨吩咐水香带人进庙上香，大布衫子带人进入，那时庙门洞开，使人警觉醒悟的晨钟悠然地敲响，随着骤然枪响，而且是致命的机枪，胡子倒下一片，水香大布衫子再也没出来……

下面用逃命描述大白梨带剩下的九个人弟兄仓皇逃命最为贴切，只能是逃生了。国民党军队追击出十几里不再追，他们还得去占领县城，大白梨逃到老巢神草沟，好歹窝棚还在，他们歇脚。十个人不完全是囫囵个儿的，轻伤了三个，身旁没有了大布衫子，她觉得绺子气数已尽，思考撂管。

三江地区有的绺子冬天撂管——暂时解散，转年春天拿局——重新集结。像绺子遭重创，需要重新拉人拉马东山再起，大柜也宣布撂管。后者撂管有些悲楚，毕竟不是正常的撂管，这样撂管含有很大的不确定性，可能从此永远拿不了局。

撂管，对匪首来说，决心需要痛下。大白梨三天没说话，开不了口也难开口，曾几何时，她高喊出：开边（打）！压（冲）！弟兄们听到如抽足了大烟顿然精神倍增。终于有一天早晨她下定决心，其实与昨晚那个梦有关，胡子很重视大柜的梦，大白梨重视自己的梦。她梦见自己坐在大树下，山风吹来松脂的芳香，沉醉时刻听到扑通一声，见一个人从树上跳下来，看都没看她一眼就走了。喔，不是好兆头！有人不是爬下树，也不是掉下树，而是跳下树，关键在"跳"字上，与黑话兵警称的跳子谐音，解析这个梦是兵警来抓捕。

"弟兄们，从今个儿起，撂管！"她咬牙宣布道，声音悲怆。

在一片哽咽声中，一个绺子像一片落叶那样微不足道地消失。大白梨独自走回三江县城时，城门守军的军服她觉得有些刺眼，仇恨多是在无能无力的情况下虫子似的爬回安全角落，也许从此就老死在那里。

"小姐！"郝大碗惊讶道，他还朝她身后看，"快进屋！"

大白梨进到一间许久未住但看得出天天打扫的房间内，炕也经常烧，一双被褥整齐地叠着。她问："你相信我准能回来？"

"嗯，小姐，同你走时一样。"

"是啊，多少年来你一直……"大白梨动情，她说，"大碗，今晚把你的行李搬过来。"

"小姐？"

"没听清？这铺炕上本来就是我们俩住。"她说。

郝大碗就是一块铁也在那一时刻熔化，何况他只是一团冻土，稍微加热便成一摊散沙。

"大碗，去取你的被褥吧。"

两只行李卷朝一起一放等于向外界宣布他们是夫妻。郝大碗觉得自己在做梦，始终未醒来。这样的梦在过去也曾做过，情景跟此刻惊人相似，因此他尚未从愣怔中缓过神来。

"你不愿意？"

问话如钢针扎戳人中穴位一样刺醒他，飞快跑出门去，拖拖拉拉——腿带子①拖在地上，他有晚间睡觉将腿带子掖在褥子下面的习惯——抱来行李，往炕上一放，见她已经铺好自己褥子坐在上面，他挨

---

① 腿带，俗称腿带子。一种专门编织的布带，长有二尺多，两头有二三寸只有经线不织纬线的流苏。穿单裤、夹裤或棉裤用腿带子扎裤腿角，缠裹于脚踝之处。主要为御寒保暖。

她铺好被子，然后诚惶诚恐地望着她。

大白梨心里涌上一阵莫名的酸楚，面前的男人激动得喘气不匀，迟迟不敢动作。她说："我是你的啦！"

郝大碗见到一块烧红的铁块儿拿出炉子，需要趁热锤锻，于是他抢起锤子……

四

一个词汇在他们俩之间使用：打铁。就像绺子的一句隐语，他们俩都懂。郝大碗含蓄着说："今晚我俩打铁。"

"天天打，一天你打几回，没够？"

"我是干啥的，打铁。"

生就铁块为了捶打，不然就不叫铁块。

有一天，她恳求道："教我打铁。"

啊？打铁？

"想哪儿去了，大碗，真的打铁，像我娘那样做一个铁匠。"

她这样说他才明白，真正的打铁与被窝、隐语没关系。郝大碗问："你不去当胡子？"

"我当铁匠！"她说出志向。

祁家铁匠铺烘炉前多个打铁的女人，掌钳的郝大碗是师傅，她抢大锤，两人配合默契……丁当，丁当中日子过去一年，不知生活在亮子里的人们都在忙着什么，似乎没人在意他们的存在。

有一天，家里养的一只猫闯下大祸，它灵敏的嗅觉断定屋子有鱼，腥味诱惑力巨大，叫春似的躁动不安起来。满屋寻找，在一面墙见到挂在上面的一盏马灯，清晰的纹路调动起它的想象，一条大鱼游动起来，用摆尾调谑它。猫扑过去，将鱼吃掉。

大白梨发现毁坏的马灯，蒙灯的鱼皮被撕破，再也不能遮风挡雨。她忽然想起一件事来，找到让郝大碗保管的那个包袱，珍贵的东西还在，干得像一张纸，而且透明，她的奇想陡然萌生。

灯笼铺子还像以前那样开张，大白梨走进去，掌柜一眼认出她来，招呼道："祁小姐！"

"我来蒙马灯。"

"哦，灯罩坏啦？"

"以前你用鱼皮……"她提起那件旧事。

灯笼铺掌柜忽然想起来，说："可是鱼皮没有了，小姐，你想换啥材料（质）的呢？"

"当然还是皮的。"

"驴皮也不好弄。"灯笼铺掌柜说出困难，他想到代替鱼皮的也就是驴皮，那年月驴皮用来蒙鼓，跳大神的神汉使用，唱驴皮影戏用它做查子（人物剪影），灯笼铺没做驴皮灯笼。

"我自己带来一块皮子。"大白梨打开布包袱，拿出一张皮放到灯笼铺掌柜面前，说，"用它做灯蒙子（灯罩）吧。"

灯笼铺掌柜拿起那张皮子——薄如蝉翼，布满毛孔……脸色顿然吓得煞白，继而手抖动不停，中风似的吐字，说："这……这是……什么皮……皮啊！"

"人皮。"

"啊，人……皮！"灯笼铺掌柜成为风中的蜡烛火焰，全身抖动，口吃道，"你……你说人皮？"

"是。"

灯笼铺掌柜从对方泰然自若的神态影响中平静下来，恢复到常态，又问一遍："用它蒙灯？"

"对，工钱好说。"她说。

钱稳定住了他的心绪，灯笼铺掌柜说："能！"

他们商谈了价格，约定了取货时间，一项生意谈成。五天后，大白梨取走马灯。

灯笼铺掌柜脱口惊悚四个字："人皮马灯！"

放在卧室，天天点燃。打铁时点着它，郝大碗不知疲劳地打铁，她侧着脸凝望灯，它比鱼皮灯明亮许多。

"灯有什么看头？"他疑惑道。

"它是灯?"

"马灯。"

在她心里不是一盏灯,是一个人!他永远照耀自己。铁匠郝大碗没法体验她的心情,也觉得灯有些来历,问:"灯蒙子是啥做的?"

"你觉得呢?"

"皮。"

"什么皮?"她问。

郝大碗觉得是皮,什么皮他想到了但不敢确定,从来没听说人皮可以做灯罩,人皮也不能做灯罩。他说:"我猜不到。"

"大胆地想想。"

"莫非是……是人皮?"

"没有莫非,就是!"

人皮?铁匠惊诧。果真是人皮。一个疑问紧接着到来,他问:"谁的?又是怎么扒下来的呀?"

大白梨没对他说是谁,如何扒下来的。她说:"你别问,永远不要想它的来历。"

"我不问。"

"知道是人皮就行啦。"

"反正我能猜出七老八。"他说,意思是七八成。

"你说是谁?"她问。

"你们大柜的……"

"大碗,你知道我当了胡子?"

铁匠的话令她吃惊,他说:"我看见你领绺子守南城门……"

大白梨不得不想一个问题,亮子里还有人知道自己当了胡子,这意味危险,随时都有被官府抓走的可能,国民党占据着县城。她倒是没觉得害怕,忧心以后跟郝大碗的日子难过消停。

五

亮子里一所日本铁路技术人员曾经住的小黄楼里,有一个外界鲜为人知的国民党军统局（保密局）三江督察组，纯牌特务组织，搜寻中共地下党和进步学生，也包括胡子。培植的特务中有一个人——徐大明白，他此时已是保密局三江第二工作站的站长。

"徐站长！"钟表店老板走进来，说。

"噢，请坐。"徐大明白腰里揣着不是八字卦书（测婚姻）而是冰凉的铁器，摇身一变成为特务站长，比媒婆打幺、扬棒。

"你交给我的任务……"钟表店老板说，昔日媒婆徐大明白当上站长，发展一批特务，准特务，为工作站搜集情报。所以钟表店老板这样说，他确实有一个情报献上，"徐站长，我发现一条大鱼。"

"噢？亮子里没水呀？"徐大明白难改以往的油嘴滑舌，"哪来的鱼啊，还是大鱼？"

"比如某个胡子绺子的四梁八柱，算不算大鱼？"

"嗯，赖乎情（本不够，硬往上贴）吧。"他说，保密局三江第二工作站的成绩不突出，正寻找突破之际，钟表店老板送来发现土匪情报，而且还是四梁八柱，逮住人报告上去，当然算成绩，"不解渴，不算大鱼。"

"要是跟国军交过手的胡子呢？"

"那就不同了。"

钟表店老板说："记得国军第一次来攻打三江城没进来，"他没用失败字眼，"原因是一绺胡子帮助共匪守城……"

"唔？你咋知道？"

"我咋不知道？我认出其中一个人。"钟表店老板得意起来，说，"徐站长记得祁二秧子吧？"

"祁铁匠。"

"他的闺女呢？"

"记得更牢绑。"徐大明白说你知道我早年吃哪晚饭的吧，"我为警察陶局长说媒，嘿，倒霉这件事儿上，我挨了陶奎元一脚踹，"夸张地，"到现在胳拉拜（膝盖）还疼呢！"

钟表店老板不信现在还疼，踹折了腿也疼不了几年，陶奎元都死了几年，鬼话嘛！他说："她当了胡子。"

"你说的大鱼就是她？哼，小鱼江子吧！"徐大明白从来没把铁匠的女儿放在眼里，多少还是恨她，要是答应那桩婚事，说不定还真借了警察局长的光呢，害得丢了面子还挨了踢，"你说她当了胡子，证据呢？"

"现成！"钟表店老板讲得有根有据，最有力证据是那盏灯。当年大白梨来修马灯，他一眼认出自己曾经修理过的东西。他有个做山货生意的表姐夫家被胡子打劫，抢走德国产的一座铜钟，钟本身不值几个钱，秘密在钟内，两根金条藏在钟膛里边，结果一并损失，他说，"铜钟在她手上。"

"那又能说明什么？"

"当年绑她的是天南星绺子，打劫我表姐夫家的胡子正是他们……"钟表店老板像修理一只钟表那样手法娴熟，推测出铁匠女儿当上胡子，而且还晋升四梁八柱，他还拿出一个有力的证据，"同国军交战前夜，我在街上看见她，骑一匹白马……铁证。"

"铁证如山！"徐大明白问，"她人在哪儿？"

"祁家炉。"

"她在干什么？"

"打铁。"

"那前儿（那时）她娘李小脚打铁。"

"现在她打。"

徐大明白带领几个特务到祁家铁匠铺时，郝大碗掌钳大白梨抡大锤，正打一副马掌。

丁！他叫锤。

当！她随打一锤。

丁！——

当！——

徐大明白走近操作台，烧红的铁块儿有些烤脸，他拔出手枪抵到大白梨的背上，喝道："别动！"

大白梨停下锤，慢慢转过身，毫无惧色，说："又给谁保媒啊？"

徐大明白面部抽搐一下，他听出来一个女人挖苦自己，愤恨的账准备回到小黄楼里再算，说："跟我走一趟！"

郝大碗受到惊吓，脸色煞白，锤子在半空滞住。

"请等我砸完最后两锤，只两锤。"她说。

大白梨面对枪口，平静得令在场特务惊讶。

特务站长嘴撇了撇，心想反正你逃不掉，将枪口移开些，徐大明白轻蔑地说："砸吧！"

郝大碗像丢了魂，呆呆地站着。大白梨对郝大碗说，"大碗，打铁啊！"他毫无感觉手中的指挥锤子落下，她抢上砸一锤：丁当！丁丁当当！然后，特务连围裙都没允许她摘下，将大白梨押走。

保密局三江第二工作站审讯室内，徐大明白说："你帮共匪阻止国军进入县城是真的？"

"不假！"大白梨承认得干脆。

"有人说你是胡子大柜，报号大白梨？"

"也没错。"

供认不讳，她的身份确定，决定处死匪首大白梨。

三江地区著名的女胡子大柜之一的大白梨被枪毙，国民党督察组行刑队处决的，尸首当晚被人从荒郊法场拉走埋葬，一个故事结局。

一天，郝大碗带上两件东西——人皮马灯和一个小铁人，悄然离开县城亮子里，去向不明……